中国城市建筑图说

沈阳城市建筑图说

主　编：陈伯超
副主编：朴玉顺　刘思铎　哈　静
　　　　徐　帆　原砚龙

机械工业出版社

本书以图说这种直观的形式精选沈阳具有代表性的百余栋建筑加以表述，为读者提供一条了解沈阳建筑发展的简单而清晰的脉络，使读者走近沈阳。全书以时间为顺序，以建筑作品为例证，共分为古代、近代、现代三个部分。通过对沈阳百余座建筑作品建设年代、位置、形式及其文化影响力等方面的介绍，向人们展示了沈阳建筑的发展"史"。

图书在版编目（CIP）数据

沈阳城市建筑图说/陈伯超主编 . —北京：机械工业出版社，2010. 8
（中国城市建筑图说）
ISBN 978-7-111-31262-8

Ⅰ. ①沈…　Ⅱ. ①陈…　Ⅲ. ①城市建筑—沈阳市—图解
Ⅳ. ①TU－092

中国版本图书馆 CIP 数据核字（2010）第 134068 号

机械工业出版社（北京市百万庄大街22号　邮政编码100037）
策划编辑：赵　荣　责任编辑：罗　筱　版式设计：霍永明
责任校对：张　薇　封面设计：路恩中　责任印制：杨　曦
保定市中画美凯印刷有限公司印刷
2011 年 2 月第 1 版第 1 次印刷
210mm×285mm · 22. 75 印张 · 696 千字
标准书号：ISBN 978-7-111-31262-8
定价：58.00 元

凡购本书，如有缺页、倒页、脱页，由本社发行部调换
电话服务　　　　　　　　网络服务
社服务中心：(010)88361066
销售一部：(010)68326294　门户网：http：//www.cmpbook.com
销售二部：(010)88379649　教材网：http：//www.cmpedu.com
读者服务部：(010)68993821　**封面无防伪标均为盗版**

编写人员名单

主　　编：陈伯超

副 主 编：朴玉顺、刘思铎、哈　静、徐　帆、原砚龙（按姓氏笔划顺序）

参　　编：王　丹、王　毅、王晓晶、安艳华、张　勇、何颖娴、吴云涛、
　　　　　李声能、杨子明、柳虹玉、郝　鸥、徐丽云、黄　荷、谢占宇
　　　　　（按姓氏笔划顺序）

前　言
沈阳城与沈阳建筑

城市是活的史书。千百年来，那些曾经叱咤风云名震中外的代代英杰、那些曾使这座城市充满生机与活力的民间众生虽已成为过眼烟云，但是，他们曾经在其中生活起居、做出过重要历史决断的建筑尚存；曾经热闹非凡、留下许多令人难忘记忆的街院市井仍在；曾经伴随和目睹他们浪漫生迹的一草一木至今仍延续着当年的呼吸……它们留给我们太多的记忆、太多的骄傲、太多的辛酸、太多永远不能割舍的情怀，它们向人们娓娓讲述着曾经发生在这个城市之中的、传奇的、英烈的、感人的、悲壮的历史故事，并将它们重新展现在我们今天的生活之中。

城市是历史的积淀。除去那些被震灾摧毁重建、那些择址垦荒修造的新城，大多城市都是从它形成伊始逐渐累积建设起来的。不同历史时期的建筑共同构筑着城市的空间、肌理、形态，它所体现的正是这样一个漫长的生长过程。因此，城市不仅是物质的，也是文化的、有生命的，这正是一座城市的魅力所在。通过对城市建筑的盘点，就可以了解它的历史、它的现在，也可以展望它的未来。现代化的都市，并不意味着城市中的建筑都是当代的成果，恰恰相反，传统与当代共同构成了现代化城市的标志与性格。

建筑是城市最直观、最具普遍意义的形象代言。无论我们去过多少城市——国内的还是国外的——对它们最深刻、最直观的印象体现在哪里呢？建筑，无疑是建筑。因此，你若要认识、理解一座城市最便捷的方式就是去了解城市中的建筑，透过它们华美、刚毅、秀丽、庄重的外表，透视城市内在的、本质的性格与特色。因为，正是这些建筑构成了城市主要的空间与形象，而在它们的背后又蕴藏着城市丰富的内涵。

一、沈阳城

（1）沈阳城溯源

沈阳人的历史，目前最早可追溯到7200年前原始社会的新石器时代。位于今天沈阳城北部的新乐遗址向人们展示着远古时期沈阳人的生活状况。7000多年前的沈阳人就曾生活在今天矗立着新乐遗址博物馆的这块土地上。

今天的沈阳，夏、商两代为古幽州、营州所辖之地。周朝时，为中原王朝在东北的封地，归燕侯所辖。

（2）城的出现

两汉时期（公元前206年~公元220年），在这里首次出现了城邑，城墙为叠土造筑，成为今天所说沈阳建城2300年的来源。在这期间，沈阳的规模逐渐升格，并在沈阳正式设置了"侯城县"——交通与战略要地。此后，该地一直是政治与军事争斗的目标——曹操的魏军、高句丽、唐（曾在此设安东都督府，后被撤销）、渤海国、契丹国等均有染指。城池也是毁了建，建了毁，但主要是修补，而未建新城。

辽代初，将原位于渤海国的一座名为"沈州城"的全城人口强迁到此，在此重建城池（第二次筑城）（图1），并仍用"沈州"为新城命名。这个名字一直沿用到辽、金、元三个朝代。这时的沈州城为夯土城墙，四周各辟一城门，十字形街道，规模不大。这一城市格局和规制一直延续到明代。

金代（公元1116年）将原沈州作为辽太宗直辖的"私城"性质改为军城，归当时金朝的东京（辽阳）所辖，设"节度使"（后降格为"刺史"），城市人口和规模有很大增长，成为东北地区仅次于东京的第二大城市。金代时期，金与蒙古（铁木真称帝：成吉思汗）展开拉锯战，蒙军几进几出，城市多次被毁。

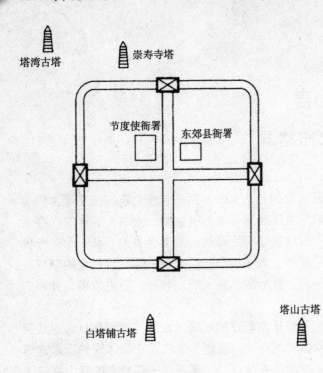

图1　沈州城

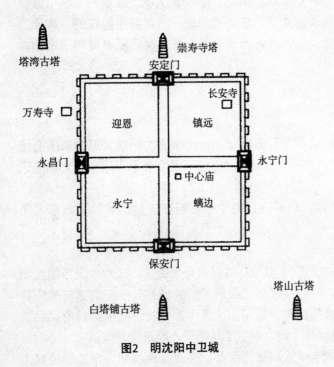

图2　明沈阳中卫城

公元1233年蒙古军占领辽沈地区，元代（1297年）再修沈州城（第三次筑城）。又将路制由辽阳迁到沈州，于是沈阳升格为"沈阳路"（元代省级以下依次为路、道、府、县等）——历史上第一次出现"沈阳"之称，归辽阳行省所辖（当时辽阳共辖东北7个路）。

明朝为控制此地的女真、蒙古、高句丽等少数民族，仍将沈阳作为一座重要的军城。在此设卫所——沈阳中卫、左卫、右卫。明洪武二十一年（公元1388年）沈阳中卫指挥闵忠对沈阳中卫城进行了大规模的扩建（第四次建城）——将土城首次改为砖城，规模扩大但城市格局未变：仍为4门、十字街、中间建有中心庙（图2）。

（3）都城建设

天命十年（公元1625年）努尔哈赤迁都沈阳。由于做出迁都决定的过程十分紧促，对明代的中卫城未得事先改建，边用边修。在中卫城的格局下，确定了宫殿、汗王宫、王府、衙署和兵营在城中的位置；由于十字形的街道系统，宫殿无法居中，于是设于十字街交点的东南处。汗王宫建于城之北门（后称"九门"）内——体现为女真人最初的建城模式：宫与殿分开设，宫设于内城之中的城门附近，大殿（亦称"大衙门"）则设于城的中心部位（图3）。各旗衙门（即"十王亭"：八旗亭另加"左翼王亭"和"右翼王亭"）分两列坐落于大殿之南两侧。它们在城中心共同围合成一个城市广场。王府则按照各旗方位围绕着该广场分别布置在它的东西两侧和北面。

皇太极即位（公元1626年），放缓了入主中原的步伐，却在政治、军事、经济上为一统中国做着充分的准备：

改女真为满族——以扩大民族范围与影响；改军政协商为集权——实现了面南而坐；缓和民族矛盾——建汉、蒙八旗，启用汉人……改革生产体制，改变生产关系，加速后金社会的封建化进程；改"大金"之称为"大清"……

在此背景下，于天聪五年（公元1631年），皇太极开始重建沈阳城（第五次建城）（图4）——借鉴中原的"王城"做法：城垣为方形，每边开两个城门共有八门，城内井字形的街道系统，使城市呈九宫格式空间布局。宫殿居中，面朝后市，左祖右社；宫殿后面街市的两端建有钟、鼓楼……　又分别在城外东西南北四个方向距城五里之处建四塔四寺……

康熙年间，在此基础上又修筑了外城——以井字街向外延伸，于是在外郭城墙上也开设八个城门，称之为"边门"。内外城之间的城市空间为"关"。外城近圆形，内城为方形，另外加上皇太极时期在外城之外已建成的四塔四寺和城内的特殊布局，颇有印度佛教曼陀罗的味道。沈阳老城也因此被称为"坛城"（图5）。

另外，清代缪东霖在《陪都杂述》中对沈阳城的规划又曾作过"易学寓意"之评价："……城内中心庙为太极，钟鼓楼象两仪，八门象八卦。郭圆象天，城方象地。角楼敌楼各三层共三十六象天罡，内池七十二象地煞。角楼敌楼共十二象四季，城门瓮城各三象二十四气……"——曼陀罗与易学之说究竟是否与营城之初的规划理念相合？虽未得印证，却十分玄妙，也十分精彩。

（4）近代城市"板块结构"的形成

今天沈阳城市的版图上仍然遗留着当年由于城市空间的逐步拓展所形成的"板块结构"特征。我们只要从街道及其构成的街坊形态就能够清晰地发现当年所留下的历史印迹。

位于城市的中心部位、由内外双重环路所围合成的部分即古代城市延续下来的传统老城区。尽管已经没有了城墙和大部分古老的建筑，但城中规模恢弘的故宫建筑群犹在，当年的一些庙宇和后期逐渐建成的店铺、银号等历史建筑尚存，特别是它仍然保持着内方外圆两重城区和由4条主要道路分隔而成的九宫格空间体系，使得它虽经历了近代岁月与战火的洗礼至今仍不失当年印迹（图6）。

在南北走向的火车线与今和平大街之间的城区部分，为1905年日俄战争以后，由日本人占领并建成的南满铁道附属地板块（1908年规划，1920年对该规划进行了补充与发展）。该区域内以相互呈正交的街路系统与以圆形广场为中心辐射出放射状的斜向街道相互叠合为该城区平面构图的基本特征，反映着当年日本设计师师法欧洲巴洛克风格的

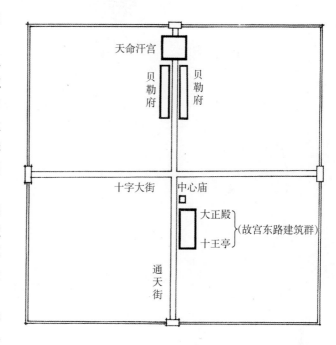

图3 努氏沈城

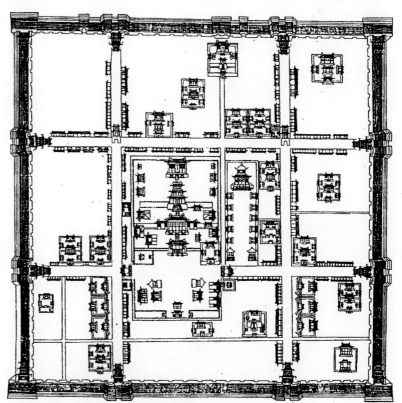

图4 盛京城阙图

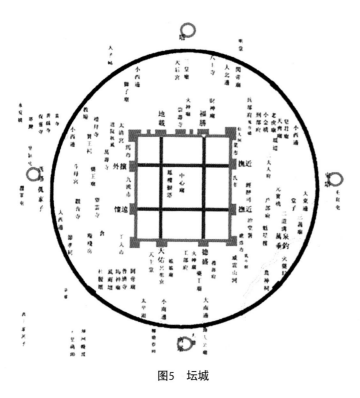

图5　坛城

城市规划设计手法。

在老城区和满铁附属地之间呈曲折状、南北向狭长的平面范围内，道路系统不甚规律且与其两侧城区都不相同，是当年的"商埠地"板块。最初这里是城区之间的一片空闲地，1860年西方列强以传教士为先遣队，从营口登陆东北并进入沈阳后，当局于1906年"自行"为列强所开辟。商埠地包括正界、北正界、副界和预备界四部分。

在老城区的东部和北部，分别是在民族工业发展的推动下所形成的大东和皇姑新市区。这里是当年以沈阳为根据地的奉系军阀势力为与外国势力抗争，通过"铁道竞赛"和发展军事工业，最初所形成的奉海大市场、大东新市区、西北工业区而逐渐发展起来的城区板块。它是以大型工厂为中心配合围绕在周围的生活辅助设施、城市公建、市政设施和城市绿地，形成一组组的城市空间组团。

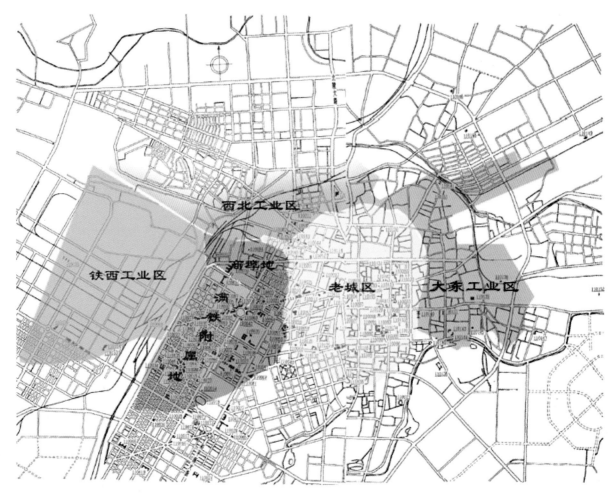

图6　沈阳近代城市的板块结构图

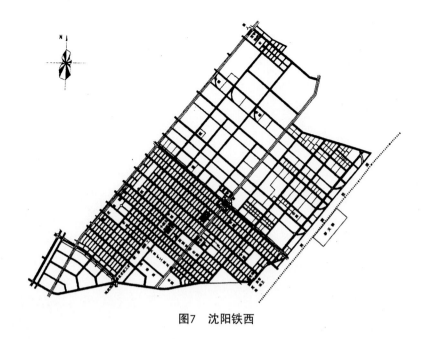

图7　沈阳铁西

　　铁路以西是沈阳著名的工业集中地。"九·一八"事变之后，日本人强占了东三省，把沈阳规划为伪满洲国的工业基地，于1932年~1937年出台并开始实施"大奉天都邑计划"。在该计划中拟将铁西开发为日本侵华战争需要发展工业生产的大型工业区。它作为该都邑计划的重要内容，边规划边建设。1934年~1937年为第一期建设，1937年~1941年为第二期建设。经过两期建设后，铁西工业区已形成初步规模。尽管随后这里曾遭受到严重破坏，但是随着新中国成立后国家的大力投入和集中全国力量的大规模建设，铁西工业区伴随着中国工业的快速发展成为国内著名的也是规模最大的装备业工业基地。铁西板块的形成，是典型的以功能分区为特征的城市规划思想的结果。它将数以百计的大型工矿企业集中在一起，与其他城市功能区以铁路加以分隔，在该板块之内又以建设大路为界，形成了"南宅北厂"的功能格局（图7）。

　　沈阳城近代所形成的这种"板块结构"，直至今日仍对城市空间格局具有制约性的影响，也成为沈阳城市规划的一个重要特色。

　　（5）当代沈阳城

　　沈阳市是辽宁省的省会城市，是全省的政治、经济、文化中心；是东北地区最大的中心城市；是中国重要的工业基地；也是国家历史文化名城和旅游城市（图8）。

　　沈阳市目前划分为11个行政区：和平区、沈河区、皇姑区、大东区、铁西区、东陵区、于洪区、苏家屯区和沈北新区、浑南新区、棋盘山旅游开发区。另辖一市（新民市）三县（辽中县、法库县、康平县）。

　　全市人口约720万人，其中中心城区居住人口约450万人。全市土地规模12980km²。

　　中心城区的核心区（三环以内）用地468km²。随着新区的开发建设，它的范围向各方向得到了很大拓展。特别是令这座自史以来坐落于"沈水之阳"的城市，跨越了它的南向疆界，将浑河变成了沈阳城的内河。浑河南岸将成为新沈阳城的另外一个中心区。浑河北岸城区的空间构架与格局虽然大体上延续着近代以来形成的板块式结构，但在规模上已经发生了巨大的变化。它体现为以青年大街带状高层建筑群为城市中轴的"金廊"，加上以浑河为依托的两岸城市绿地公园与文化休闲建筑共同编织的"银带"，偕同太原街、中街两大市级商业区和新北站地区的商务中心区为城市的基本骨架，构成了沈阳中心城区的功能结构和空间结构。随着中心城区工业企业大规模地向城市边缘区的迁移，在一环以内形成了以第三产业为牵引，集合着办公、居住、商业、休闲等城市功能为主体的城市中心区。良好的绿化景观系统、高品质的城市开放空间、顺畅的城市道路交通和不断完善的自然与人文生态环境，又为提高宜居性的城市环境质量创造着必要的硬件条件。

图8 当代沈阳城

二、沈阳建筑

沈阳是一座文明古城又是一座现代化的都市，至今已有2300年的历史，蹉跎岁月给它留下了深深的"历史皱纹"：封建社会的遗迹、半封建半殖民地社会的烙印、社会主义新中国的脚步，都详尽地记载于沈阳的建筑之中。悠久的历史、复杂的社会背景，造就了现存沈阳建筑的多样性。我们将沈阳的"传世家珍"做如下展示：

沈阳现有文物古迹1100余处。其中：

1）文物建筑（市级以上文物保护单位）129处，包括：

世界文化遗产3处：清沈阳故宫、清福陵、清昭陵；

国家级文物保护单位10处："一宫二陵"、张氏帅府、新乐遗址、老东北大学校址、叶茂台辽墓群、石台子山城、锡伯族家庙、高台遗址；

省级文物保护单位33处；

市级文物保护单位86处；

另外，还有20余处不可移动文物和一批有待列入保护名单的历史建筑。

2）历史城区2处：明清时期形成的坛城、中华民国时期形成的满铁附属地。

3）历史风貌区3处：铁西工业区、大东工业区、中华民国时期形成的商埠地。

4）历史文化街区5处：方城地区、沈阳站—中山路—中山广场、慈恩寺地区、铁西工人村、大东和睦路地区等。

目前，沈阳市内的建筑主要可以分为5种类型：

（1）具有民族气息的传统建筑

沈阳作为都城已有三百多年的历史。由于其地理位置的显要，原是中国关外一个重要的军城。直到后金天命十年（公元1625年），努尔哈赤迁都于此，它成为举国显赫的都城，沈阳的城市和建筑有了大规模的发展。留存至今的传统古建筑，除个别辽代建筑外，大多是这个时期的遗产。因为它主要是由满族人决

图9　清沈阳故宫全景

图10　清福陵

图11　清昭陵

定建设起来的城市，所保留下来的建筑受满文化的影响很深，是满族建筑发展到鼎盛时期的重要遗存。同时，汉、蒙、藏等多民族文化相互融合，处处闪烁着中国传统文明的光彩。城市中的宫殿、陵寝、庙宇、佛塔、官署、民宅等建筑物，传统气息浓郁，又融汇进了后金女真人游猎式的生活旧习和喇嘛教的宗教观念，与典型的汉族古建文化略有差异。直至今日，方城一带还保持着传统的城市格局："井"字形的街道结构和具有传统特色的建筑旧观。作为一座国家级历史文化名城，闻名遐迩的清沈阳故宫（图9）、清福陵（图10）、清昭陵（图11）等世界文化遗产以及星罗棋布地洒落在城中的国家、省、市级文物建筑，体现着我国古代城市建设的传统理论和蕴藏着珍贵的建筑遗产，对国内外游人颇具吸引力。

　　（2）西洋古典式建筑

　　中国近代，外国列强以洋枪、鸦片敲开了中国的大门，对我国进行了十分贪婪和疯狂的掠夺。与此同时，他们也在某种程度上起到了打破长期以来封建专制、闭关自守大门的客观作用。于是，西方的文化也趁机强入中国。沈阳市出现了很多西洋古典式的建筑。与中国其他城市所不同的是，带来西洋建筑文化的除了那些来自欧美大陆的外国建筑师和留学回国的中国"海归设计师"之外，更多的是借日本建筑师之手传入的西洋建筑文化与建筑技术。当然，不可否认在这些建筑中，蕴含着日本设计师对西洋建筑的理解和诠释。广泛分布在市内的许多银行、洋楼式小住宅、商店、影剧院、旅馆、办公楼等建筑很多都是在洋风、洋潮影响下的产物。当时沈阳也出现了一批源自中国建筑师之手，将西洋古典建筑手法与中国的建筑现状相结合的成功作品。如原东北大学北陵校区，从总体规划（图12）到它的图书馆、教学楼（图13）等一系列建筑的单体设计，以及原京奉铁路辽宁总站（图14）、同泽女子中学（图15）、张氏帅府红楼群（图16）等都是中国著名建筑家杨廷宝先生所留下的亲笔杰作。另外也有出自穆继多等本土留洋设计师之手的成功之作（图17），至今仍作为沈阳历史建筑中的经典被得以精心保留。

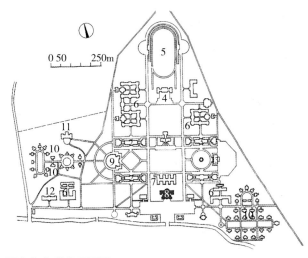

1—图书馆　2—文法学院　3—化学馆
4—体育馆　5—体育场　6—男生宿舍
7—理工实验楼　8—理工学院
9—大礼堂　10—教职员宿舍
11—女生宿舍　12—教育学院
13—女生体育馆

图12　原东北大学总平面图

图书馆

体育场

文法楼

图13　杨廷宝设计的原东北大学部分建筑

图14 原京奉铁路辽宁总站

图15 原同泽女子中学

图16 张氏帅府红楼群

图17 由穆继多设计的吉顺丝房

　　沈阳的近代建筑与其他的城市相比较，具有两个突出的特点：

　　1）洋门脸——这是当地老百姓对沈阳近代建筑的一种俗称，却一语道出了它的突出特点。建筑的影响总是先外后内。人们接受一种建筑形式也总是先注意到它最表层的、直观的外部形象。所以沈阳洋风建筑传入初期，除少数直接由西洋建筑师亲手完成外，相当一部分只在外观上模仿，而建筑的内部结构和空间组合方式仍旧是原来做法的延续。对设计者来说，传统的做法更为得心应手，对使用者来说也是更符合本地长期以来的生活习惯。即使是外部形象，也常常是在原来砖墙木构的外墙表面，以石材或混凝土做一层洋式表皮。这种表面装饰在西洋化的程度上也有所不同，有的搬用的"地道"些，有的仅用一些符号，有的仅仅是将西洋装饰点缀在院墙上。当然，这类建筑也不乏优秀者，他们对于引进外来信息与文化，对于后人了解当时的历史、社会与生活，都有其独特的意义和价值。因此，今天我们对它们的保护，既在于其外观形象，也要注意保护它们的内部结构与空间，其内部与外部同样重要。因为这才是沈阳近代建筑不同于其他城市的特殊之处，如此才能使后人对此类建筑和此段历史形成全面的了解，也才能真实地表达出沈阳近代建筑的重要特点。

　　2）引进中的"土洋结合"与再创造。对洋风建筑原封不动引进的实例并不占很大的比重，大多建筑在引进过程中都揉入了本土精神、本土习惯和本土技术。实为一种"再创造"的过程。人们并不在乎是否

13

"正统"，所关注的却是它是否符合自己的"口味"，是否满足使用的需要，是否具有技术保障的可操作性。中西方不同的思维、不同的手段、不同的艺术搅在一起，出现在建筑的空间组合、结构系统、内部装饰，以至建筑的外观形象之中。人们对它们的评价大相径庭：有人称之为"不伦不类"，也有人说是"洋为中用"、"尽为我用"。当然，这种再创造的水平不尽相同，有的使二者在一栋建筑之中结合得体，甚至比完全照搬更为合理而颇具创意；也有的较为生硬，给人以拼凑之感，并不成功。尽管在一座城市中适当地搬来少量经典之洋风建筑也是可以的，但从总体上说来，创造性的引进应属于建筑创作更高的一个层次。

今天，伴随着改革开放所涌起的新一轮的西风东渐之潮，"欧陆风建筑"再次登陆沈阳，它们广泛地出现在当今城市的公共建筑、商品住区等各种建筑类型之中。但它们与近代的"西洋式建筑"相比，虽皆是受西洋古典之风影响的产物，却表现出不同时代人们的精神夙求和审美品位。

（3）日本占领时期的建筑

1931年"九·一八事变"以后，日本帝国主义侵入中国，沈阳沦陷为日本的殖民地。他们建造了很多东洋式的建筑，意在把这里作为日本国土的扩延以表达其眷恋故土之情。那个时期又正值日本明治维新之后，大量设计师留学欧洲学习欧洲建筑的理论与设计手法，于是他们将从欧洲学回来的东西，大批量地运用到沈阳，再进一步摸索把东洋与西洋文化结合起来、把外来文化技术与当地的具体条件结合起来。现市政府办公楼（图18）、市公安局办公楼（图19）、和平广场附近的满铁社宅群（图20），以及中山广场上的辽宁宾馆（图21）、沈阳站（图22）广场建筑群等都是这种思潮的产物。当年由日本人设计的这些建筑至今在沈阳市内仍保存有一定的数量，也记载着那一段令人铭心的历史。

（4）前苏联建筑思想影响下的建筑

建国初期，我们的设计理论和能力都比较薄弱，又缺少大规模的建设经验，所以开始向前苏联学习。从建设理念、设计与建造过程、建筑规范、建筑标准图到对设计与施工技术人员的培养体系都浸透着前苏联的设计体系、建造技术和意识形态的影响。特别是沈阳大量的工业建筑受当年前苏联设计思想影响很深，厂区规划、单体厂房以致生产工艺都模仿前苏联的设计套路。另外，在居住建筑、公共建筑中也多有体现。在我们今天的城市中留下了一批那个时期的建筑，如铁西工人村（图23）、大东和睦路住宅区（图24）、东北大学主楼（图25）和大量的工厂建筑（图26）等，它们成为城市中一道有价值的历史皱纹，展示着沈阳城发展的沧桑历程。

图18　市政府办公楼

图19　市公安局办公楼

图20　满铁社宅

图21　辽宁宾馆

图22　沈阳站

图23　铁西工人村住宅楼

图24　和睦路黎明厂工人住宅

图25　东北大学主楼

图26　工业厂房

（5）现代建筑

从1948年11月2日沈阳城解放至今，沈阳经历了60年城市建设的发展历程，她作为东北的政治、经济、文化中心，城市建设展现出迅猛发展之势，实现了真正意义上的腾飞。特别是改革开放以来，建设规模之大、速度之快都是空前的。国内外现代化、多元化的设计理念和先进的建造技术充分地体现在城市建筑之中。沈阳城市空间不断扩大、城市高度大尺度地增加、建筑形态迅速地向国际化贴近、现代建筑的比例迅猛地占据了绝对的控制性地位，城市面貌发生着日新月异的变化，呈现出百花齐放、百家争鸣的繁荣景象。沈阳在保持着悠久历史与浓郁地域性建筑文化的同时，以现代化、国际化大都市的面貌出现在世人面前。

沈阳的现代建筑主要表现出以下的一些特点：

1）在传统中创新的建筑。建筑师吸收传统文化的精髓，并在此基础上不断创新。辽宁工业展览馆（图27）就是吸收了传统的建筑艺术和表现手法，是中国传统建筑文化在展览馆这类大空间、大跨度建筑类型的创新尝试，形成融中国传统建筑形式与现代功能于一体的民族风格新建筑。这类建筑并非仅仅局限于中国传统建筑符号在现代建筑中的标识作用，而是力图探索现代建筑与传统文化在内涵与形式上相互融合的设计手法和途径。它们还包括中国建筑东北设计研究院办公楼（图28）、沈阳桃仙机场新候机楼（图29）等。

2）体现北方地域特色建筑。建筑注重对北方特有的气候条件、环境条件和历史文脉的表达。从建筑的设计构思、总体布局、空间组合、建筑技术与材料等多角度入手，因地制宜，注重建筑设计的原创性和对本土特色的表达。沈阳中兴商业大厦（图30），其原形是传统的"斗"，呈一正一反上下相扣，构思巧

图27　辽宁工业展览馆

图28　中国建筑东北设计研究院办公楼

图29　桃仙机场新候机楼

妙，体现着商品交换的造型寓意。建筑形体富有体量感，有气势，类似于北方人的性格特征。其深沉的色彩和具有雕塑感的建筑造型，使往来的顾客在繁华而嘈杂的商业街上感受到沉稳与力的震撼，又在漫长而苍白的冬季感受到几分暖意。中共满洲省委旧址陈列馆（图31）、沈阳新乐遗址博物馆（图32）等建筑都是充分结合环境氛围、展示其历史与文化背景、体现着城市特质的设计作品，是对沈阳地域性建筑创作的有益尝试。

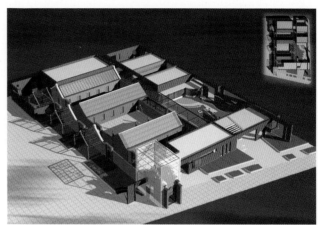

图31　中共满洲省委旧址陈列馆

图30　中兴商业大厦

图32　新乐遗址博物馆

　　3）"新、奇、特"建筑。在思想开放、流派争艳的沈阳现代建筑中，有些建筑吸引着老百姓的眼球，他们颠覆了直线和重力，通过奇异的造型形成强烈的震撼力和瞬间的感染力。上大下小呈"Y"字形造型的沈阳房地产大厦（图33）、以超尺度"铜钱"造型为特征的方圆大厦（图34）、以"龙的胚胎"为建筑平面设计构思的辽宁大剧院和辽宁省博物馆联合体（图35）成为沈阳的新地标。尽管这一类建筑所追求的并非是高品位的建筑品质，也未必经得住时间的考验，但它们以另类的面目给沈阳城带来了令人难以忘怀的记忆。

　　4）高技派建筑。以建筑的技术性特征作为建筑艺术表现力的主要手段，在建筑界成为一种颇为时尚的流派。当然，它对于沈阳这座工业城又具有一种体现地域文化的优势。沈阳奥林匹克中心体育场（图36），以科技奥运、绿色奥运为主题，恰恰符合高技派的建筑思想观，这个承载着北京奥运会十场体育赛

图33　沈阳房地产大厦

图34　方圆大厦

图35　辽宁大剧院和辽宁省博物馆

事的体育场馆，在外观设计和应用中充分表现出多项凝聚了建设者智慧的高新科技成果，成为沈阳奥林匹克精神的代表，也成为现代沈阳的标志之一。2006年沈阳世界园艺博览会大门——"风之翼"（图37）、百合塔（图38）等建筑，也是建筑师通过高科技手段和充满技术美的建筑造型语言，塑造和表达了现代人的性格特征和审美情趣，蕴含和展示着沈阳工业城的技术优势与工业文化气质。

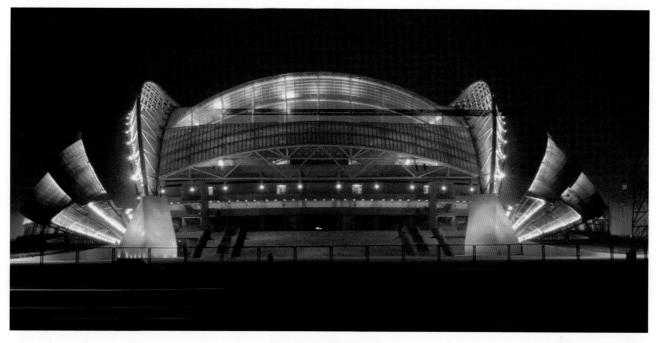

图36　沈阳奥体中心

图37　沈阳世界园艺博览会大门"风之翼"

图38　百合塔

　　5）生长着的有机建筑。它们不求对自身的突出，而是作为城市的生长体，身份恰当地融于所处的环境之中。对于沈阳市图书馆和儿童活动中心联合体（图39），设计师鉴于周围建筑体量庞大、造型各异，而令该建筑采取了退让空间的姿态，为避免与周围建筑互争体量，将面对城市干道的一面做成斜坡，令城市绿化沿建筑的坡形立面形成大面积的草坪覆盖，利用具有方向性和谦恭式的建筑形态，将周边游离状态下的建筑组合成具有稳定关系的新的建筑群体。图书馆和儿童活动中心两类功能性质完全不同的建筑合理组合，利用动静兼顾、阴阳互补的形式，表现了其内在的独立性和外在的自由感。在另一个颇具特色的沈阳建筑大学校区（图40）设计中，则是将"大学（UNIVERSITY）"的概念演绎为"城市（UNIVERCITY）"的设计理念，构筑成一座新型的"大学城"。整座学校是由一组呈"东南—西北"方向斜置的平面网格系统组成的整体性建筑。一条全长为756m的"建艺长廊"和11个院落构成了这座"建筑里的城市"或是"城市里的建筑"。平静的校内稻田景观和以矩形水面为载体的景观主轴，以及借校外沈抚铁路上时而疾驶而过的列车作为学校构景因素并与校园内生气勃勃的运动设施，共同组成了一幅动静交织的生动画面，使现代化的大学与这块用地的农田历史以及沈阳老工业基地之间通过地域的文脉交织在一起。

图39　沈阳市图书馆及儿童
活动中心联合体

图40　沈阳建筑大学建艺长廊

　　6）现代化的工业建筑。沈阳是中国重要的工业基地，是一座闻名遐迩的工业城。历史上，沈阳形成了规模巨大的铁西工业区、大东工业区和皇姑工业区。"工业"在一定程度上成为沈阳的代名词，不同性质和规模的工业厂房也代表着中国工业建筑发展的水平。近年来，沈阳工业面临着为顺应时代迅猛发展的骤变形势，工业结构调整与重组、工厂迁移与重建……工业分布与建筑面貌都发生着急剧与全面的改变。

随着铁西工业区的功能性调整和市区内工业用地的集中化迁移，以及沈西工业走廊和工业开发区的建设成型，一大批现代的、新型的工业建筑如雨后春笋般拔地而起。新建的工厂区和工业厂房一改原有的面貌，呈现为现代化、生态化、人性化的新形象。沈阳工业城以全新的态势展现在世人面前（图41）。

　　沈阳的现代建筑中还有着许多可以被称为新地标性的建筑——沈阳电视塔（图42）、九·一八历史博物馆（图43）、21世纪大厦（图44）……有着体现沈阳良好城市风貌和人居环境的建筑——沈阳世博园（图45）、市府广场（图46）、万科新榆公馆（图47）、唯美十方住区（图48）……它们撒落在沈阳的大街小巷，如点点繁星，汇同那些古老的、传统的古代建筑和那些独具风韵的近代建筑，共同点染沈阳城市建筑的华彩，绘制出充满特色的城市建筑地图。

图41　沈阳铁西工业区

图42　电视塔

沈阳城市建筑图说

图43　九·一八纪念馆新馆

图44　21世纪大厦

图45　沈阳世界园艺博览会沈阳园

图46　市府广场

图47　沈阳万科新榆公馆

图48　沈阳唯美十方住区环境

22

目　　录

第1章 古代部分

沈阳故宫全景

1.1 沈阳故宫

沈阳故宫是中国现存的两组宫殿建筑群之一，它与闻名遐迩的北京故宫曾先后作为清帝王的皇宫。清王朝的统治者来自于中国的一个少数民族——满族。但北京故宫并非由其所建，仅是为其所用。而沈阳故宫却是地地道道按满族人的意图建造，又为其所用的皇家宫殿。因此，沈阳故宫虽不及北京故宫的规模宏大，却有着它自己浓郁的民族建筑文化特色。

沈阳故宫位于沈阳市内，始建于公元1624年~1625年，最终形成于公元1783年前后，经过长达150余年的建造、维修、改建和陆续增建，形成了今天所见的规模。它占地面积六万余平方米，共包括宫殿斋阁建筑100余幢，400余间。系清太祖努尔哈赤和清太宗皇太极两代皇帝在清朝入关之前定都沈阳时的宫殿。清顺治帝于公元1644年进关并迁都北京，沈阳则变成清王朝的"陪都"，沈阳故宫成为"留都宫殿"。清康熙、雍正、乾隆、嘉庆、道光五朝皇帝共11次来沈祭祖谒陵，对其先祖宫殿多次进行修缮和增建。特别是乾隆年间，曾对沈阳故宫进行了大规模的扩建，使这座塞外皇宫愈发完整并最终形成了今天这个以东路、中路和西路三个部分组合而成的宫殿建筑群。

崇政殿堂陛宝座

崇政殿

1—大政殿　　2—左翼王亭
3—镶黄旗亭　4—正白旗亭
5—镶白旗亭　6—正蓝旗亭
7—右翼王亭　8—正黄旗亭
9—正红旗亭　10—镶红旗亭
11—镶蓝旗亭　12—奏乐亭
13—奏乐亭　　14—銮驾库
15—大清门　　16—崇政殿
17—凤凰楼　　18—清宁宫
19—配宫　　　20—关睢宫
21—衍庆宫　　22—师善斋
23—日华楼　　24—左翊门
25—飞龙阁　　26—太庙
27—太庙门　　28—配殿
29—配殿　　　30—东七间楼
31—颐和殿　　32—介祉宫
33—敬典阁　　34—配宫
35—麟趾宫　　36—永福宫
37—协中斋　　38—霞绮楼
39—右翊门　　40—翔凤阁
41—西七间楼　42—迪光殿
43—保极宫　　44—继思斋
45—崇谟阁　　46—七间殿
47—值房　　　48—值房
49—扮戏房　　50—戏台
51—转角房　　52—嘉阴堂
53—宫门　　　54—文溯阁
55—仰熙斋　　56—九间殿
57—碑亭　　　58—奏乐亭
59—西朝房　　60—奏乐亭
61—东朝房　　62—东朝楼

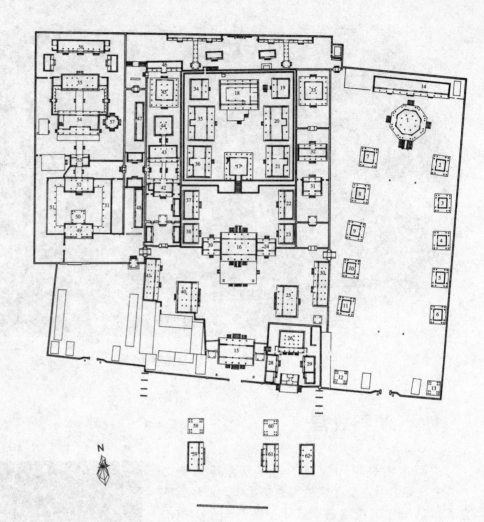

沈阳清故宫总平面图

崇政殿

东路、中路、西路是三条近乎于平行的南北向轴线控制下的三个部分。三部分的功能性质明确，形成各自相对独立而又有部分横向沟通的整体关系。

沈阳故宫的东路，为努尔哈赤时期形成的由一组宫殿建筑群围合而成但原先并无围墙的梯形城市广场。位于中轴线北端的大政殿作为主体建筑，努尔哈赤本意欲将此用作他的金銮宝殿（后因工程未竣工努氏先亡而成为礼仪之所）。它是一座八角重檐攒尖顶殿宇，坐落在高1.5m的须弥座台基上。屋顶黄琉璃绿剪边，檐下是硕大有力的五踩双下昂计心造斗拱。8个檐柱形成大殿周围的外廊，南面正门前的两颗檐柱上两条金龙蟠柱翘首扬爪，粗犷生动。其南面的东西两侧依"八"字形排列着10座皆为歇山顶周围廊的"亭"式宫殿，称为"十王亭"或"八旗亭"。再南面是后来增建的一对奏乐亭。东路的建筑布局体现了当时"分旗理政、君臣合署办公"这一特殊的政治军事体制。后期它被皇太极主要用作举行大典的礼仪之所。

沈阳故宫的中路，是皇太极时期临朝理政和生活起居的大内宫阙。它是沿中轴线按"前朝后寝"的格局所形成的具有满族民居风格的五进四合院建筑群。第一进院落是在大清门之外，主要建筑与大清门隔道相望，由朝房、奏乐亭、影壁以及果楼、炭楼等建筑组成。文德和武功两座牌坊跨越在大清门前的沈阳路上，界定出中路东西方向的空间尺度。大清门是沈阳故宫的正门，又是文武群臣的候朝之所。大清门之内的第二进院落即故宫的中心，皇帝临朝的崇政殿坐落在此院正南。它是一座五开间前后出廊的硬山式建筑，屋顶及墀头皆为琉璃作。大殿前后有石围栏和石踏跺，正中铺二龙戏珠石雕。殿内彻上露明造，梁架满绘彩画。正中是平面为"凸"形威严富丽的堂陛，并置放着宝座、屏风等。崇政殿两侧的耳房分别称为左、右翊门。殿前有月台，月台之上东有日晷、西有嘉量，月台之北石阶下是一条通向大清门的御路。御路东西各有5间厢楼称作飞龙阁和翔凤阁。崇政殿后的第三进院落是联系前朝与后寝部分的过渡性院落。东有师善斋、日华楼，西有协中斋、霞绮楼。

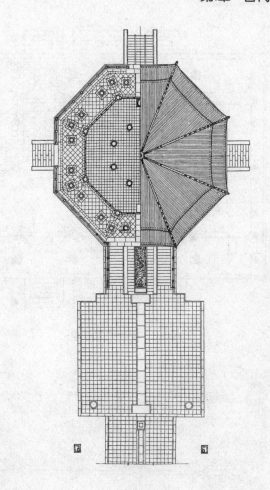

大政殿平面图

大政殿

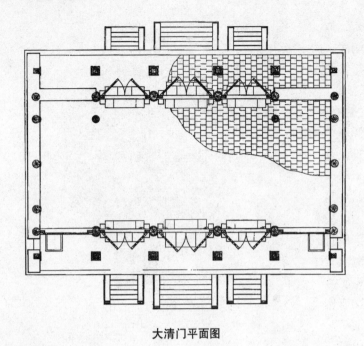

大清门平面图

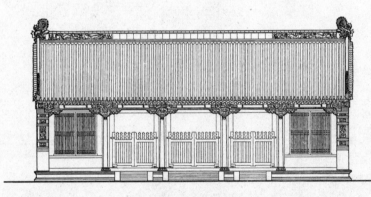

大清门正立面图

这几幢建筑是后期改建的，乾隆帝东巡谒陵暂住故宫时，此为供皇子居住和读书的地方。南面正中的凤凰楼是后宫部分的门户，它是建在高台之上的一座大门楼，建筑为3层，歇山三滴水屋面，一座直跑大石阶直至凤凰楼一层门洞。它是当年沈阳城内最高的"摩天楼"。以此命名的"凤楼晓日"是著名的"盛京八景"之一。凤凰楼后面即帝后的寝宫部分——建在3.8m高台之上的"台上五宫"。正宫清宁宫是清太宗皇太极和皇后博尔济吉特氏的寝宫。它面阔5间，前出廊，硬山顶，房前有月台。东次间开门，似满族民居做法，进屋为灶间，设两口大铁锅用来杀牲畜煮肉祭肉。西面三间是空间贯通的"筒子房"，虽有起居、会客等功能，其室内布局却主要以祭祀功能为主。南北对面炕，西墙一铺顺山窄炕将南北两炕连接成满式的"万字炕"。西墙上有神架、神幔，称"渥萨库"，下设神桌、五供、糠灯等祭祀用具。东稍间为暖阁，又分成南北两间。北间设龙床，南间是休息、会见官员与处理政务之所。清宁宫前东厢为关雎宫和衍庆宫，分别是辰妃和淑妃的寝宫。西厢有麟趾宫和永福宫，分别是贵妃和庄妃的寝宫。院中略偏东南，竖有

满族传统祭祀活动用的神杆——索伦杆，它是一根在接近杆的顶端串有一个倒台形锡斗的木杆。清宁宫后面院墙上设通道口，拾级而下，即进入第五进院落——作为提供御膳的后勤内院。

中路中轴线上一串院落的东西两侧，为乾隆帝东巡住此而后期加建的太后及帝妃的居住之所和储房等，分别称为东所和西所。其主要包括颐和殿、介祉宫、敬典阁、迪光殿、保极宫、继思斋、崇谟阁等。中路大清门的东侧是沈阳故宫的太庙，也是一个用人工将地坪垫高的高台院落，建于乾隆四十三年。由一座面阔3间的山门、5间歇山顶的正殿和东西两座3开间的配殿外加两耳房，以及院中的焚帛亭共同组成了这座祭祀爱新觉罗祖先的家庙。沈阳故宫建筑群之中只有这组建筑采用了满堂黄琉璃屋顶的做法。

沈阳故宫的西路，是乾隆年间增建的以文化娱乐功能为主体的一组建筑。由嘉荫堂、戏台和两侧的抄手游廊围合成的四合院为皇帝和百官提供了一处赏戏的"半露天剧场"。这座院落以北是一组由文溯阁、仰熙斋、碑亭和廊庑等建筑共同组成的以藏书和阅览为主要功能的三进院落。此院中的主体建筑是文溯阁，是乾隆帝专为收藏《四库全书》，仿照宁波天一阁在全国建造的七大著名藏书楼之一。它是一幢外观为2层楼，内部是3层空间的建筑，室内一二层之间有一个两层贯通的共享空间。硬山顶，黑琉璃绿剪边，五个半开间，其中西端的半个开间作为楼梯间。楼后的仰熙斋是供皇帝读书之所。

东路和中路早期建筑散发出浓郁的满族传统建筑文化的芳香。例如东路宫殿群的"八字布局"形式，体现着受游牧民族生活与军事习惯影响而形成的军营帷帐的固定形式；中路的后宫部分则采用了具有满族

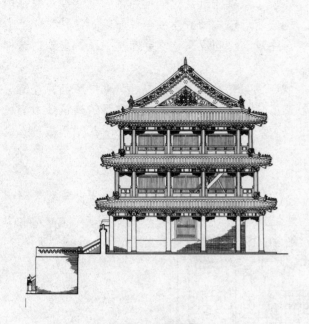

凤凰楼侧立面图

凤凰楼

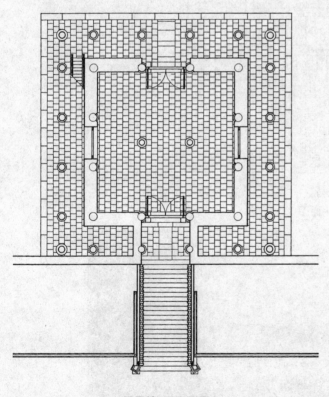

凤凰楼1层平面图

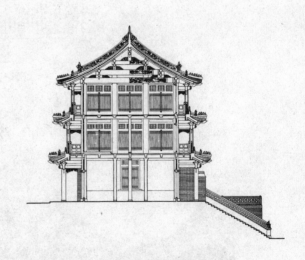

凤凰楼明间剖面图

居住特点的高台四合院形式；建筑屋顶多为满族民居唯一运用的硬山起脊式，并配以不同于皇上惯用的"满堂黄"琉璃屋顶的做法而采用了满蒙民族独特的"黄琉璃绿剪边"的瓦饰；因满族生活与祭祀活动需要而形成的"口袋房"、"万字炕"等室内空间的形式和大月台、索伦杆的室外空间特色；沈阳故宫的构件和装饰同样表现出浓郁的满族文化味道和宗教色彩，如大政殿前檐柱上凶猛、粗犷的盘龙，以及色彩浓郁的琉璃墀头和脊饰等。然而，西路和中路东西所建筑则体现了汉族建筑文化的特点，它同早期具有浓郁满族建筑文化特点的中路和东路建筑协调地组织在一起，构成了现在沈阳故宫的总体面貌。这种文化上的传承与融合正是满民族由新宾到沈阳再走向北京的过程中，由满文化向汉文化发展递进关系的显现，这种关系则被明显地固化在沈阳故宫的建筑当中。

　　沈阳故宫是一座特色鲜明的建筑群，它的特色主要表现在宫城结合的紧密关系、分期形成与完整的总体布局、别致的空间构成与建筑环境、具有满族特点的营造方式与装饰艺术，寒地条件下的建筑技术与风格等。正是这些特色，使得它如此的不同凡响，又如此的具有艺术魅力与文物价值。它于2004年被列入世界文化遗产名录。

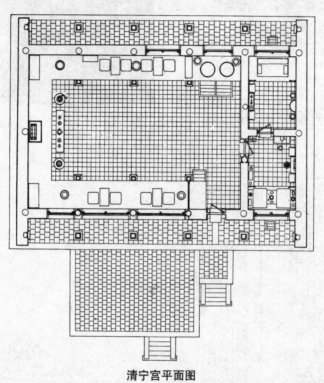

清宁宫平面图

清宁宫

文溯阁

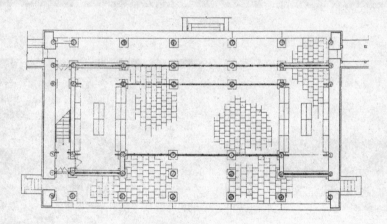

文溯阁底层平面图

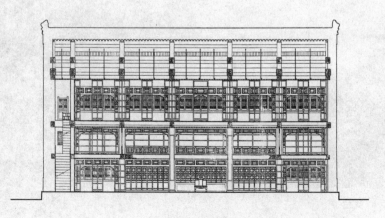

文溯阁纵剖面图

武功坊

太庙正殿

戏台

墀头

1.2 清昭陵

清昭陵位于沈阳城北，俗称"北陵"，是清太宗爱新觉罗·皇太极及其孝端文皇后博尔济吉特氏的陵墓。

皇太极——清朝的第二代开国君主，满族杰出的政治家和军事家，青少年时即随父兄南征北战，屡立战功。35岁时继承了汗位，建元大清。他积极推进封建化进程，吸收汉族文化，为本民族的发展与进步作出了贡献，也为最终进入中原，一统中国奠定了基础。

昭陵是一座逐步积累建成的皇陵。它始建于清崇德八年（公元1643年），至顺治八年（公元1651年）初步建成。之后，康熙、乾隆、嘉庆等朝又有所增建和改建，至嘉庆六年（公元1801年）全部建成。因此，它既反映了早期满族的建筑思想和技术，也融入了中原皇陵建筑的形制和风貌。

它是清前三陵（清永陵、福陵、昭陵）中规模最大的一座。陵区占地332万m²。陵区周围又在相当大的范围内辟为陵寝控制区，并以红、白、青三种颜色的界桩加以限定，陵前还设有420架拒马木。陵区南北长2.55km，东西宽1.3km。其平面沿南北中轴线呈对称式布局。由南至北共分为3个部分：

从最南端的下马碑到正红门是其第一部分。它包括下马碑及其北面的华表和石狮，以及神桥、涤品井直至位于台基之上的石牌坊。石牌坊和它后面的大红门、东西两侧的两个跨院门共同形成了进入陵宫前的围合性空间——祭祀活动正式开始准备的前奏性空间。东跨院设有为皇帝祭祀时使用的更衣亭和净房（皇上的御用厕所）。西跨院是为祭祀时宰杀禽畜的省牲亭和制作祭品的馔造房。

中轴线上的正红门是进入陵寝的正门。陵寝平面按满族人建城的形制呈"内城外郭"式布局。正红门与两座侧门——东红门和西红门以及一座朱红色的围墙环绕陵区的四周，圈定了陵寝外廓的范围。进入正红门为一条由南至北的神道。神道两侧成对排列着石雕华表、坐狮、坐獬豸、坐麒麟、立马、卧骆驼、立象等石象生。神道向北抵达神功圣德碑碑亭。这是一座重檐歇山顶建筑，亭内是由康熙亲笔题书歌颂皇太极的石碑。碑亭之后的两侧分别为硬山式的涤器房、果房和仪仗房、茶膳房。碑亭正北是进入陵寝方城的隆恩门。由正红门至方城

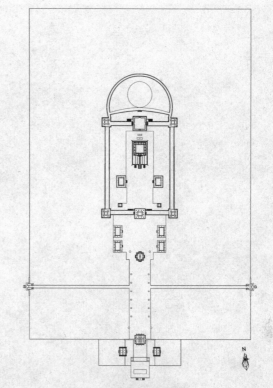

清昭陵总平面图

石牌坊

正红门

昭陵全景

构成了昭陵的第二部分。

第三部分是陵寝的主体——方城、月牙城和宝城。方城用大青砖砌筑，城墙高2丈3尺4寸，四周长79丈，城上四隅有角楼4座。隆恩门为方城正南的城门楼，是一座3层歇山式建筑，体态高大。方城正中是供奉皇太极及其皇后神牌和举行祭祀大典的正殿——隆恩殿。殿前两侧有东西配楼和东西配殿，右前有焚帛楼。隆恩殿后为二柱门和石五供祭台。再后是券门，券门上为皇太极的碑楼——重檐歇山顶的大明楼，楼内立汉白玉墓碑，上用汉、满、蒙3种文字刻"太宗文皇帝之陵"。进入券门是月牙城，迎面正对宝城墙上的琉璃照壁（俗称地宫门），照壁之后即埋葬着帝后棺椁的宝城和宝顶。宝城之后是用人工堆积而成的"隆业山"。陵寝建筑中楼台殿阁皆红墙黄瓦，气势轩豁，陵园环境幽静肃穆，古松参天。

在陵寝西红门外偏北，与宝顶隔墙相对，还有一组建筑称为"贵妃寝园"，是安葬太宗众妃的茔地。除庄妃未葬于此，仅给她留有墓位之外，其他

昭陵鸟瞰

各妃均在这里陪伴着她们生前的夫君。

　　1927年奉天当局将昭陵开辟为"北陵公园"。解放后，又对之几经扩建和修缮，并确定为全国重点文物保护单位。2004年，被列入世界文化遗产名录。它是一处重要的文物景观和旅游佳境。

隆恩门

隆恩殿

方城

沈阳城市建筑图说

方城角楼

碑楼

大明楼和宝顶

14

1.3 清福陵

　　清福陵位于沈阳城的东郊，又称"东陵"，是清太祖努尔哈赤和孝慈皇后叶赫那拉氏的"万年吉地"，崇德元年（公元1636年）封陵号为福陵。努尔哈赤瘁于天命十一年（公元1626年），因"未获吉壤"，"梓宫暂安于沈阳城内"。天聪三年（公元1629年）方选定陵址，始建陵寝，顺治八年（公元1651年）主体建成。后于康熙、乾隆、嘉庆年间又有增建、改建和多次维修至今天的规模。陵墓建筑群占地约五百余公顷。陵寝面临滔滔浑河水，背倚莽莽天柱山，掩映于青松浓荫之中。

　　陵寝由南向北沿一条中轴线对称布局，按满族人建城形制，呈"内城外郭"式。它共分成3个部分。

　　第一部分是"城"外部分。陵寝起始于南端的一道"津墙"和分立于它两侧的下马石碑。其北为一条东西向的大道，道上相向竖有2座4柱3间3楼的石牌坊。两牌坊北面正中为外城正红门，门前两侧有华表和石狮各一对。

　　第二部分从正红门到方城。南向的正红门与东西两侧红门和红色缭墙围合出陵寝的矩形外城郭。正红门3楹，歇山琉璃顶，辟3座券门。红门东西两侧的神墙上嵌有彩色琉璃蟠龙。入正红门，一条用砖铺就的参道从山脚下延展而去，成对的擎天柱和石狮、石虎、石马、石骆驼以及石华表分立两旁。

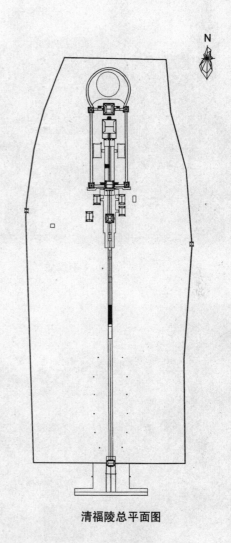

清福陵总平面图

清福陵全景

石牌坊

参道跨越两座"神桥"直通两侧被参天古松夹在中间的"一百单八蹬"。它犹如一架天梯，在地形上沟通前低后高的空间联系；在数字上附会三十六天罡、七十二地煞的象征与内涵；在氛围上塑造出皇家陵寝的恢宏气势。拾级而上空间骤开，呈现出一片开阔地。中间坐落着重檐歇山顶、四面辟券门的"大清福陵神功圣德碑"碑楼。楼北两侧有茶膳房、果房、涤器房、省牲房、齐班房等祭祀用房。再北即方城。

第三部分为方城、宝城区，是福陵的主体部分。方城以青砖砌就，平面呈矩形，周长113丈8尺4寸。城墙高1丈5尺6寸，上有垛口、马道和女墙，垛口高五尺。方城四隅皆设有重檐歇山十字脊角楼。南向正门曰"隆恩门"，门楼3重，屋顶为满铺黄琉璃的歇山式建筑，下开券洞门。门后两侧有踏跺马道通往城墙之上。方城正中是福陵的正殿——隆恩殿，其左右各有配殿，皆为面阔3间、周围廊、黄琉璃瓦的歇山式建筑。隆恩殿是供奉神牌和祭祀用的主殿。殿右前有焚帛亭，殿后是二柱门和石五供，再北为方城北墙券门。门上建有重檐歇山式的大明楼，楼内立"太祖高皇帝之陵"石碑

正红门

（该楼于1962年毁于雷火）。出方城北券门即"月牙城"，它是方城与宝城之间的过渡部分。宝城为半圆形，在方城的东北角至西北角建有一弧形城墙作为宝城的护墙，也连通了方城与宝城的马道，并围合出月牙城的空间形状。宝城高1丈7尺1寸，周长59丈5尺。南面朝向月牙城的城墙上设琉璃照壁，正对方城北墙券门。宝城之上为宝顶，高2丈，周长33丈。宝顶之内埋葬着清太祖努尔哈赤与孝慈高皇后以及殉葬的太妃乌喇纳拉氏和二庶妃。

在陵寝之西原有寿康妃博尔济吉特氏、安布福晋和绰奇德的陵墓，但该墓已不存。

清福陵是全国重点文物保护单位，并于2004年被列入世界文化遗产名录。陵区万松耸翠、殿阁辉煌、威峰佳水、气韵恢宏，是著名的文物古迹和绝佳的旅游胜地。

方城内建筑群

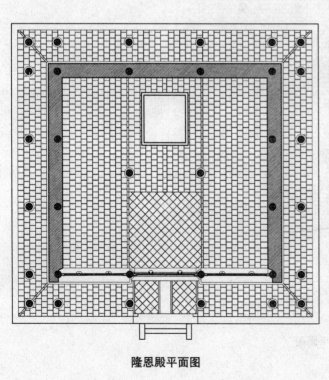

隆恩殿平面图

碑亭

沈阳城市建筑图说

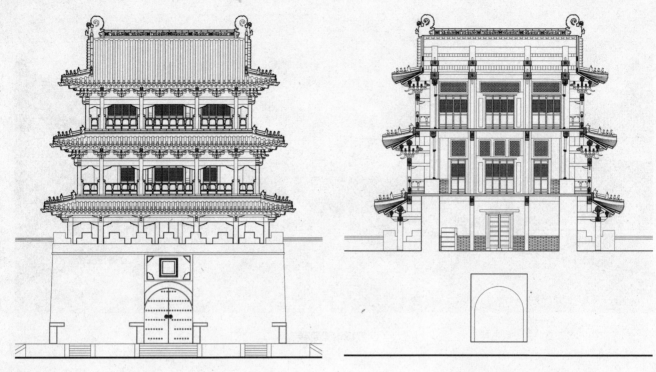

隆恩门正立面图　　　　　　　　隆恩门1层纵剖面图

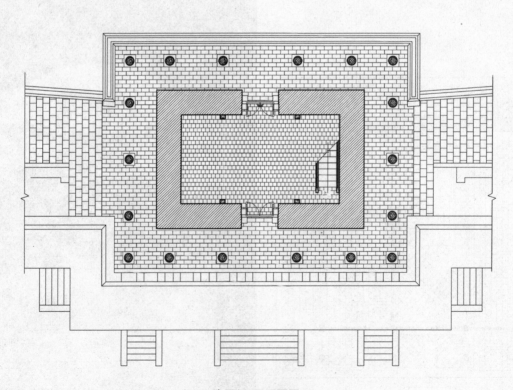

隆恩门1层平面图

隆恩殿

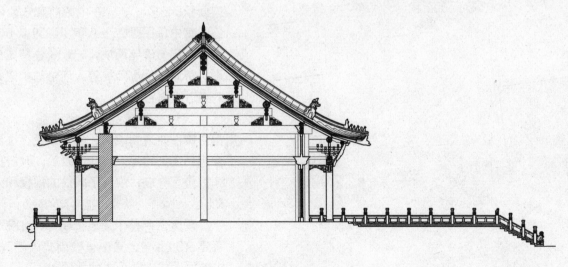

隆恩殿横剖面图

1.4 大佛寺

大佛寺位于沈河区大南街慈恩寺巷14号，与慈恩寺、般若寺相邻。因寺内佛像高大名之曰大佛寺。据民间传说初建于唐代。明万历四十二年（1614年）重建时曾发现唐代的残碑和一些法器。清朝乾隆十二年（1747年），因寺庙年久倾颓曾经重修，当时留有匾额及铜像，到中华民国初年这些文物不见了。乾隆五十六年再次加固重修。此后也曾多次维修，但当时的大佛寺在沈阳的诸多寺庙中是比较小的，其影响也不大。真正使大佛寺成为沈阳地区一座规模较大、远近闻名的寺庙，是经过宣统二年（1910年）和中华民国五年（1916年）两次增修扩建之后。尤其是经过中华民国年间的修缮，使大佛寺成为沈阳的佛教名刹之一。宣统二年的修建是在比丘尼修真的主持下进行的，中华民国五年的维修扩建是在比丘尼常慧的倡导下完成的。为了扩建寺庙，常慧多次外出化缘求施，经过数年努力，不仅修缮了旧有殿宇，而且有所增建。中华民国二十八年（1939年）又修建了地藏寺，使寺内山门、中殿、大殿、东西配殿、东西配房、东西平房等一应俱全。大佛寺占地面积3600m²，建筑面积540多m²。现在中殿前廊东西两壁上还留有中华民国二十八年（1939年）《奉天大佛寺记》碑铭两块，记载着住持比丘尼修真、常慧、常志师徒等人增修与扩建大佛寺的经过等内容。

经过多年战乱和十年动乱，大佛寺的僧舍被占并遭到破坏，佛像被毁，法器等宗教用品遗失殆尽。1979年以后，政府拨款陆续重修了寺庙，恢复了以往的规模和宗教活动。

现大佛寺整个建筑布局为两进院落，共有建筑30余间，其中有硬山式山门3间，硬山前后廊式中殿（也称地藏殿）3间，进深3间，殿前后出廊硬山式大殿3间，进深3间，大殿为全寺的主要建筑。此外还有东西配殿和东西配房等，均为硬山式建筑。由于大佛寺的中殿供奉的地藏王菩萨是按地藏王菩萨

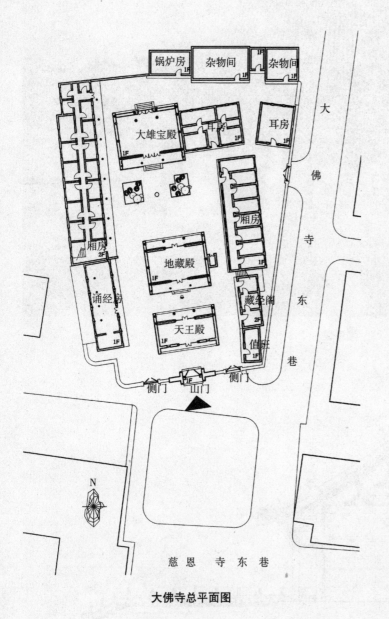

大佛寺总平面图

山门

的道场——安徽九华山的地藏王菩萨化身像所塑，所以这里的中殿也称地藏殿。大佛寺中的地藏王菩萨金身塑像，头顶五佛宝冠，身披锦缎袈裟，其相貌威严端庄。

　　除了地藏王菩萨，中殿还供有阿弥陀佛和观世音菩萨。中殿之后的大殿供奉着释迦牟尼金身像，两侧是其弟子迦叶和阿难，弟子两侧为文殊和普贤菩萨。大殿作为其主要建筑，是寺内僧尼早晚诵经朝拜的地方。每逢有重大佛事活动之际，这里便香烟缭绕，终日经声不断，僧人居士纷纷来到这里上香礼佛。

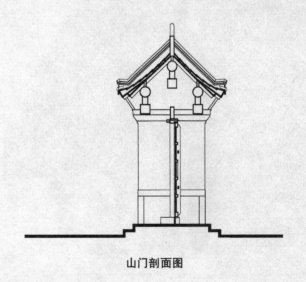

山门剖面图

大殿

大殿外檐廊

天王殿

1.5 实胜寺

实胜寺全称"莲花净土实胜寺",该寺位于沈阳市和平区皇寺路。始建于清崇德元年(1636年),第二年竣工,是清入关前盛京(沈阳)最大、最有影响的喇嘛寺院,因其为清太宗皇太极钦令敕建,故又称"皇寺"。满族主要信奉萨满教,皇太极为笼络蒙、藏民族,以集中力量对付明朝而推崇喇嘛教。当年皇太极征战蒙古喜获玛哈噶喇金佛,尊为至宝,为迎接和奉拜金佛,特建实胜寺。

实胜寺占地7000m²,两进院落沿一条由南至北的纵向轴线展开。轴线的起始点为一座面阔3间、硬山式、黄琉璃绿剪边屋顶的山门。进山门第一进院落的主殿为天王殿,亦为满族建筑常用的单檐硬山式3开间建筑,殿内供奉四大天王神像。院中天王殿前东西两侧分别坐落着钟楼和鼓楼,每日晨钟暮鼓,寺院气氛浓郁,且"皇寺钟声"成为沈阳城内有名的"盛京八景"之一。

第二进院落中轴线上是实胜寺的主殿——大殿,它是一座面阔5间、进深3间的歇山式建筑,屋顶依然是黄琉璃绿剪边。大殿四周出廊,建于高台之上。殿内供奉释迦牟尼等佛像。殿前两侧各有碑亭和石碑一甬。专为供奉玛哈噶喇金佛的佛楼就坐落在大殿西侧,佛楼两层,歇山顶,规模虽不大但它是寺中最为重要的建筑。当年清朝皇帝至此必来拜玛哈噶喇佛。金佛供于楼上,楼下建有一座小塔,葬着默尔极喇嘛的遗骸,现均已不存。院落两侧——玛哈噶喇佛楼以南及其对称位置还各有一座配殿。西侧的配殿之后为僧房等建筑。

每年正月十四、四月十五实胜寺都要举行"跳跶"盛会,届时盛京东、西、南、北四塔及全市各寺喇嘛齐集于此,还有"佛车"送接佛仪式,善男信女簇拥佛车,百姓倾城出动沿街观光,庙会活动热闹非凡。实胜寺由于其皇寺的地位、金佛的尊贵和建筑的精美,备受清朝各位皇帝的青睐并多次临幸,香客不绝,蜚声于寺院之林。

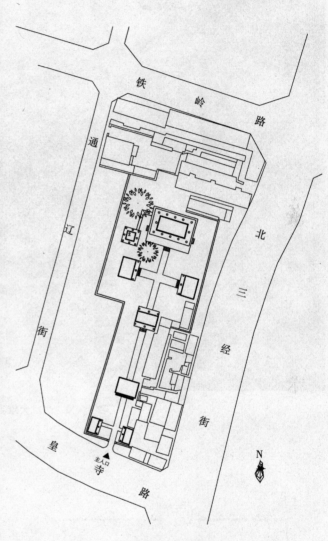

实胜寺总平面图

大雄宝殿

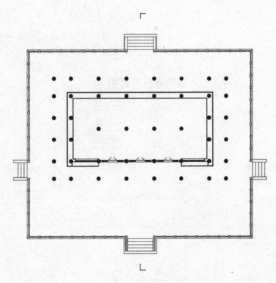

大雄宝殿平面图

山门

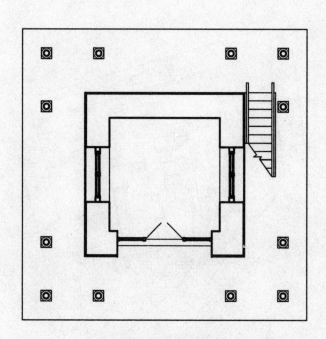

玛哈噶喇佛楼1层平面图

玛哈噶喇佛楼

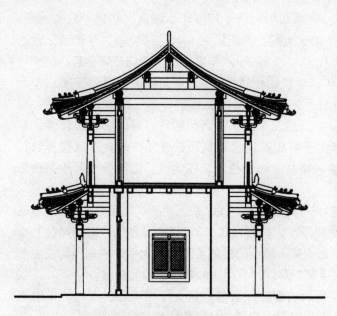

玛哈噶喇佛楼剖面图

天王殿

1.6　太平寺

太平寺俗称"锡伯族家庙",位于沈阳市和平区皇寺路178巷2号。

锡伯族是我国一个古老的少数民族。据考证,其祖先为鲜卑族,从元朝起随女真、蒙古族供奉喇嘛教。早年的锡伯族大都居住在海拉尔(今黑龙江省海拉尔市东南一带)的扎兰陀罗河流域的呼伦贝尔草原上,以游牧、打猎、捕鱼为生。长时期的牧猎生活,使锡伯族以能征善战闻名于世。

清前,皇太极通过战争和政治怀柔的办法使锡伯族归顺了清朝。为了防止善骑射、骁勇强悍的锡伯族的反抗,皇太极对锡伯族采取了分而治之的办法,把锡伯族人派往不同的地方驻防守边。清朝入京统一全国后继承了皇太极对锡伯族分而治之的做法。康熙年间,以加强防务的名义,朝廷分三批将锡伯族兵丁连同家眷约八千人迁入盛京。从此盛京的锡伯族人逐渐多起来。锡伯族来盛京驻防,为保卫和建设祖国内地洒下血汗。60年后,清政府为了免除新疆边防之患,于乾隆二十九年(1764年)抽调1000名官兵携家眷调

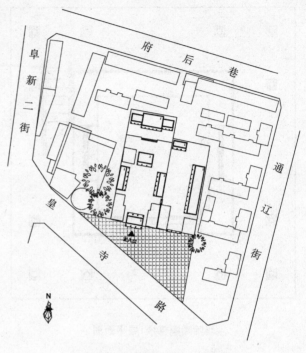

太平寺总图

往新疆去屯垦戍边,此次西迁历时一年零四个月,行程万余里,是锡伯族乃至中国民族史上的一次壮举。

由于锡伯族有信奉喇嘛教的传统,而当时的盛京没有他们做佛事的固定场所。为了满足自己信奉喇嘛教的需要,锡伯族人出资兴建了一座喇嘛庙即太平寺。康熙四十六年(1707年)始建,初建时只有瓦房5间。乾隆十七年(1752年),协领巴岱等锡伯众力,扩建三大殿,两配殿各3间,正门3间,并恭请三世诸佛,形成真正寺院的规模。后又经乾隆四十一年、嘉庆八年、光绪二十八年重扩建,寺庙日臻完善。

太平寺整个寺院近似长方形,占地面积为12406m²,建筑面积达958m²,坐北朝南,两进院落;东西两院,中间由一道1.5m高的花墙相隔,花墙中间有两座月亮门连通两院。太平寺围墙高2m,厚0.4m,周长250余米,院内有殿房35间。主要建筑有山门、前、中、后三大殿,东西配殿等,殿内塑有三世佛、宗喀巴佛、五护法神、四大天王等神像。该庙年久失修,于解放前就已遭到严重破坏,多数建筑被拆除,就地建了厂房。仅存中殿3间,为硬山前廊式,灰瓦顶,檀仿彩画,柱为朱红地仗。近年各主要殿舍被修复如初。

前殿、中殿和大殿都位于一条由南向北的中轴线上。前殿和中殿之间,东西两侧有厢殿各3间。前殿正东有正门。后殿西侧有一座关帝庙,东侧有文昌殿和龙树殿。龙树殿东边有3间禅房,是住寺喇嘛居住的地方。靠东墙有10间房,也是寺内喇嘛僧徒居住的地方。北侧有一扇小门通往实胜寺。太平寺的东西两院由一道1.5m高的花墙隔开,花墙中间有两座月亮门,使得寺庙院中有院,显得古朴典雅、肃穆静谧。

前殿,又称天王殿,高约7m,青砖筒瓦,前出廊檐后出厦。此殿前门是太平寺家庙的大门,平时不开,聚会时才开。前门的正上方悬挂一块长方形黑漆木匾,匾面右起横刻"锡伯族家庙"5个贴金斗方字。

中殿,位于前殿之北25m,东西长11.3m,南北宽9.7m,高约8m。廊檐下绘有绚丽多彩的佛家各种图案。殿内正面供奉高1.6尺的木刻三世佛,即释迦佛、燃灯佛、弥勒佛。西边供龙王,东边供财宝天王。

后殿,又称大雄宝殿,位于中殿之北约22m处,比中殿略大,是家庙的正殿,也是庙内主体建筑。南面有门,门前铺砖为台,台之东、西、南三面中部均有条石铺成的五级台阶。殿高约8.7m。建筑结构与中殿相似,也是青砖筒瓦五脊六兽,前出廊檐后出厦,在廊檐东西两边各建有造型美观的拱券型门。后殿东西两

侧，各有小殿，比后殿后缩1.5m、矮约1m。小殿也为青砖筒瓦，一个清水脊，脊上没有蹲兽。西侧是关帝庙两间，与大殿相连。东侧是文昌殿两间，与后殿相连。配殿位于中殿东西两侧，均为青砖筒瓦，前后有廊檐。西配殿3间，红砖青瓦；东配殿4间，是喇嘛诵经堂。

山门

正门3间，在前殿东约15m处，与前殿在同一水平线上。中间为门洞，门外正上方砖上刻有"太平寺"3字，平时均由此门出入。僧房，位于寺院东侧，坐东朝西9间青砖瓦房及一间偏房，是住庙喇嘛居住的地方。禅堂3间，位于僧房北部，青砖仰瓦，是大喇嘛的诵经堂兼寝室。庙的西南方是胡仙堂，俗称小庙，坐北朝南，高约2.5米，长约2m，宽约1.5m，为青砖仰瓦。

该寺原有石碑两甬，一为汉文，一为满文。其满文碑于1959年发现，当时已断裂，经修复后送沈阳故宫保存。该碑记叙了锡伯族的早期活动区域和迁徙情况及建立太平寺的经过，是锡伯族保存下来的一件重要的历史文物，现已复制，在殿前树立。此外，还保存下来"锡伯族家庙"木匾一方，长2.7m，宽0.9m，现存沈阳故宫。

锡伯族家庙每年最隆重的庙会在农历四月十八。这天，家庙会大开庙门，锡伯族群众拿着供品、香烛来到太平寺，举行祭祖活动。太平寺内除了供奉释迦牟尼等佛像外，也供奉关公和文昌，他们一武一文，分供在释迦牟尼佛像的两侧。这说明了锡伯族人善于吸收中原文化为己用。他们不仅把关公当成神，更主要的是敬仰他英勇无畏的精神，同时他们也希望自己的子孙后代能在"文昌"的保护下，知书明礼，通达禄位。

沈阳市人民政府非常重视锡伯族家庙——太平寺的修复工作，1984年拨款修复了中殿，后又陆续修复完整，被评为国家级文物保护单位。

中殿

后殿

院门

1.7 清真南寺

沈阳市清真南寺,坐落于沈阳市沈河区小西路三段回民里18号,始建于1627年~1636年(后金天聪二年至清崇德元年),1622年~1722年(康熙年间)和1796年~1820年(嘉庆年间)均有扩建修建。据《铁氏宗谱》载:"先祖铁魁清初有军功,官拜骑都尉,封显将军,光禄大夫,热心事业,门厅显赫,施舍家资而建南清真寺于小西关回民聚居区内,扩大基址始具规模。"清真南寺是沈阳地区最大的一座伊斯兰教礼拜寺,被列为辽宁省级文物保护单位。

清真南寺是市内最早兴建的一座建筑格局为中国古典殿宇式、砖木结构的建筑群。该寺今占地面积6116㎡,建筑面积1706㎡,坐西朝东整体布局以山门、二门、抱厦、大殿、望月楼为轴线,大殿为中心,分外院、里院、前院、后院的四进院落。礼拜大殿外后设遥殿、讲堂、经学堂、男女沐浴室、教长室、外宾接待室和办公室等60余间附属建筑。

第一进院落是山门外的广场。广场东侧的影壁上刻有"清南古寺"四个大字,为该寺创建时铁范金所书。广场西侧山门正对影壁,为歇山式屋顶,上方高悬黑底金字"清真寺"匾额熠熠生辉。正门两侧分别设硬山顶侧门一座。

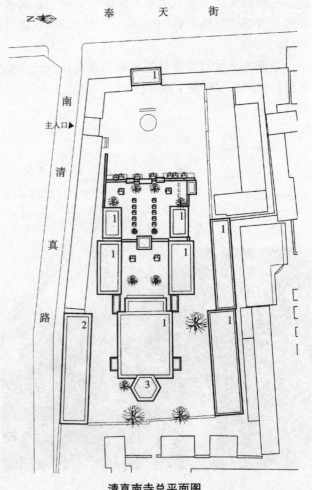

清真南寺总平面图

进入山门为第二进院落，院内南北有硬山卷棚讲经堂各3间，砖木结构。东南角有石碑4座。

二门为前后双滚脊式建筑，木刻花鸟，浮雕石鼓纹，做工精湛。两侧各一个圆形门洞。

穿过二门进入第三进院落，院内南北设讲经堂各5间，砖木结构，硬山卷棚，前檐廊，体量比前一进院落讲经堂稍大，灰墙，红柱，绿色门窗，颇具民族特色，西北与西南角有门廊通往后院。后院北侧有硬山卷棚2层楼1座，灰墙、灰瓦、绿窗棂，10根红色壁柱贯穿一二层。建筑一楼为沐浴室，二楼为小型礼拜殿与休息室。后院南侧为女寺，有3间女拜殿和5间女沐浴室。

第三进院落正中为清真寺主体建筑，是诵经礼拜的场所——礼拜殿面积415m²，大殿东西向，砖木结构。青砖青水墙，青瓦顶，木结构，吻脊，硬山式，与望月楼相连，大殿采用殿宇斗拱飞檐，前庭后厦的建筑手法。抱厦斗拱并列，正中悬挂清乾隆皇帝题写的"天方正教"匾额一方。两侧为左宝贵题写的匾额，左为"清高至贵"，右为"真实无妄"（"文革"期间均被毁）。现有近代书法家书写的"达天俊路"、"天方正教"、"古教遗风"3块笔力道劲的横幅匾额。殿内设拱形隔，分前后两层大殿，庄严肃穆。写有歌颂真主安拉的古兰经木匾，蓝地白字，颇具民族风格。伊斯兰教不崇拜偶像，故礼拜堂内没有人物画像。屋顶彩绘有山水、花草、云朵等风景画面。12根乳黄色大柱子间高悬十几盏挂灯。地面为红漆木制地板，门际悬挂"认主独一"的横额，为著名书法家霍安莱所题写。殿内上方高挂着古兰经句，是大阿訇、经文书法家赵铭周用阿拉伯文书写的。殿内拱门右侧有"敏拜尔"，即伊玛目讲经宣教的阶梯讲坛。左侧有书《古兰经》文的木龛一具，正中为一方"台思眯"经文匾。

望月楼是寺内的最高建筑。望月楼亦称遥殿，是穆斯林斋月时登高望月的场所。该楼为2层亭式建筑，高30m，面积22.5m²，六角攒尖，楼顶端有铜质鎏金弯月，它是伊斯兰教的标志。上两层均为22根木柱支撑，飞檐凌空，外部檐角向上翘起，檐端镶4只望兽和4个警铃。楼内墙壁上着五彩缤纷的花草彩绘，给人一种清雅、朴素、庄严、大方的感觉。

历史悠久的清真南寺是东北地区规模最大的礼拜寺，为沈阳地区穆斯林活动的中心。

透过二门看内院

望月楼

大殿

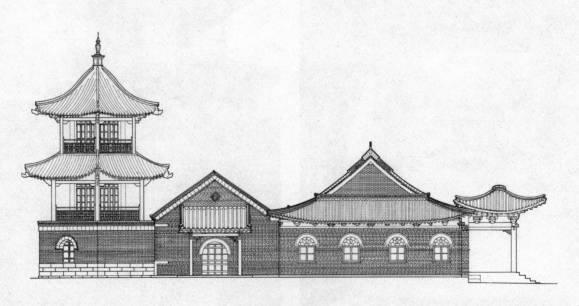

大殿南立面图

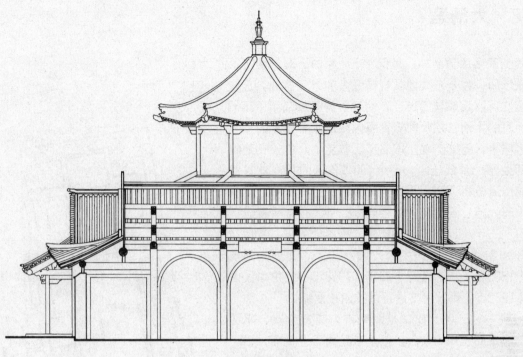

大殿横剖面图

大殿内景

1.8 太清宫

太清宫又名太清丛林，是仅次于北京白云观的全国第二大道教场所，也是东北地区规模最大的道教宫观。它位于沈阳市沈河区西顺城街16号，始建于清康熙二年（1663年），当时的太清宫祖师郭守真将内城西北角楼外的一片水泡撒水填平，建此道观，取名"三教堂"。由于初建时该地段即处于一片低洼地，至今400多年来内院及建筑竟比相邻的街道低将近3m，周围形成独特的空间关系。三教堂当时只有大殿、玉皇阁、关帝庙、究堂、丹堂等建筑。至乾隆四十三年（1778年）经扩建，房屋计35楹。翌年，重修扩建祠宇达88楹，改名为"太清宫"。此后，嘉庆十三年（1808年）、光绪三十四年（1908年）、中华民国十六年（1927年）都曾对其进行过扩建和重修。

太清宫占地5000余㎡，坐北朝南，南宽北狭，平面为梯形，建筑面积1600余㎡。总体布局共四进院落，沿一条由南向北的中轴线展开，山门位于中轴线的最南端，由于观内地面原本就低，再加上周围的道路地面不断增高，使得从外边看去，山门犹如被"土埋半截"。后来干脆将它改建为2层的楼式建筑——从外面看1层高，院内看则为2层，并将其功能和名称改作"灵官殿"。而将山门移至第一进院落的东向，以坡道作为进入院内低地的联系和过渡。灵官殿面阔3间，前后出廊、硬山顶。院中东西两厢

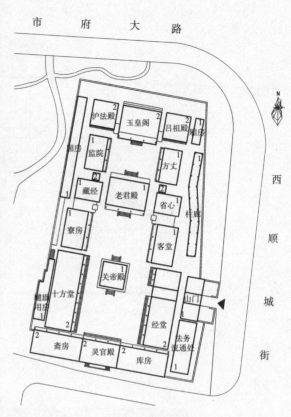

太清宫总平面图

太清宫大殿

关帝殿

分别设有配殿——东为十方堂，西为云水堂。其中十方堂的北次间后被辟作门洞，代替原位于灵官殿处的观院山门。北面是关帝殿，这是一座面阔、进深皆为3间的青瓦歇山顶前后廊式建筑，青布瓦顶，正脊素立面，两端有鸱吻，垂脊有跑兽。建筑坐落在石造台基之上，台基为须弥座，前后皆三级踏垛。殿内木雕暖阁，关羽塑像居中，伴有关平、周仓塑像。

二进院中的北侧正殿为老君殿，建筑为硬山式青瓦顶，面阔3间，进深2间，前出檐廊，屋面正脊中间为双龙戏珠雕，两端有鸱吻，垂脊有立兽等脊饰。建筑建在平座式石砌台基之上。梁枋上作苏式彩画；殿内藻井天花上绘白鹤祥云，在垂花式木阁中雕置老子座像。老君殿前东有客堂、省心室，西为执事室和经堂。

三进院的东厢有斋堂和吕祖楼。吕祖楼为3间两层硬山顶，前出廊，楼内供奉吕洞宾。西侧为善功祠、丘祖楼，建筑形式与东侧一一对称。北面中轴线上的建筑为玉皇阁，这是一栋2层楼阁，面阔3

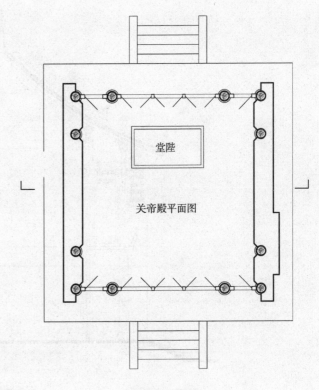

关帝殿平面图

关帝殿平面图

间，进深2间。硬山青瓦顶，屋面有吻兽、脊兽等饰物，前后出廊，梁枋作和玺彩画，玉皇坐像设在2层暖阁内，天花画有龙凤彩画。

第四进院中，原有郭祖塔、碑楼以及中轴线上的法堂。郭祖塔即太清宫创始人郭守真的墓塔，后迁到千山。碑楼中置《郭真人碑记》一方。法堂前两侧横墙内嵌置《太清宫特建世系承志碑》和《玉皇阁碑记》。这些碑刻记载了太清宫的创建历史及其沿革。现这一组建筑与碑石已无存。

太清宫是重要的道家圣地，它的建筑亦反映了浓郁的民族风格和道家色彩，具有历史和艺术价值。沈阳市和辽宁省先后于1962年1月、1963年9月公布太清宫为市、省级文物保护单位。它现已成为道教活动和人们休憩、游览的胜地。

玉皇阁

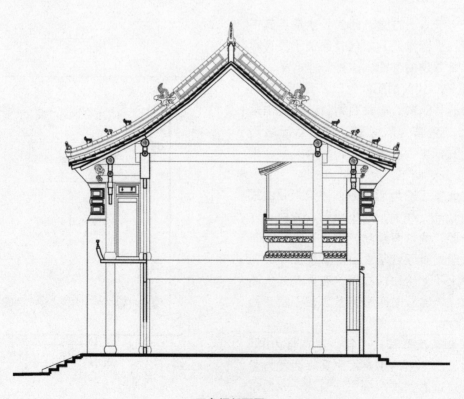

玉皇阁剖面图

老君殿　　　　　　　　　　　　灵官殿

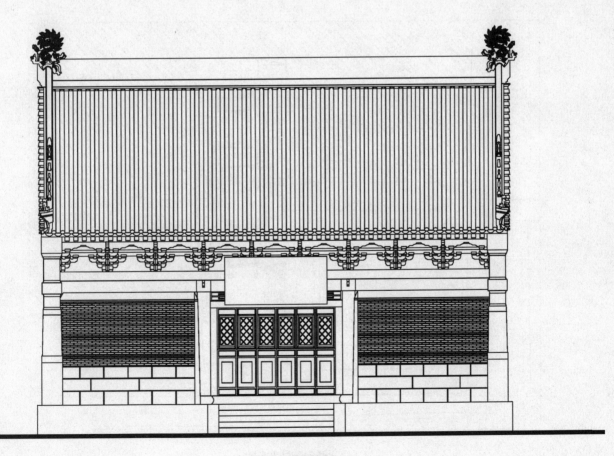

太清宫老君殿立面

1.9 长安寺

长安寺位于沈阳市老城区，流传有"先有长安寺，后有沈阳城"之说，可见其建设年代之早，但始建的详细时间无从考证。据载，至明洪武二十一年（公元1388年），沈阳中卫指挥闵忠改建沈阳城时，这座古刹仅存遗址。明永乐七年（公元1409年）在该址上重建僧房，永乐十二年又建前殿，宣德年间建后殿、伽蓝堂，天顺二年（公元1458年）建天王殿、山门、廊庑等，以后又经明、清至今多次维修。按寺中存明成化年间《重修沈阳长安禅寺碑》所记，现寺院布局、规模均与当年基本相符。碑文中还提到天顺二年沈阳中卫指挥曹辅的名字和碑阴又有成化二十三年沈阳中卫指挥曹铭的提名，因二人都是《红楼梦》作者曹雪芹的上世远祖，所以它又成为曹家曾居沈阳的重要物证。

长安寺由南至北三进院落，占地5200㎡左右，建筑面积2000多㎡。山门建筑为3间，门内院中除东西配殿和钟鼓两楼之外，该进院落中的主殿为坐北朝南的天王殿。天王殿面阔3间，小式硬山造，灰瓦顶，彻上露明造，殿内供奉"四大天王"塑像。天王殿两侧以围墙与第二进院落分隔，墙上设有角门将前后两院连通。二进院中与天王殿后墙连为一体建有一倒座戏楼，虽称为"楼"，实乃单层的"台"。平面呈正方形，灰瓦卷棚顶，面北而建。与戏楼相对的是寺中主殿——大雄宝殿和拜殿，东西两厢各有前出檐廊的硬山卷棚顶配殿5间及抄手廊。廊庑与建筑共同围合成院落空间，并沟通了各殿之间的联系。拜殿在东西角门两侧有石碑4甬。

大雄宝殿为单檐歇山式灰瓦屋顶，面阔5间，进深3间，檐下为三翘七踩斗拱，彻上露明造，檩枋皆着彩绘。殿内供奉着"西方三圣"和"八十八尊罗汉"。据载明宣德三年笑庵禅师曾在修建后殿时，挖掘地基而发现石罗汉八十余尊供于殿内。与大雄宝殿前檐相连建有面阔3间的拜殿，进深一间，灰瓦卷棚顶，三昂七踩斗拱和布满彩画的彻上露明造。殿内东西两侧墙上各嵌有道光时期的碑记一方。

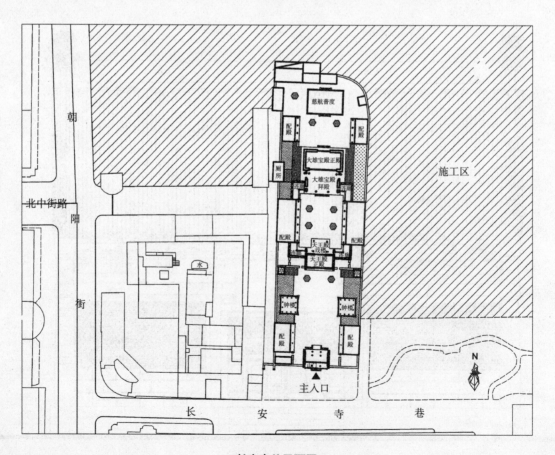

长安寺总平面图

大雄宝殿之后是第三进院落。院内的主要建筑为后殿,坐北朝南,亦为单檐歇山灰瓦顶,面阔5间,进深3间,室内露明造。后殿前东西两侧各建有3间的配殿1座,为硬山卷棚顶,前出廊。后殿的西北角有方丈室1座,面阔3间,进深1间。

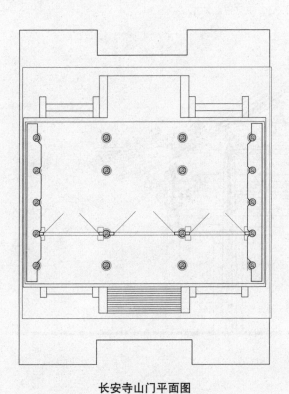

长安寺山门平面图

山门

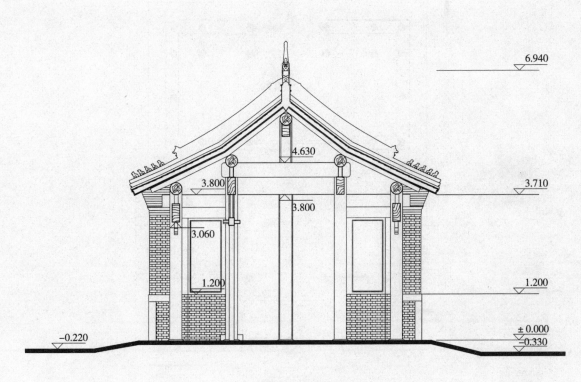

长安寺山门剖面图

大雄宝殿剖面图

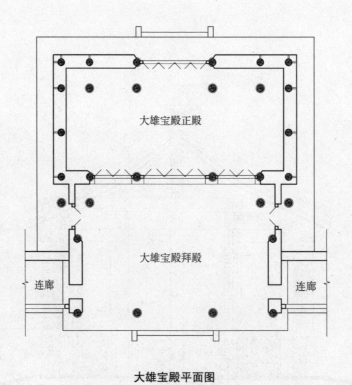

连廊　　大雄宝殿正殿　　大雄宝殿拜殿　　连廊

大雄宝殿平面图

大雄宝殿

大雄宝殿拜殿

大雄宝殿局部

极乐宝殿

天王殿

第一进院落

戏楼

山门

1.10　般若寺

　　般若寺位于沈阳市沈河区大南街三段永德里6号。路南是沈阳市大南第五小学，北面是畅通里，西至大南街，东面与慈恩寺相邻接。始建于康熙二十三年（1684年），创始人为高僧古林禅师。古林禅师祖籍长沙，早年在四川出家。清初获罪被发配到盛京，为了弘扬佛法，继续他的僧人生活，便创建了该寺庙，并名之曰"般若"。"般若"二字源于梵文音译，全称为"般若波罗密"，意译为"智度"、"明度"，属佛教六度之一，意思是通过智慧达到涅槃的彼岸。宣统元年（1909年）、中华民国十三年（1924年）两次重修。20世纪60年代中期遭到破坏，1979年后进行了维修，重塑佛像。1984年10月为建寺300年纪念，又进行了修缮，并举行了佛像开光仪式。般若寺现为省级文物保护单位。

　　般若寺是一座清代佛教建筑群，坐北朝南，二进院落，占地2289m²，建筑面积2037m²。主要建筑有：天王殿3间，大雄宝殿5间，藏经楼5间，前后有东西厢房，前东西厢房各5间，后东西厢房各3间。主要建筑为木结构硬山式建筑，青砖灰瓦顶，外檐和殿内梁柱均施彩画，是沈阳市保存较好的佛教建筑群。

　　该寺具有布局严谨、中轴线明显的特点，在中轴线上的主要殿堂有：天王殿、大雄宝殿、藏经楼。东西两侧的配房，分别是住持室、僧舍、厨房、齐堂及接待室等。东院是祖师堂，东西配房是僧舍。天王殿正中供奉泥塑贴金弥勒菩萨（又称布袋和尚），弥勒背后有手持降魔宝杵的护法韦驮菩萨。两侧有四大

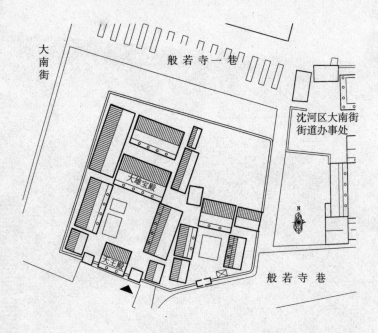

般若寺总平面图

天王塑像。大殿后院正中，屹立着铁铸宝鼎一尊，是1984年般若寺住持和众弟子所铸，上面铸有"般若讲寺"4个大字。大雄宝殿位于天王殿之后，平面硬山前廊式，面阔5间，进深3间。殿内透雕刻花，供奉泥塑贴金的3尊佛坐像，正中是释迦牟尼佛，右侧是药师佛，左侧是阿弥陀佛。释迦牟尼像前，左右站立着阿难尊者和迦叶尊者。佛前灯、花、幡罗列庄严。殿内东西两侧山墙上绘有16尊者的画像。佛像后面的迎风屏上，是观世音菩萨、文殊菩萨、普贤菩萨的彩绘画像，生动逼真，栩栩如生。

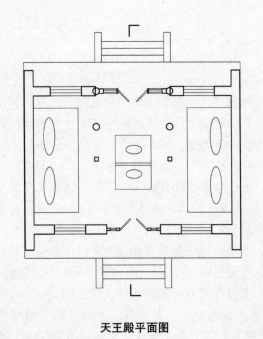

天王殿平面图

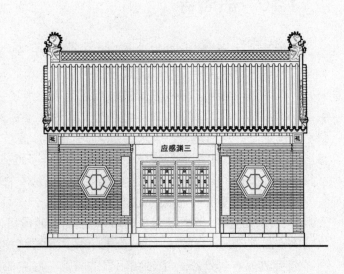

天王殿立面图

大雄宝殿

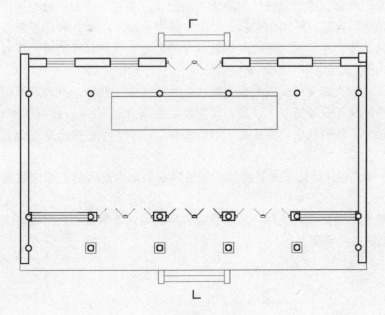

大雄宝殿平面图

配殿

　　大雄宝殿的后面是祖师堂，这也是该寺至高无上的殿堂。在佛寺内专门设有祖师堂的比较少见，般若寺是东北唯一设有祖师堂的寺庙。殿内供有释迦牟尼、菩提达摩、二十八代印度佛教祖师和我国禅宗六祖师，共计36位木质壁画佛像。祖师堂内还收藏着装有寺庙创始人古林禅师遗骨的红牡丹瓷瓶。该瓷瓶及其瓶内的遗骨是佛教界的稀世之宝。

　　在东路建筑的天王殿和大雄宝殿间建有东西配房。大雄宝殿与祖师堂间也建有配房，均为硬山前廊式建筑。大殿前院中设有1984年重新铸制的铁质万年宝鼎。宝鼎分上下2层，每层饰有6个向外的龙头，每只龙头上悬挂着一只钟铃儿。鼎的底座侧面铸有"般若讲寺"四个大字。整个东路建筑形成一处完整的二进四合院。

　　西路建筑主要是一处2层共计10间的藏经楼。下层供奉着毗卢遮那佛。楼内收藏着一部清代的《大藏经》。

　　作为辽宁省佛教协会的重要活动场所，般若寺经常接待国内外僧众和各界友好人士，这里已成为沈阳市的一处宗教外事活动的重点寺庙。

1.11 慈恩寺

　　慈恩寺位于沈阳市老城区之内，是沈阳最大的佛寺，位于沈河区大南街慈恩寺巷12号，东临万泉河，有万柳塘公园、带状公园环绕，优雅而清净。

　　寺院由东向西展开，主要建筑皆为东西向，占地约12600m²，建筑面积约3000m²，共有建筑135间。面向东面道路的山门3楹，灰瓦硬山顶。进入山门的院落之中，南侧为一钟楼，北侧为鼓楼。钟鼓楼皆为2层灰瓦歇山顶，方形平面，1层设基座，2层有围廊。由此往西分成并列的三路。

　　中路正中以天王殿作为起始。它是一栋面阔3间，硬山灰瓦顶建筑，檩枋皆施彩画，朱红色地仗。天王殿内供奉着捧腹大笑的弥勒佛，其左右两侧为"风"、"调"、"雨"、"顺"四大护法金刚。大殿正中为高大的释迦牟尼贴金佛，左右分别为阿弥陀佛、药师佛以及文殊、普贤和地藏王。殿后的迎风壁上塑有彩绘观世音菩萨。殿两侧分别设有门楼，上为卷棚顶。经此进入下进院落。院中由东向西依次排列着大雄宝殿、比丘坛和藏经楼。内有明万历藏经724函、清雍正藏经724函、光绪藏经728函，光绪藏经为皇帝御赐。全部藏经均为较珍贵的版本，这在其他寺庙是不多见的。大雄宝殿建于台基之上，面阔5间，进深3间，硬山顶，十分雄壮。殿内前面正中供如来三世佛，后面为航海观音，一侧是十八罗汉，另一侧为四大菩萨。比丘坛是一座单檐歇山顶建筑，面阔5间，进深3间，前设廊，建在台基上面，正脊的砖雕上刻有"法轮常转，国泰民安"的字样，两端有正吻及仙人走兽等脊饰。比丘坛内供奉着西方三圣木雕佛像。最西面的藏经楼为硬山顶，前出廊，面阔7间，上下2层。楼下设客厅、禅房，楼上存放经卷、佛像。

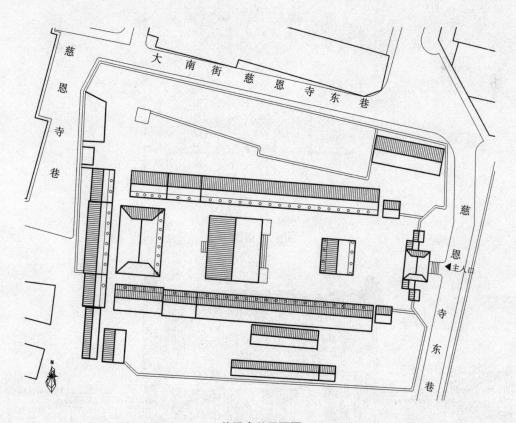

慈恩寺总平面图

南路建筑自东向西分别为退居寮、厨房、司房、斋堂、禅堂、法师寮、佛学院等。北路有养静寮、客堂、念佛堂、方丈室、十方堂和库房等。

慈恩寺始建于后金天聪二年（1628年），由僧人慧清所创建。慈恩寺的所在地比较荒凉，居民中仅有一些菜农居住于此。初建的寺庙规模较小，殿堂不多，供奉释迦牟尼等佛像，僧人也只有五六名，其影响也非常有限。清顺治二年（1645年），慧清和尚在对该寺建筑进行维修的基础上，还陆续建成大殿、韦驮殿、回廊等建筑，规模也开始扩大，至此慈恩寺便成为一座大寺。

顺治五年（1648年），慈恩寺来了一位有影响的和尚，此人俗名韩宗騋，字犹龙，法名函可，号剩人和尚。早年时曾中秀才，二十六岁时为避乱世在匡山（今庐山）落发为僧。顺治三年（1646年），清军渡江南下，明朝节义之臣有的遇难，有的不愿投降自裁而死，纷纷殉国。当时正值剩人和尚到金陵（今南京）请《藏经》，在目睹明朝臣民的痛苦后，他痛心疾首，愤懑异常，便写了一本《再变记》。书中记述了清军进犯金陵等地，百姓深受战乱之苦的事实，体现了反清复明的强烈思想要求。顺治四年，当剩人和尚南归出城时，《再变记》一书被清军从其行李中搜出。因此，将其押解到京师（北京）问罪。不知出于什么原因，清政府并没有问剩人和尚的死罪，而是定罪免死，遣送盛京。这也是清朝"文字狱"和"史狱"之祸的开端。剩人和尚是"两狱之祸"的第一个受害者。

顺治五年农历四月廿八，剩人和尚来到盛京，首先落脚慈恩寺，史称"奉旨焚修慈恩寺"。由于他是戴罪的犯人，很少有人愿意与他接近。剩人和尚每天要做完饲养牛马等杂活之后，才能从事佛教活动。

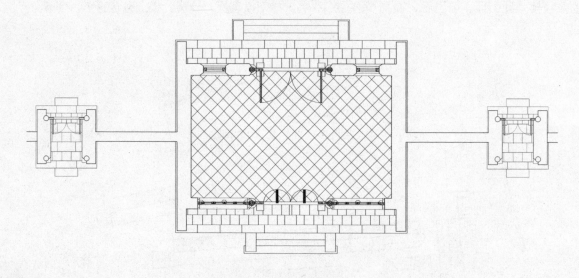

山门平面图

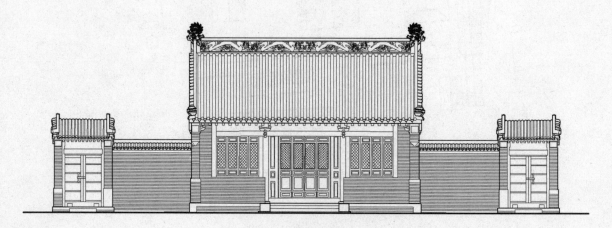

山门背立面图

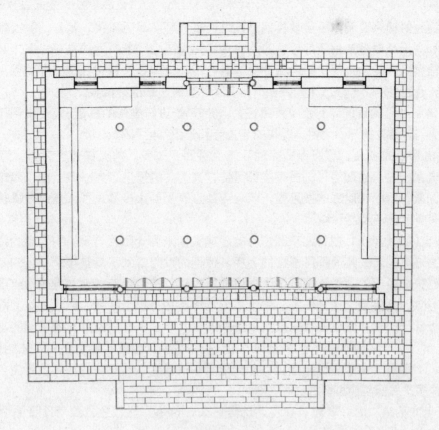

大雄宝殿平面图

大雄宝殿

但他毕竟是满腹经纶的禅宗曹洞派（佛教禅宗派别之一）大师。时隔不久，他开始教大家认字读书，并讲些经文，寺里的和尚渐渐对他产生了好感，开始对他亲热起来。随着时间的推移，剩人和尚的影响越来越大，盛京城中的很多名人绅士也都纷纷来到寺里与其吟诗论世、谈经叙俗。慈恩寺的香火也因剩人和尚的声望而旺盛起来。他还组建了一个"冰天诗社"，活跃了当时文坛的气氛。

剩人和尚还曾到当时的普济寺阅读《大藏经》，并开法于南塔广慈寺，而且多次到千山作法。后世曾奉剩人和尚为辽沈地区佛教的开山之祖。现在的慈恩寺和千山都留有碑记。

随着盛京城市建设的发展，慈恩寺的周围环境也得到了改善。前人描述当时的情形，称其前有秀峰可观、左有清泉流水、右有通衢坦平、后有雄都可倚，其秀美的景色可见一斑。由于满族统治阶层崇尚喇嘛教，并视其为国教，所以在以后的岁月里，慈恩寺并没有受到太多的重视，僧人数量也很有限，香火难旺，以至清代晚期庙宇已经残破不堪。

光绪二十六年（1900年），戒住北京圆广寺的沙霁和尚来到沈阳，与千山中会寺的法安和尚商议在沈阳筹建丛林——有戒单的正式和尚都可留住的寺庙。他们的设想得到了魁星楼录司张深海的支持。在张深海的建议下，将已失修多年的慈恩寺进行了大规模重修扩建，扩大寺庙占地。先后修建了山门、天王殿、配楼、钟鼓楼、禅堂、念佛堂、比丘坛等。中华民国八年（1919年）最后建成了大雄宝殿。大雄宝殿的建成，标志着历时近20年的建庙工程基本完成。中华民国十六年沙霁和尚圆寂，鉴于他的功劳，被尊为慈恩寺一代开山祖师。青山和尚遵循沙霁和尚的遗愿，接任寺庙住持又修建了客堂、方丈室、围墙和甬路等。

"文革"期间，慈恩寺的宗教活动停止，部分建筑和佛像受到破坏。1979年重新恢复了宗教活动。现在我们见到的佛像多是后修复或重塑的。

慈恩寺有"十方丛林"之称，建筑壮观，历史悠久，佛事兴盛，还曾藏有珍贵的明代木版藏经百余卷，是沈阳重要的佛门重地和旅游景观。

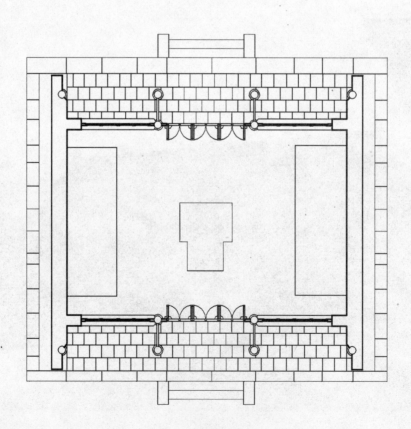

天王殿平面图

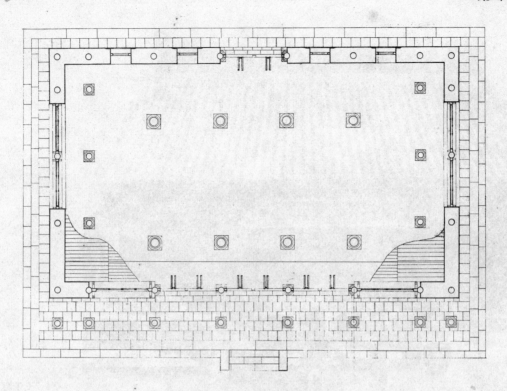

比丘坛平面图

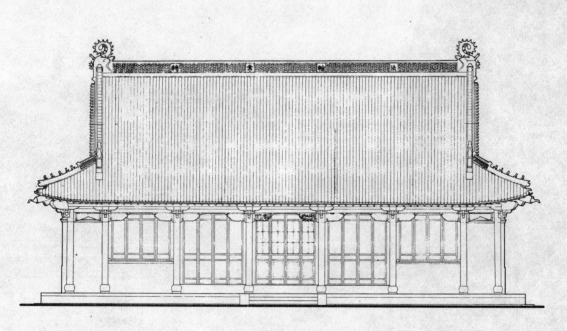

比丘坛正立面图

沈阳城市建筑图说

天王殿

配殿外檐廊

钟楼

50

北塔寺院鸟瞰图

1.12 清初四塔四寺

在沈阳老城的东、西、南、北四方各建有一座喇嘛寺院，院内都有一座白色的喇嘛塔，称为"护国镇方四塔四寺"。东塔永光寺在抚近门外五里，西塔延寿寺在外攘门外五里，南塔广慈寺在德胜门外五里，北塔法轮寺在地载门外五里。由清太宗皇太极于清崇德八年（公元1643年）敕建，顺治二年（公元1645年）竣工。

四塔四寺所供佛像有所不同，但建筑的规模、布局、造型大致相似。据说是皇太极听信喇嘛大师之言"建随方白塔可使国家一统"，而下旨兴建。其间虽几经维修，但被完整保存下来的仅北塔法轮寺一处，广慈寺和永光寺仅存南塔和东塔二塔，寺院无存，而延寿寺与其宝塔皆无。1985年以来，相继对四塔四寺进行了修复性的建设，现四塔四寺又重新被恢复，再现其古风古韵。

四塔均是藏式喇嘛塔，塔高24m，由基座、塔

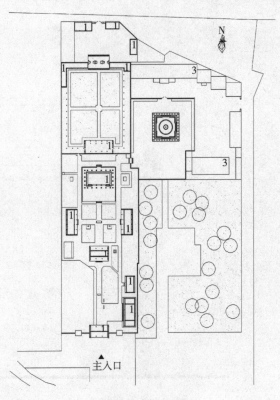

北塔法轮寺总平面图

身和相轮三个部分构成。基座为方形须弥座，上下有框，12根石柱分布在四角和四个面上，将每面分成3个壶门。中间的壶门略为凸出，内有砖雕宝盆与火焰；左右壶门略微内收，中套高高隆起的雄狮砖雕。石壶两侧的石柱上雕有西蕃莲、宝相花、卷草等纹饰，上枋各角雕有阴阳鱼。基座上面为塔身部分，它是在基座上起3层砖砌圆形坛座，坛座上即宝瓶式塔肚——覆钵。塔肚正南有一凹入的佛龛，曰"眼光门"，内供神牌。佛龛周围嵌有云珠、卷草，内有梵文。再上为相轮。共有相轮十三层，由下至上逐层减小，整体上呈圆锥形，也称"十三天"。"十三天"之上是宝盖和塔刹，两个镂空铜铸宝盖下俯上仰，下大上小叠在一起，下俯宝盖下悬风铎（风铃），上仰宝盖上串月、日、宝珠共同构成的塔刹。塔体洁白，仅眼光门为

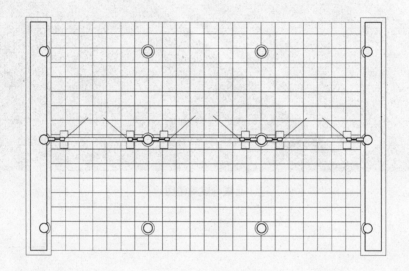

法轮寺山门平面图

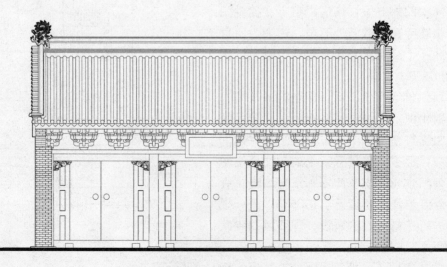

法轮寺山门正立面图

大红、塔刹鎏金，光彩夺目。塔下建有地宫，内藏佛像、珠宝、五谷、果品等物。

　　四寺中均建有殿堂，主要为大殿、碑亭、天王殿、钟鼓楼、经楼、禅堂、僧房、山门等。殿中供奉佛与菩萨等塑像，院中立碑石。各进院落基本沿中轴布局，仅白塔独居一院。

　　四塔四寺意在"国无祲灾"、"五福斯来"、"威震四方"、"护国安民"。各喇嘛寺每年举行法会、佛会，佛事兴旺，香火极盛。今在东塔、南塔旁还修建了公园。四塔四寺，又成为沈阳城内的重要景点。

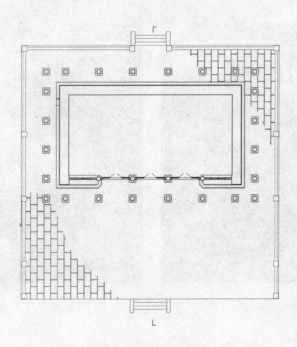

法轮寺大雄宝殿平面图

法轮寺第二进院落

法轮寺大雄宝殿

北塔外观

北塔外观局部

法轮寺塔（北塔）南立面图

东塔公园正门

东塔外观

南塔壶口细部

南塔基座

西塔寺大雄宝殿入口

1.13　无垢净光舍利塔

在沈阳北部有一条长约十余里，从东向西延展的横岗，此岗至沈阳西北部的皇姑区境内戛然而止，形成一座崖头，再往西地势平坦开阔，无垢净光舍利塔恰耸立于崖头之上，原塔前有一湾清水和一拱石桥，景色甚是秀丽。这个地区由此而得名——塔湾。

1985年，对该塔进行维修时，发现一件石函，它记载了修建此塔的过程。此塔建于辽代重熙十三年（公元1044年）。辽代沈阳称为沈州，佛教盛行，从上至下，人们热衷于修建塔、庙等佛教建筑。乡民们为求功德，祈望风调雨顺、国泰民安而自愿集财建塔，响应者由100多人扩至1500多人。大家协力共同建成了这座精致而秀美的佛塔，并屹立至今。古往今来，从皇帝乾隆到民间文人骚客，毫无吝啬地对该塔留下了诸多的赞美之词与诗句。几朝几代所流传下来的《留都十六景》、《沈阳八景》、《沈阳十景》中，都把"塔湾夕照"列入其中，可见无垢净光舍利塔在人们心中所形成的风韵与地位。

无垢净光舍利塔是一座13层密檐砖塔，平面呈正八边形，塔高34.75m。它可分为5个部分：地宫、塔基、塔身、塔檐、塔刹。地宫在塔基之下，平面为正方形，四壁有保存完好的彩色壁画。地宫上面为圆形平面的中宫，宫内原是保藏佛舍利之处，藏有大批的珍罕文物：鎏金佛、舍利子、经卷、瓷器、石函、铜炉、铜镜、各种金属容器等。塔基为八角形须弥座，高1.7m，用砖砌筑，边角处嵌花岗岩条石。塔身为上下两截，下半部在塔基面上内收2.9m后用砖砌起，砌至2.1m高处做仰俯莲须弥座，束腰中间设壸门，内有石雕伏兽，再上做两层莲瓣状砖雕，通高3.4m。上半部在八边形的角上，各有一颗圆形附壁柱，每面正中有一拱券式凹龛，拱眉雕有卷草、海棠花纹，龛内莲座上塑坐佛一尊，二胁侍分立两侧，龛顶加宝盖、飞天、铜镜等装饰。八个面上凹龛内的八尊坐佛各有其名，并将佛名标在龛顶正中的佛名砖上。塔檐为13层密檐式。各层出檐均用3层砖叠涩砌筑，逐层内收，以八角攒尖式收顶。塔檐下砌筑斗拱，以斗拱承托挑檐枋

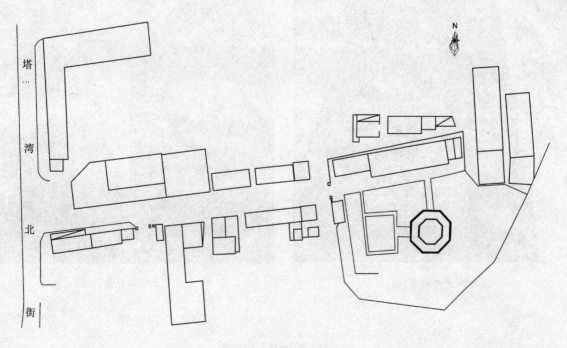

无垢净光舍利塔总平面图

和挑檐檩。檐上有瓦垄、勾头和滴水，角上有脊兽。每层各面以铜镜、风铎（风铃）镂空铜板、铭记碑等装饰其间。塔刹在最顶部，它以一个八角形露盘上雕仰莲作为基层，承托圆形覆钵，正南辟门，内为一砖室——天宫，室中有明宣德炉一尊。覆钵之上立铁刹杆，用八条铁索与角脊拉接。铁刹杆上串着圆形和半圆形的铸铁宝珠三颗，刹顶为一尖顶葫芦状铜宝珠。

塔内中空，分为中宫和地宫，在其中发现的大量珍贵文物除建塔时存入者外，大多是后世重修塔时放入其中的。

在塔南4.2m处，有清初为记述重建此塔过程的石碑一甬，上刻碑记《重修无垢净光舍利塔碑记》。碑文为满、汉、蒙3种文字。记载了清崇德年间，清工部奉帝命对该塔进行维修的过程，并另建了3间佛殿、垂花门、山门等建筑，称为四龙寺。现该寺殿已无存。

今在塔北新建了一座古塔遗物陈列馆，专门展出古塔中出土的大量珍贵文物。

无垢净光舍利塔作为历史发展的见证，以其婀娜的身姿为今人留下了无尽的感怀："土阜如龙渴饮川，龙头古塔矗当年。夕阳御路惊回首，倒影峥嵘水底天"。

无垢净光舍利塔1

无垢净光舍利塔2

1.14　永安桥

　　永安桥，又名大石桥，位于沈阳市于洪区马三家子镇永安村东头，是清初修筑盛京到北京的大御路时建造的，1641年（清崇德六年）秋建成。1963年被公布为省级文物保护单位。

　　永安桥东西向，西偏北30°，原横跨蒲河之上，后因河道变迁，蒲河在桥北50m处折向西北，已不流过桥下，现桥下只有一条溪流。桥为三孔砖拱石桥，内部砌砖，桥面条石铺砌。桥身全长37m，外宽14.5m，路面宽（地袱里口）8.9m，两端各宽12m。桥头两侧都有一双雌雄对望的大石狮。桥两侧各立19根栏杆，端柱柱头上是圆雕狮子。端柱外置抱鼓石，鼓心雕双鹿、双虎、麒麟、羊、牛、三雀、盆景、猫蝶等。抱鼓石外置小狮子。两栏杆中间镶着透雕柿蒂形3孔和浮雕卷云纹的栏楹，共36块。下铺地幅石。桥下有3孔，中孔拱径3.73m，两边二孔拱径3.43m。拱矢高度为1.83m，为半圆无铰等截面圆弧拱，拱券是双层石砖用白灰浆砌成，拱券侧面用石料镶面，并用7根铁拉杆与拱桥连锁中拱。外沿是浮雕二龙戏珠，北面有二龙探首，南面有二龙翘尾，宛若龙身横在桥下，呈二龙驮桥之势。桥拱下满铺长条石，拱间水下北面砌有3.9m长的迎水剑，桥南砌有2.7m长的分水剑，这对防止洪水冲击、延长桥的寿命起着重要作用。

　　在永安桥的东侧，立一石碑，碑高1.63m，宽80cm，厚19cm。碑身绿泥板岩，阴刻满、汉、蒙3种文字。碑首为红色片麻岩，浮雕蛟龙4条，碑额篆刻"敕建"2字。碑座为花岗岩，束腰须弥式，雕仰覆莲花纹。碑阳刻有"宽温仁圣皇帝敕建永安桥　大清崇德六年岁次辛巳季秋吉旦"，碑阴刻有"催工牛录章京周元勋督工甲喇章京藏国祚石匠任朝贵"。可见该桥的施工者为任朝贵。

　　永安桥建筑结构坚固，造型雄伟壮观，雕工细巧精美，体现了我国古代桥梁建筑及雕刻艺术水平和风格。永安桥建成后，由于其地处盛京到北京的大御路上，一直受到清廷的重视。清朝四帝十次东巡盛京时，多经过此桥；盛京的官员亦多到此迎驾。1979年沈阳市政府对其进行全面整修，石桥至今保存完好，是沈阳市现存比较完整的一座古代石桥。

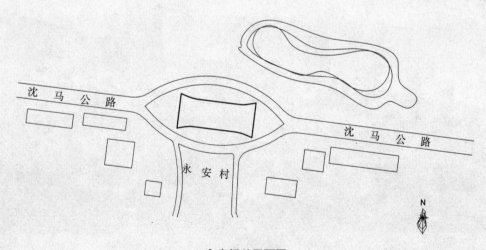

永安桥总平面图

永安桥

石碑

永安桥桥头

永安桥桥身

1.15 沈阳清真东寺

　　沈阳清真东寺（现名为沈阳伊斯兰教经学院）坐落于沈阳市沈河区小西路东寺里，占地面积2571m²，原建筑面积1094m²，现建筑面积仅为398.61m²。

　　据辽宁省档案馆日文资料"文教类"3131卷及沈阳市档案馆馆藏资料记载：清嘉庆八年（1803年），由刘太元、赵廷功经穆斯林群众集资，购置马兴有住宅一所，创建礼拜殿3间，后遥楼、讲堂、沐浴室等各3间。光绪十六年（1890年）在热心教门的回族提督耿凤鸣的倡导下扩建重修拜殿及其他附属建筑。据记载扩建后，"正殿6间，前后2层，中有水道，旧式横梁立柱，正殿前隔扇，前卷棚抱柱高起明柱，月台地（基）数层（阶），正殿油工：堆金积粉，彩画灵妙，红柱缠麻，丹青点缀……"，"殿后设阁楼，高起20多m，分两层深沟，用立柱四根，（内外两层）外有四根立柱，地身安实，用檩木石灰打成，遥楼挑角高吊，琉璃脊瓦光滑，滚水直下，顶用古铜打成高起十几米的星月。" 中华民国十年（1921年）在阿訇回凤翔的带领下众回教人士

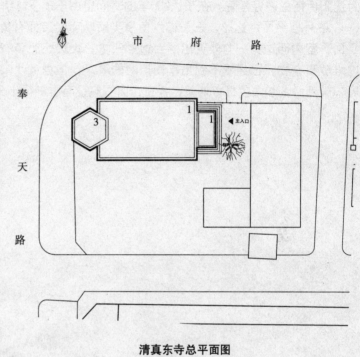

清真东寺总平面图

清真东寺南立面图

集资，遂将大殿、沐浴室、山门等进行又一次维修，并扩建和改建南北讲堂。中华民国二十四年（1935年）在伊玛目赵希珍的倡议下集资仿西洋古典建筑的样式重新修整拜殿，遥殿仍按原样，并在其西南侧建女沐浴室。建筑整体为中国传统形式，仅东门脸呈现西洋样式，成为沈阳城内"洋门脸"式建筑的典型。解放后其寺在1958年曾被占用，在"文革"期间被沈河区少年宫等几家单位租用，1980年返还清真寺，1988年改为沈阳伊斯兰教经学院。在长达200年的时间里由于疏于修缮和人为破坏，现仅剩拜殿和望月楼。

　　望月楼平面六边形，三重檐六角攒尖顶，顶尖装插有象征伊斯兰教的星月。拜殿以小青瓦覆顶，矩形平面，室内西边为一向外突出的六边形凹龛，大殿西北角有宣教台。因为目前该寺不再作为拜殿使用，室内堆放着杂物，已经看不到当年使用时的风采，但据《沈阳回族志》记载："殿内地面镶木地板，上铺凉席和羊毛毯，加白色棉布外罩，并在正面右侧设有雕刻得十分考究的伊玛目宣讲台"。

清真东寺东南面外观

清真东寺屋顶

望月楼

主入口

1.16　盛京城址

盛京城址为明清时期沈阳城址，现存西北角和北城墙基址一段。盛京城西北角遗址位于沈河区北顺城路和西顺城街交汇处东南，与太清宫相对；盛京城北城墙基址位于北顺城路南，是当时沈阳城北城墙中间部分。

沈阳城历史悠久，早在战国时期就建立了侯城，并沿续到两汉时期，辽金时建沈州城，元代建沈阳路城，皆为土城。明洪武四年（1371年），明军占领沈阳。洪武十九年（1386年），在沈阳设立沈阳中卫、沈阳左卫和沈阳右卫。洪武二十一年（1388），沈阳中卫都指挥闵忠奏请朝廷改建沈阳城，在元城旧址上建筑砖城。新建的沈阳城："周围九里三十步，高二丈五尺。池二重，内阔三丈，深八尺，周围一十里三十步；外阔三丈，深八尺，周围一十一里有奇。城门四，东曰永宁，南曰保安，北曰安定（明万历年间改为镇边门），西曰永昌"。城内由南向北、自西向东辟两条大街，在城中央十字交叉，通往4座城门，城池坚固蔚为壮观。

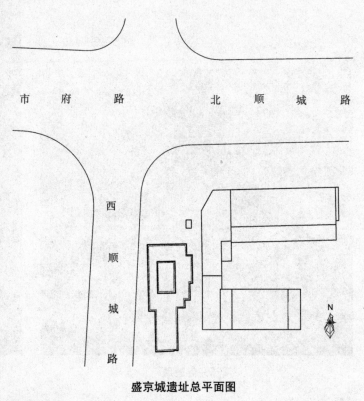

盛京城遗址总平面图

后金天命十年（1625）三月初四日，努尔哈赤从辽阳迁都沈阳，努尔哈赤在沈阳只住了一年零六个月就死去了。后金天命十一年（1626）九月初一日，皇太极继承汗位，次年建元天聪。后金天聪五年（1631），皇太极对沈阳城进行了大规模的改、扩建，至清崇德元年（1636）基本完成。作为清朝的都城，当时的盛京城平面呈正方形，城内设"井"字形大街，并辟有八门与大街相对，城墙四角之上设有角楼。据《盛京通志》载：盛京古城城墙"其制内外砖石，高三丈五尺，厚一丈八尺，女墙七尺五寸，周围九里三百三十二步，四面垛口六百五十一，明楼八座，角楼四座。改旧门为八门：东向者，左曰内治（小东门）、右曰抚近（大东门）；南向者，左曰德盛（大南门）、右曰天佑（小南门）；西向者，左曰怀远（大西门）、右曰外攘（小西门）；北向者，左曰地载（小北门）、右曰福胜（大北门）。池阔十四丈五尺，周围十里二百四步。" 后金天聪八年（1634）四月初九日，皇太极改沈阳为盛京，满语叫谋克敦（兴盛之意）。这次改、扩建，城中由4门改为8门，带来了街道系统由十字形向井字形的变化，城内区域也相应由原来的4区改变为9区。

清代改修明沈阳中卫城时，将原来的4门拆除了3座，将努尔哈赤汗宫后面的北门（镇边门）保留，继续使用，以后用砖石封堵。此门门垛高大，形似碉堡，民间俗称九门。1958年因门垛顶部土方塌陷，暴露了九门结构，1977年清理后拆除。九门占地面积约700m²，是一座由9个券洞组成的两个对顶十字形券洞式的城门，南北长26.1m。其中，南十字券洞为明万历二十四年（1596）建成，由单券门改为带有瓮圈的瓮城门，南北券洞较长，是出入城门的通道，东西券洞是瓮圈，进身较短；北十字券洞为明万历四十六年（1618）建成，位于城墙外瓮圈中，东西券洞长22.3m。在十字券中央的交叉部位，加筑了一座敌台。

1644年清迁都北京后，称盛京为留都或陪都。1657年设奉天府于盛京城内，故又有奉天之称。1664年（清康熙三年）设承德县为奉天府首县，因而沈阳有时又称承德。1680年（清康熙十九年）在盛京城外增筑关墙，设8个关，也就是后来的8个边门，即大东边门、小东边门、大南边门、小南边门、大西边门、小西边门、大北边门、小北边门。关墙用土夯筑，"高七尺五寸，周围三十二里四十八步"。盛京城形成了内方外圆、四寺四塔、八门八关的新格局。此后，盛京城又经过康熙二十一年、三十二年、五十四年和乾隆四年至八年、十八年、二十八年、三十七年、四十一年、四十三年至四十五年的多次维修，其规模更加宏伟壮观。清代缪东霖在《陪京杂述》中评论盛京城的规划寓意："按沈阳城建造之初具有深意说之者。谓城内中心庙为太极，钟鼓楼象两仪，四塔象四象，八门象八卦，郭圆象天，城方象地，角楼敌楼各三层共三十六象天罡，内池七十二象地煞。角楼敌楼共十二象四季，城门瓮城各三象二十四气。此说与当日建城之意相符与否诚不敢知，但说为近理故附志之。"

清代城墙是在明代城墙的基础上加高加宽而建成的，城墙中心部位为明代夯土，夯土之外封有明代砖墙，明代砖墙之外为清代夯土，最外层为清代砖墙。

光绪末年，抚近、内治关门被摧毁，城上各楼亦先后颓废。伪康德十年（1943年），开始陆续将古城拆除。沈阳解放后，为发展城市交通，相继拆除了城门及大部分城墙，1958年"大跃进"时城墙基本被拆除，仅存东北角至西北角一段墙基。1985年，沈阳市政府将盛京城址公布为市级文物保护单位。目前，盛京城仅存西北角和北城墙基址一段，其中西北角于2000年已按原貌恢复了角楼。

城址与角楼

新修复的盛京城西北角楼1层设有古城墙参观通道，供游客参观明沈阳中卫城城墙遗址。古城墙采用框架结构，原清盛京城城墙保留，经加固后接砌青砖。2层以上均为新建，采用现浇钢筋混凝土外墙板，贴砌青砖，角楼部分3层均采用木结构。在立面设计上，立面保留、修复古城砖石砌体，标高超过3.9m处古城墙砌体先拆除，待框架结构施工后再按原样补砌。角楼采用中国传统小式做法，为3层歇山式，四面围廊。整体立面遵循清初建筑风格，城墙外侧设垛口，里侧不设垛口。

　　该方案遵循了不改变历史原貌的原则，对现存的遗迹全部予以保留。新修复的角楼外部采用砖木结构，下边为砖砌城墙，上边为木质角楼，木质角楼为四面围廊3层方形，灰瓦三重檐歇山式屋顶，下边城墙高12m，角楼高12.3m。除角楼之外还复原部分城墙。修复后的角楼及部分城墙的占地面积781.8m²，总建筑面积2459.5m²。其中1层781.8m²；2层689.6m²；3层597.3m²；4层152.6m²；5层129.6m²；6层108.6m²。最高点25.9m，南北长38.3m，东西长27.9m。通过修复后的盛京城西北角楼，可以清楚看到哪些是明代的遗迹、哪些是清代的遗迹，哪些是旧有的东西、哪些是按历史原貌修复的。

角楼

1.17 石台子山城址

石台子山城址位于沈阳市区东北约35公里辉山风景区内的棋盘山水库北岸，长白山余脉哈达山山脉西麓的辉山丘陵，是沈阳地区目前保存较为完整的一座高句丽时期城址。

石台子山城于1987年文物复查时被发现，为明确其历史时代、形制、结构和文化内涵，自1990年以来，先后4次对该山城进行了试掘与科学发掘。1990年秋和1991年春夏，首次对山城进行了小范围的试掘工作，发现并清理房址一座，石砌灶址一处，灰坑20个，出土了一批高句丽时期的历史文化遗物，此次试掘确定了山城的文化性质，对山城的基本形制有了初步认识。1997年5月至11月，对山城的墙体外侧进行了全面发掘，发现了山城的墙体、4座城门、10座马面和3处涵洞，全面认识了石台子山城的建筑形制、结构、砌筑方法和它的军事防御功能。1998年4月至10月，对山城进行了第三次发掘，清理了南门、东门、北门址的门道及内外部分，发现了由门道下部通向城外的排水系统，同时还发现了北门址有两次砌筑和两次被火烧毁的遗迹叠压现象及山城内蓄水池的具体位置。2000年4月至10月末，对山城进行了又一次发掘，确认了在西北门址部有早晚两期修筑门址的情况，认定了北门址的叠压关系和蓄水池的容量，确定了山城内遗址区中主要居住址的所在位置。

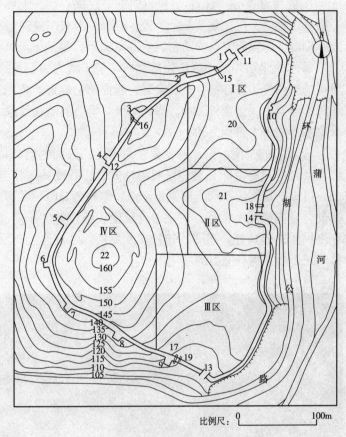

比例尺： 0   100m

石台子山城文物分布图

1~10—马面（1~10号） 11—西北门址及其涵洞 12—西南门址
13—南门址及其涵洞 14—东门址及其涵洞 15~18—探沟（SST1~SST4）
19—2号涵洞 20—居住址遗迹 21—蓄水池遗迹 22—点将台

山城的修筑充分利用了山体的自然走势。这里山势西高东低，山城东南两侧依蒲河，西南部与西北部为两峰对峙，其海拔高度分别为163m~166m，以西北峰为略高，两峰之间西侧有山脊相连，向东形成山谷，山谷口略向东南。山城东、南部为突立的断崖，俗称石砬子，东北部山势陡峭，坡度达75°。山城外的西、北两侧均为沟谷，仅西北峰处与北侧的大洋什山有山脊相通，整个山势自然环抱，呈独立状。山城有效利用了这里的一切自然形势，依山脊外侧修筑墙体，在谷口或低凹之地设门与排水涵洞，在山势较缓和要害之处筑马面设防，在城内平缓的南北台地处建筑居址，在两峰之间的谷地拦坝蓄水，并在城内的南峰设制高点以备瞭望，构成完备的驻防功能。可以称之为高句丽诸多山城之中的一座山城建筑典范。

城墙基本随山就势，围绕制高点外侧，借助山体自然形势人工修筑而成，为一座闭合式的石垒山城。山城城墙西高东低，南大北小，平面呈不规则三角形，周长为1384.1m。山城四角相对较高，呈环抱之势。城墙的总体结构是由石材垒筑的墙体和马面两大部分组成。整个环城墙体皆为楔形石块砌筑，砌筑工整，结构严谨。山城墙体断面呈梯状，内外墙面为形状规整的楔形石块砌筑，墙面里为菱形的插石。里墙一周均有夯土护坡向城内缓延，个别处尚有护坡石。墙体自下而上有一定程度的内收，墙体底宽6m~7m不等，顶残宽5.6m，残墙最高处3.9m。内外墙面斜收度一般在每米收分0.05m~0.08m。从内墙的护坡遗迹及内外墙体高差分析，墙体外侧墙原高度一般在6m~7m，其中最高的墙段位于东门北侧一段，墙体高度约11m左右。

山城外侧，除砌筑坚固宽大高矗坚固的山城城墙之外，沿山城西、北和南侧修筑了9座马面，在城东面修筑了1处马面，并利用了东侧内折凹谷口自然形势修筑两处内折的墙体，1处在东门南侧，1处在东墙段北部。此种内折墙既可随山就势筑墙，也可从一个方面增加防卫能力。

山城共设有4座城门，分别设筑在东、南、西、北四面，且门下皆有城内向外的排水系统。4座城门的形制基本相同，门道墙宽4.2m，进深6.2m，唯东门进深为7.2m，应与东门附近段墙体高叠基础深宽有关。门道两侧墙下部砌有外凸的阶台，一般宽30cm，高50cm。

蓄水池是高句丽山城的设施之一，位于城内中部两峰谷地之间。用土与碎石夯筑为拦水坝，南北向，坝两端与两侧山坡连接，长20余米，断面略呈梯形。宽约2.5m，坝内坡一侧糙砌护坡石。坝上中部有一处略低凹的漫泄水沟，宽约0.4m，深约0.2m。坝顶至池底最深点为2.4m。目前蓄水池西北部发现了砌筑石墙，估算蓄水池的最大容积为300m³。

山城内的东南、东北两侧有较为平坦、开阔的地势，十分适合居住。此处分布着密集的居住遗址和灰坑、灶址等遗存。所见居住址有半地穴式、石墙式等，半地穴居住址相对少于石砌墙式居址，并有相互叠压、打破的地层关系和遗迹关系，例如编号为T101F1的房址为面积6.6m×6.4m，门道向东南，四壁为石砌筑基础，室内格局有前厅、居室、仓储室，石砌灶位于前厅北侧，内连石砌炕，烟道位于北墙外。墙基与房址格局间、转角处，有明、暗柱支承屋顶。住居面上有活动路土、烧土堆积和生产、生活遗物。在一个陶钵内还出土了保存完好的灰化谷物。

蓄水池

涵洞

五号敌台

城墙局部

第2章　近代部分

大青楼主立面

2.1 张氏帅府大青楼

　　"大青楼"是张作霖、张学良主政东北时的府邸"张氏帅府"内一号建筑，位于帅府东院北部。建成于1922年，因其外墙由青砖砌就，并以"清水"形式直接表露于建筑外观，故得名。大青楼建筑面积约2460m²，共3层，是张作霖、张学良当年的办公和起居场所，也是中华民国时期中西建筑艺术结合的经典之作，它和张氏帅府一起被确定为国家级文物保护单位。

　　大青楼曾"亲历"中国历史上多个重大的历史事件：张作霖自称霸东北直至任职安国军政府大元帅，曾在此参议军事机密、制定重大决策；直奉战争期间，张学良与孙文先生长子孙科在此会谈；1929年张学良在此处决杨宇霆、常荫槐后，东北易帜的宣誓仪式才得以在此举行；张学良在这里通电全国，武装调停了中原大战；同样也是在这里，张学良开始了训政。大青楼建成后不到10年，"九·一八"事变爆发。1932年"伪满"将这里改建为图书馆，原有的建筑格局被打破，进行了破坏性装修。直到20世纪90年代才被政府修复。

　　大青楼是3层楼，坐北向南，砖混结构，西洋折衷主义建筑，青砖墙体，白色水泥抹边线，黑白相映，显得格外醒目、素雅。楼下台明高约1m左右，南面和东侧各有1个"八"字形垂带，9级台阶。1楼正面辟门3处，中为半圆形上亮过道门，两侧为半圆形组合门。正面2楼平台与3楼的两个突出半圆体阳台，都是水泥花格，上面装饰三角纹、半圆形、瓶式栏板、廊柱、圆形柱头等。它追求繁华、热烈的气氛，与此同时，在建筑中又加入了中国传统文化情趣。比如，在精雕细刻的洋风建筑中，雕刻的很多内容不再是西方的忍冬麦穗等图案，而变成了象征中国福禄寿喜等吉祥喻义的纹饰。又如，多处采用了中国传统的雕饰构图，并以谐音寓吉祥；以图案鹿取谐音"禄"、以图案葡萄象征多子、以猴坐马背图案寓意马上封"侯"等。这些反映了社会意识对于建筑文化的影响，沈阳在接受外来文明时并不是一味效仿，而是加入了本土文化的再创造。

　　大青楼的室内装修也是中西风格并用，木质家具和以中国传统图案设计的天花，与建筑的西式风格相互融合渗透。楼内重要房间中都设有嵌入墙内的壁画凹龛和西式壁炉。1楼设有豪华宴会厅，陈设豪华气派，主要是"精雕细刻，富贵华丽"的清式家具，厅内还设具有西式艺术细部的中式屏风及两套精致的桌椅。张作霖曾在这里接待过各省督军及

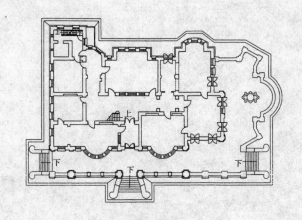

大青楼1层平面

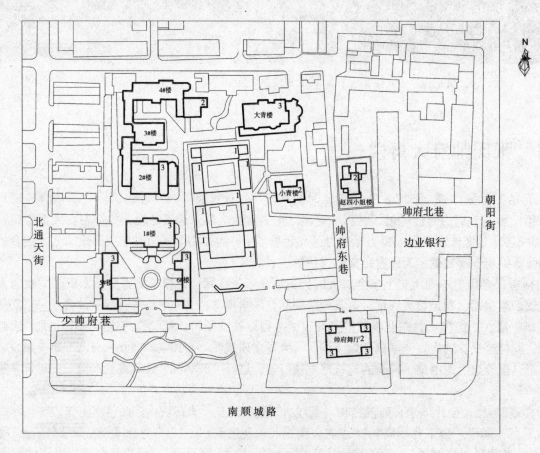

张氏帅府总平面图

大青楼细部

大青楼柱廊

大青楼入口细部

孙中山、段祺瑞的代表。张作霖的办公室、卧室设于1楼南侧。卧室的陈设以晚清家具为主，卧室内设有1张红木床及大理石镶嵌石几。办公室内有1张镶嵌大理石的办公桌和嵌有贝壳的木椅，桌前陈列老式冰箱。张作霖就是在这里对东北全境发号施令，指挥了两次直奉战争和对郭松龄的战争。赫赫有名的"老虎厅"就在1楼的东北角，它因陈设有东边道镇守使汤玉麟送的两只老虎标本而得名。在老虎厅还发生过惊心动魄的"杨常事件"。杨宇霆、常荫槐两人本为东北军元老，在张作霖时期曾受重用。但是张学良执政后，杨、常两人藐视张学良，并极力阻挠"东北易帜"，张学良苦劝多次无效最后忍无可忍，于1929年1月10日枪毙两人于老虎厅。

张学良办公室位于2楼南侧，房间体现出鲜明的现代特色，有现代化的沙发、写字台、椅子，营造出舒适、明快的风格。2楼西侧是张学良和于凤至生活的房间，他们有4名子女，至今房间里还挂着这4个孩子画的水墨山水画。

大青楼书房

大青楼老虎厅

大青楼餐厅

2.2　张氏帅府办事处

　　张氏帅府办事处亦称帅府舞厅，建于1925年，位于张氏帅府的正南，是张作霖及张学良对外接待及举行公共活动的场所。这是一个集办公、娱乐与集会为一身的建筑，所以其立面造型较为讲究，用当时崇尚的西洋式立面、粗柱、清水砖石墙面，线脚丰富。立面设高起的钟塔，以强化建筑的庄重。钟塔下面为主入口，它由8根爱奥尼克门柱将托起的门罩强调出来。建筑内部设有一个共享大厅，满足举行集会、举办舞会等公共活动的要求。在当时情况下，这是一个较典型的将办公与公共活动使用共同组合的例子。2层屋顶设屋顶花园，以满足娱乐、体育活动的要求。这座建筑物规模不大，但造型别致，很好地配合了张氏帅府整体使用功能的要求，使办公、娱乐、集会和居住休息很好地组织在一个和谐的环境中。

　　整个建筑保存比较完整，几乎没有什么增损，砖混结构。房间部分为砖石承重，大厅及外门由混凝土立柱承重，梁担其上，墙与柱共同承担重量。建筑共有18个房间。建筑采用对称、规整的平面布局形式。主要入口在北侧，面对进入帅府正院的横街。建筑另设两个辅助入口，在东西两侧楼梯处，作为对外交通疏散之用。正对主要入口设2层高的共享大厅，四周房间围绕大厅设置并向大厅开门。大厅面积215.35m²。2层设跑马廊。大厅设立柱8根，柱头有雕饰。一二层房间上下对正。在3层建筑的四角处有4个房间与屋顶花园相通。

张氏帅府舞厅外观1　　　　　　　　　　　　　　　　　张氏帅府舞厅外观2

张氏帅府舞厅外观3

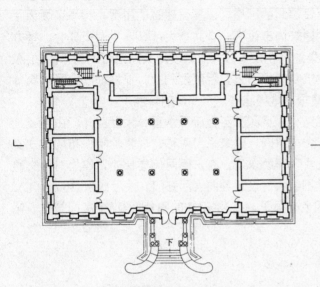

张氏帅府舞厅1层平面图

张氏帅府舞厅阁楼

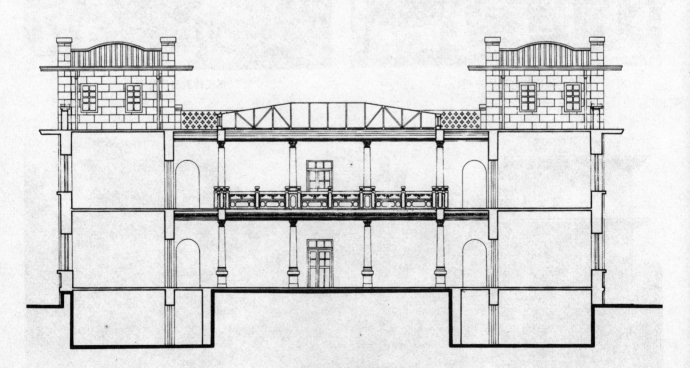

张氏帅府舞厅剖面图

红楼群鸟瞰

2.3 张氏帅府西院少帅府红楼群

张氏帅府由中院、西院、东院、外院四部分构成。少帅府红楼群位于西院，原为江浙会馆，是江苏、浙江两省旅居奉天的同乡聚会并兼做生意的场所，共有房间40余间。张作霖买下荣厚公馆后，江浙会馆慑于张作霖的权势，也将房舍作价出售。西院总占地11017m²，被张作霖买下后，在1914年与中院的四合院同时修建。西院的南半部有7间瓦房是帅府卫队营营部，北半部以青砖围墙与卫队营相隔有两组四合院。

张学良主政东北后，决定拆掉西院四合院和卫队营房。请国内著名设计师杨廷宝设计了7栋具有英国都铎哥特式风格的楼房，准备作为边防长官公廨。张学良将军为这组建筑在国际上公开招标。在中外建筑师的众多方案中，杨廷宝的方案被张学良夫妇选中。又选定正给葫芦岛施工的美国建筑公司承建，双方签订了合同。

1929年春开始修建。1931年"九·一八"事变爆发后，张氏帅府陷于日本帝国主义魔爪中，张学良将军只好通知施工方停止修建已完成了地下室工程的红楼群，施工公司以合同为依据，要求张学良赔偿全部损失。这一要求被张学良将军断然回绝，美国建筑公司为此诉诸国际法庭。法庭判处日本当局应当承担履行建筑合同义务。在此情势下，日本方面迫于国际舆论压力，只好接手履行建筑合同，由他们向建筑公司支付全部建筑费。于是建筑公司继续施工。

1933年西院红楼群正式建成。红楼群是帅府规模最大，房屋最多的建筑。建筑均为3层，地下1层，其中有2幢厢楼，4幢正楼。每一幢楼的平面、立面造型各具特色，但风格相同，它们均采用三角形的山花、红砖墙体、竖向的矩形方窗，壁柱、线脚、门窗框、檐部系采用白色石头，色彩明快。

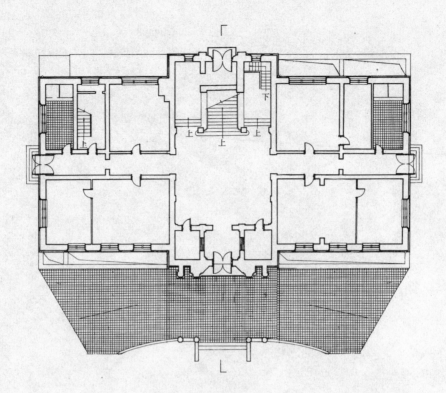

1号楼首层平面图

1号楼外观

　　西院红楼群建成后名为中央图书馆奉天分馆，实则先后由奉天第一军管区司令部和国民党市党部及接收大员等占据。解放后辽宁省图书馆曾设于此处，1995年图书馆新馆建好后，图书馆主体部分迁出，现为辽宁省文化厅用作办公楼。

　　少帅府红楼群大体呈轴线对称式布局。入口院落中的3栋楼为一正二厢，突出官邸式办公建筑的气魄，后3栋呈"E"字形布局，空间形态自由活泼，有着极强的院落感和闲适的生活气息。前面的5幢建筑属办公建筑，仅后面的一幢建筑为3套并列的住宅。我们从这几幢红楼的平面布置形式上可以很明显地看出西方古典式构图的影响。

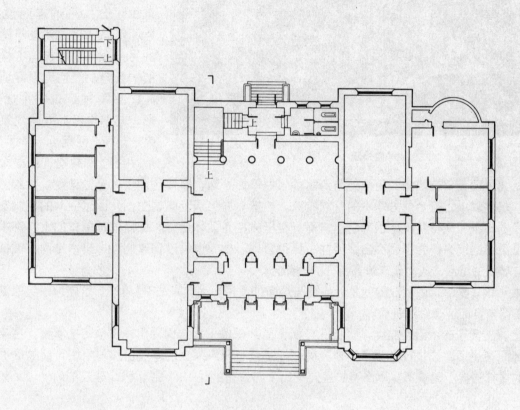

2号楼首层平面图

2号楼南立面图

2号楼外观

建筑的主入口位于南面正中，轴线上的建筑则前后开门，方便相互间的联系，这一特点有点类似于中国传统多进院落的形式。办公类建筑入口平面大多做向外突出处理（2号楼例外），并设有较大的门厅，直接连着主楼梯，充分满足了人流集散的基本使用要求。后排建筑由"L"形的走廊组织水平交通，能够合理地将位于建筑转角处的另一个辅助楼梯与主楼梯以及每层的各个功能空间很好地联系在一起。后两幢建筑的平面呈"L"形，与西面及南面的建筑围合成一大一小两个院落。

红楼群的建筑外立面为清水红砖墙，红瓦坡屋顶，仅在墙角和窗框处用清水砂浆做修饰处理，整体色调使人感觉稳重、典雅。建筑群体体量厚重，开窗较小，符合北方寒冷的气候特点。建筑立面强调竖向构图，并通过竖向的窗洞及其装饰来加强这一视觉印象，使得并不是很高的建筑有一种挺拔庄重的体量感。每幢建筑单体的大门都采用不同的手法做浓墨重彩的装饰，并强调突出，但并不显得繁琐。檐部也经过细致处理，排水檐沟都被精心装饰，通过明线与暗线的组合，成为建筑最具特征的一部分。

屋顶做了很多变化，最明显的就是老虎窗与烟囱的使用，尤其是后3幢建筑。这使原来经过简化的屋顶在外观上变得丰富而且有生活气息。

结构上，应用了砖木混合结构，楼板、楼梯、屋架都属于木结构，用砖墙和砖柱承重，屋架为三角形木桁架，因此在屋顶部位往往形成了阁楼空间，外部设有通风采光的老虎窗，与中国传统的硬山顶、歇山顶所形成的式样迥异。建筑单体平面有的呈"一"字形，有的呈"L"形，因此建筑的内外墙承重结构体系

3、4号楼局部

4号楼局部

也随着平面的形状呈现出"一"或者"L"形。建筑的外墙由于考虑到承重和保温的需要，厚度较大。

　　红楼群建筑上部的收头极为讲究。檐口线脚丰富，也有的变形为块状装饰。檐口与阳台采用相近的处理手法，相互呼应，加强了建筑的整体统一性。

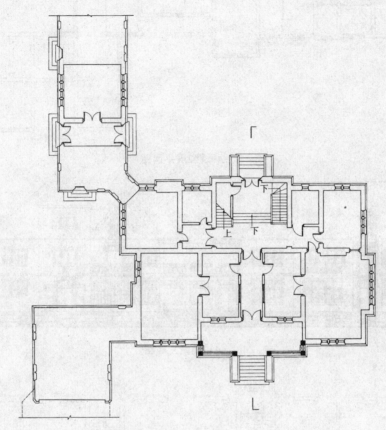

3号楼首层平面图

3号楼南立面图

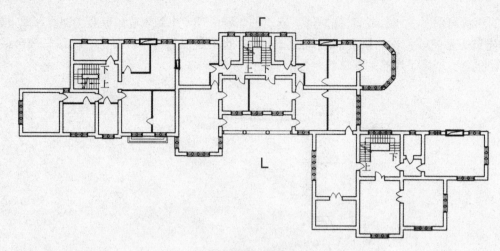

4号楼2层平面图

4号楼南立面图

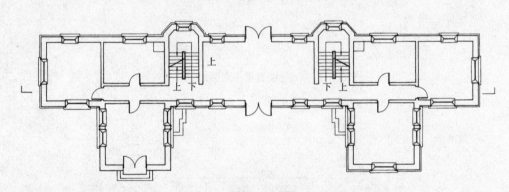

6号楼1层平面图

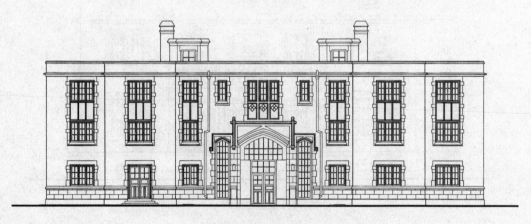

6号楼西立面图

小青楼外观

2.4 张氏帅府小青楼

　　小青楼位于张氏帅府的东院，由于地处帅府花园的中心，又有"园中花厅"的美誉，是一座中西合璧式的2层砖木结构小楼。如果说大青楼是以西式为主结合中式做法的典型，那么小青楼则是以中式为主结合西式做法的范例。建成于1918年，因其采用青砖青瓦建筑而成，故称小青楼。它是张作霖为他最宠爱的五夫人寿氏专门修建的。

　　小青楼建筑面积450m²，小巧精美、造型独特，整座楼体呈凹字形，中间为两层高门楼，2楼有外廊式阳台，其正面朱漆廊柱、雕梁画栋、彩绘雀替，体现出传统的中国建筑风格，小青楼为枭混线条的雕饰、窗口饰以镇石、楼后顶部砌有环形女儿墙等手法则是典型的西洋风格。前后中、西两种不同的建筑协调地被结合在一起，只是在建筑侧面前面的两坡与局部的女儿墙相互之间的联系不够自然。它恰恰反映出沈阳近代西洋文化进入沈阳的一个过程。小青楼的中式因素要比大青楼保留得多一些，它采用了大量的木雕、砖雕等中国传统工艺来装饰。分布在小青楼的28幅雀替木雕，多以梅花、柳枝、兰花为主，虽风格各异，但个个栩栩如生。而小青楼两侧柱头的垂帘砖雕，除以寓意深远的松、鹤为主外，还饰以代表吉祥、喜庆的中国结，整组构图搭配和谐，布局严谨对称，具有较强的艺术观赏性。它的每个门窗的上面均采用镇石砖雕装饰，这些镇石砖雕以花、鸟图案为主，形象逼真，令人叹为观止。小青楼不仅外部装饰精美，内部装修同样豪华气派。小青楼为上下两层，坐北朝南。内部空间布局呈典型的中国传统形式分5开间，中间为入口及门厅，占1开间；左侧有客厅及仆人居住房间；右侧为居室。后部两跑木楼梯直通2层。2层中部3个房间，从天花、地板可辨认出为后加，原为1大厅，占3开间，左右两侧为居室。整个平面呈"L"形，1层北侧突出的两部分为小房间；2层有外廊，从中部门进入大厅到阳台。南立面为中国传统式5开间，硬山墙，红漆木柱到顶，上有雀替、檐口处理。东西两侧及北立面的窗都有拱券；窗台为一石条，两层半砖厚。

主体房屋为木构架，青砖（270mm×140mm×65mm）围护。内分隔墙为板条抹灰的轻隔断，外墙砖的砌筑方法为三顺一丁。砖墙厚实测数据为650mm。从几处剥落可见外墙内外两侧由整砖砌饰，内里则为乱砖堆砌，最里层为30mm的找平抹灰。木柱（方形，断面240mm×240mm）承重，上搭方木梁（90mm×180mm）。屋架为木造举架式。从青砖砌筑及屋架形式等，仍可断定为中国工匠设计并施工。

寿夫人搬到小青楼后，为避免引起其他几位夫人的不满，聪明的寿夫人把大夫人赵氏生的女儿首芳、二夫人卢氏的二女儿怀英、四女儿怀卿、四夫人许氏生的三女儿怀曈、五女儿怀曦接到小青楼居住，所以早期小青楼亦被称为"小姐楼"。1923年，当寿夫人得知张作霖在天津相中了天宝戏班的马月清后，立即亲赴天津将马月清接回帅府，并以贴身丫鬟的名义，安排马月清在小青楼2楼居住。1924年马月清生下女儿怀敏后，母女搬到大青楼居住。此后，随着几位小姐的陆续出嫁，小青楼便成为寿夫人与其4个儿子学森、学俊、学英、学铨单独居住的地方。小青楼也是张作霖日常生活起居的一个重要场所。1928年6月4日，在皇姑屯事件中被炸成重伤的张作霖就是在这里走完了他短暂而充满传奇的一生。

自1931年"九·一八"事变，帅府被日本人占领后，小青楼的使用屡经变迁，先是同大青楼一道经过改造，被辟为伪满洲国国立图书馆。1946年2月，大青楼被国民党沈阳党部占用后，小青楼又成为党部书记章宝慈的私人居所。1948年沈阳解放后，小青楼由东北图书馆使用，初为单身宿舍和办公室，1949年被辟为儿童阅览室。1952年小青楼被改为辽宁省作家协会家属宿舍。1973年以后，小青楼归辽宁省图书馆，作为家属宿舍使用。1990年小青楼正式划归张学良旧居陈列馆，经过重新修缮，于2001年对外开放。它和张氏帅府一起被确定为国家级文物保护单位。

小青楼入口

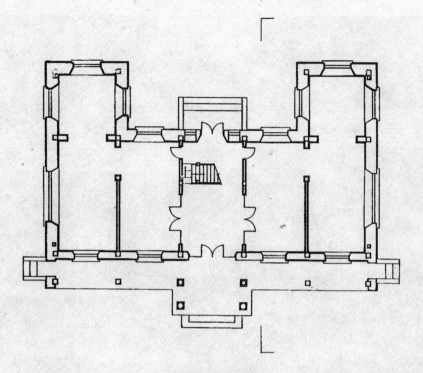

小青楼1层平面图

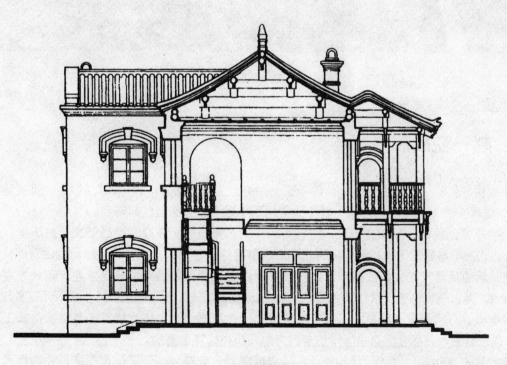

小青楼剖面图

赵一荻故居

2.5 赵一荻故居

赵一荻故居，俗称"赵四小姐楼"，位于张氏帅府大院的东墙外，为一座2层中西合璧式建筑，因1928年~1930年，张学良将军的红粉知己赵一荻（人称赵四小姐）曾在此居住而得名。

赵四小姐原名赵绮霞，又叫赵一荻，排行第四，父亲是当时北洋政府交通部次长赵庆华。赵一荻与张学良应该是在1926年前后于天津初识。当时北洋政府中有些达官贵人，嫌在北京过私生活有些拘束，便常溜到天津在交际场中品酒赏花，高歌酣舞。赵一荻好奇，常到那里看热闹。在这里赵一荻经大姐绛雪介绍，与张学良相识。两人一见钟情，很快坠入爱河。1928年秋，赵一荻不顾家庭阻挠，在不计较名分的情况下，来到张学良身边。心胸大度、贤惠的于凤至感念她的一片真情，力主将此楼买下，并亲自督工设计装饰。1928年底，赵一荻搬入此居住。这是张学良专门为赵四小姐修建的寓所。

赵一荻故居占地547m²，建筑面积428m²，独立成院，清幽雅致。建筑造型简洁，外饰素雅却内部装饰精美，这里既有体现中国传统风格的描金彩绘，又有雕刻廊柱等欧式建筑艺术的鲜明特色，是中西建筑艺术的结合。其室内陈设以法式家具为主，尽显豪华气派。2001年10月，赵四小姐楼被全面修缮后，正式对外开放。内部复原了会客厅、舞厅、餐厅、琴房、起居室、书房、办公室等多个房间，真实再现了赵四小姐与张学良将军共同生活的场景。赵一荻故居不但是张学良将军和赵一荻"当代冰霜爱情"的历史见证，也是全国重点文物保护单位——张学良旧居的重要组成部分和一处引人驻足的人文景观。

赵一荻故居客厅

赵一荻故居室内1

赵一荻故居室内2

张氏帅府四合院大门

2.6 张氏帅府三进四合院

三进四合院位于张氏帅府的中院，是1914年张作霖刚当上北洋军阀陆军27师师长时开始兴建的，该院坐北朝南呈"目"字形，建筑面积3900m²，房屋共13栋，计57间。放眼望处，青砖珑瓦，兽吻挑脊，雕梁画栋，朱漆廊柱，石鼓柱础，是中国传统的王府式建筑。它是张作霖进入奉天后动工兴建的帅府中最早一处建筑群。

有趣的是四合院的南北向中轴线与周围街区方向出现偏角，却唯与沈阳故宫的中路中轴线相平行，并且也采用宫廷建筑前朝后寝的布局模式。一进、二进院是办公及会客的地点，三进院是居住生活的场所，这些突现了张作霖想要作为东三省统治者的野心。

四合院正门前院是一个东西长100m，南北宽16m的长方形院落，历史上分别有东辕门、西辕门和中辕门（帅府人员平时出入于东辕门）。正房迎门是一面挑檐起脊的影壁，气势雄伟。影壁正中镶嵌一块雕有"鸿禧"的汉白玉，点缀汉白玉四角的是凤凰、雄狮雕刻。通往一进院的是一扇朱漆大门，一对抱鼓石狮

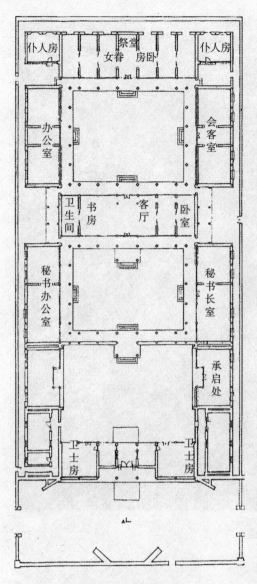

张氏帅府四合院平面图

分列正门两侧，显示出一种特有的庄严与凝重，凹入门廊院门的廊柱上部采用木雕彩绘雀替和镂空雕花，门洞内侧上方高悬"治国护民"的巨大匾额。一进四合院为大块方石铺地，共有东西两侧门房6间，东西厢房各3间、耳房各3间，这里原是帅府的后勤部门办公室。一进院的南面除设有警卫室、传达室、电工室、电话室外，还有设在东厢房的帅府账房和设在西厢房专门负责接待禀报、引见前来帅府公干或拜访的文武官员的帅府承启处。一进四合院厢房南端两隅分别有一六角形月亮门，里面各有3间耳房，其中3间东耳房是帅府的厨房。当年帅府内一律采用统一用餐，饭菜均是在这里烧好后，送往各个主人的房里用餐，几位夫人如果需要另开小灶，则必须先支付饭钱，单点另做。当然，这种情况在帅府里平时并不多见。以后，因帅府人员增加，又在东耳房的东侧加盖5间房与厨房连接，一直延伸到东院。西边耳房为厨房仓库和厨师休息室。一进四合院与二进四合院相隔的是一面7m高的磨砖雕饰的高墙，中间透雕垂花顶饰门楼夺人眼目，两门柱有护柱抱鼓石和石狮伏立的石鼓门枕石。走上方台浅阶，通过垂花仪门，就可进入二进四合院。

二进四合院呈长方形，方砖铺地，周围为起台回廊四合，30根笔直的红色廊柱环列于鼓形石雕上，绘栋彩枋，庭院幽雅。这里是张作霖在帅府早期生活及办公的重要场所。二进院东西厢房各5间，东厢房分别为秘书长室和机要秘书室，西厢房则为一般秘书室。二进院正面7间房是张作霖的居室及办公用地。东屋第一间为卧室，第二间和第三间合起来是张作霖的办公室。西屋东侧两间屋是张作霖的会客室，一般的小型会议和重要客人会谈都安排在此间。西屋里间是张作霖的书房。张作霖虽然没有多少文化，但他却极为推崇和重视传统文化，这从他对子女的教育、尊重、启用文人，兴办教育这一点即可得到印证，他尤其喜欢中国的古典书籍，经常让身边的秘书念给他听，耳濡目染，受到很大熏陶和启迪。二进院正房中间一间为过厅，门前修雕花门楼，门楼正上方悬一匾额，上书"望重长城"。穿过正厅就可到三进院，但当年这一门厅是绝不允许其他人穿行，一般人要去三进院只能走位于正房与东西厢房间的边门。

三进四合院是帅府的内宅。张作霖的眷属都住在此院。三进院较二进院宽敞。正房为7间，中厅是祭祀祖先的灵堂——"祖先堂"，供奉着张家祖先的灵位。东屋为张作霖二夫人卢氏居住；西屋原为三夫人戴氏居住，后戴氏出家为尼，张作霖于1918年迎娶五夫人寿氏，曾暂住此屋；三进院的东厢房是四夫人许氏及其子女的居室，张学思将军就出生在此屋；三进院的西厢房为张学良与于凤至婚后的新房，他们的儿女均出生在此屋。

三进四合院是典型的中国传统古典建筑，建筑材料均为青砖灰瓦，雕梁画栋，褪色的朱漆廊柱上有饱含东北民族风情的雀替相称，有些是镂空雕花，有些是彩绘，既沿袭了中国传统的民间风俗，也体现出辽南的风土习惯，虽然年代久远，但仍然能感觉到栩栩如生。窗下墙身的砚石浮雕精致华贵，墙上砖雕细腻生动，檐枋木雕巧夺天工，画面取材广泛，像东北蔬菜、粮食等都镶嵌于内，表现了富贵吉祥的寓意，有一处墙板用砚石为材刻上了蜂窝、猴、马，寓为"马上封侯"，这些都是研究民族建筑和民间习俗的珍贵艺术资料。

张氏帅府四合院入口门前空间俯视

张氏帅府四合院二进院院落

张氏帅府四合院石柱础

窗下石雕"马上封侯"

张氏帅府四合院雕石

学校入口外观

2.7 原奉天东关模范小学堂（现周恩来少年读书旧址纪念馆）

　　原奉天东关模范小学堂，为周恩来年幼时读书旧址，位于大东区东顺城街育才巷10号。其占地2.59万㎡，建筑面积6000多㎡。从1910年~1913年，周恩来就读于奉天东关模范小学堂。周恩来在这里度过了少年时代的高小读书生活，经历了辛亥革命，接触了进步教师，阅读了进步的书报，接受了进步思想的影响，并立志要为"中华之崛起"而读书，为他日后救国救民奠定了丰厚的基础。前楼2楼西侧第一间教室就是他少年时期的读书处。

　　学校主要建筑有：门房、前楼、后楼、礼堂。这四个主要建筑坐北朝南，依次排列，位于学校的中轴线上。前后形成两进院落，校园四周有青砖砌筑的围墙，校园平面呈长方形。门房位于校园南侧，为对称形式的青砖瓦房，砖木结构，共有11间，作为学校的入口，也兼有学校的教职工宿舍、食堂、厨房等功能用房，正中设有过道门。穿过门房有一影壁墙，影壁中心，正面采用青红砖砌花法，背面抹水泥砂浆，麻刀白灰罩面。影壁顶为青瓦起脊，影壁前台阶以花岗岩铺砌。绕过影壁进入学校的第一进院落，这是一方面积宽阔的活动场地。临场地北侧一字排开的是学校的第一教学楼；走过前教学楼，紧接着进入学校的第二进院落，正中为方形平面的学校礼堂，礼堂亦是青砖瓦房，一层砖木结构，屋内有立柱16根，屋顶中间凸起，上面装有天窗。后面是学校的第二个教学楼，主要教学建筑前楼和后楼基本相同，为两层，前廊式，砖木结构，瓦屋顶，券拱式木门窗，走廊由木廊柱和木栏杆构成，占地面积932m²，建筑面积1866m²。几座建筑与围墙组成的两进院落共同服务于学校的日常教学和生活。与传统的书院布局——大门、前院、前讲堂、中院、后讲堂基本相同。建筑群布局合理，装潢油饰典雅大方，建筑以灰、红颜色相间，体现着沈阳近代早期中西文化相互融合的建筑形态。

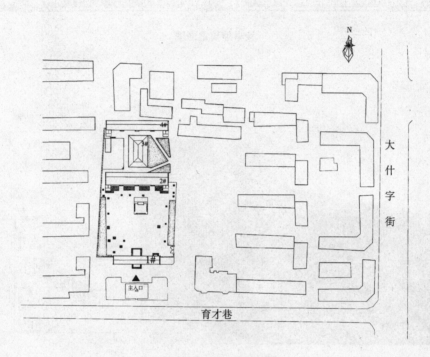

周恩来读书旧址总平面图

3号楼北立面图

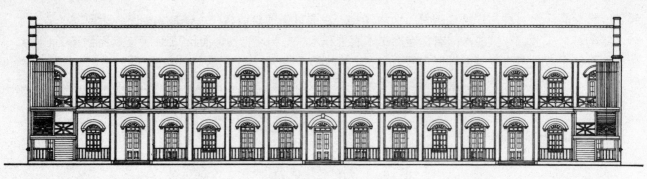

教学楼南立面图

1号教学楼外观

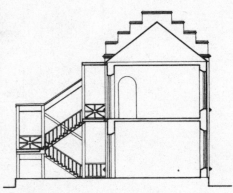

教学楼剖面图

2号教学楼外廊

教学楼教室入口

战俘营旧址展览馆设计效果图

2.8 原奉天英美战俘营（现二战盟军战俘集中营纪念馆）

第二次世界大战期间，图谋称霸亚洲的日本军国主义者偷袭了美国的珍珠港海军基地，太平洋战争全面爆发。一开始，准备不足的英美盟军在太平洋战场接连失利，马来西亚、新加坡、缅甸、菲律宾、印度尼西亚、新几内亚及太平洋上许多岛屿都遭到了日军重创，数以万计的英美官兵沦为了俘虏。为了充分有效地利用这些"战利品"以满足其扩大对中国侵略战争的需求，日本政府采用了所谓的"以战养战"的政策，强行将战俘运往设在日本本土、朝鲜、中国台湾和"满洲"的60多所战俘营中监禁，在日军的刺刀下从事开采矿山、军工生产等方面的劳务。设在中国沈阳的奉天俘虏收容所是日军在中国东北地区的中心战俘营，同时还在吉林省郑家屯和西安县（现在的吉林省辽源市）分别设立了直接隶属于"奉天俘虏收容所"的第一、第二俘虏收容分所，关押着被俘的盟军高级军官。从1942年11月到1945年日本宣布无条件投降时止，奉天战俘营先后关押的美国、英国、澳大利亚和荷兰战俘共2000多人。第一批到达的1428名战俘被关押在今沈阳市北大营的一个旧军营中，即现在的第七

战俘营遗址标志牌

当年老兵回到营地照片

粮库所在地。战俘每天要步行5km的路程到日本人开的工厂"满洲工作机械株式会社"（后改称沈阳中捷友谊厂）和"高井铁工所"（今沈阳黎明设备工程公司所在地）劳动。

1943年，日军在沈阳青光街附近新建了永久性的奉天战俘营，并在3个日本人的工厂所在地设立了分战俘营。这一战俘营于3月6日举行开工仪式，在短短三个月就建成。根据复原图可见，当时战俘营区内有岗楼4座，四周设有2m多高的围墙，其上设有电网。它分为两部分，西北边是日军办公部分，由6栋建筑和1座水塔组成；东南边是囚俘区，包括5栋建筑，其中包括3栋营房、1栋食堂，囚俘区之间以棘网分隔。营房建筑为2层青砖坡屋顶建筑，每栋楼按10个框架划分为10个居住区，每个居住区里分上下铺住64个战俘。

随着时间的发展，城市在不断更新，作为城市文化一部分的历史建筑逐渐消失在经济建设的浪潮中，战俘营也是如此，残留的遗迹藏匿于一片居民区中难以辨认。为了保留历史文化遗产，沈阳市政府决定在原奉天英美战俘营旧址修建"二战盟军战俘营纪念馆"。沈阳建筑大学建筑研究所在设计投标中中标。

原有战俘营用地范围约为50000余m²，目前仅恢复一部分。基地南侧的一号营房及附属建筑原为纵向并置的3幢，如今仅幸存1幢，是战俘当年居住生活的地方，为纪念馆中的主要建筑；紧邻其北为遗址，这幢现为住宅的建筑据考证是在原战俘营食堂基础上建造的，故基础的遗址予以保留；西北侧为20世纪80年代建造的中捷友谊厂浴池，在本次建设中改造为展览馆；基地北侧的日本宪兵队卫兵室及附属用房，为保留建筑；其南端分别为战俘营时期的水塔及烟囱，予以保留。此外基地东侧邻道路处尚留有几段残墙。对原有的营房、卫兵室、烟囱、水塔、遗址、残墙采取了保护优先的原则，恢复原始面貌。地面材料大面积采用原来的沙土地面，通过一些技术处理，使之不飞沙。

在原战俘营基地四角做标识物。大门及围墙按史料记载予以恢复，在旧大门内侧建一新大门满足现代需求。主入口置于基地以东的城市道路的西侧，正对展览馆，之前的广场供人流集散。展览馆为改造建筑，游人在此可通过模型、图片、实景等方式对第二次世界大战及战俘营相关历史有所了解。场地南侧是

战俘营旧址大门设计图

当年战俘居住的营房

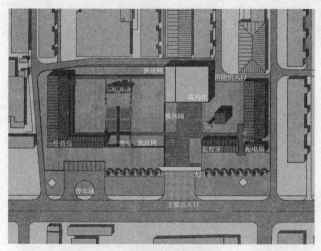

战俘营设计总平面图

遗址广场设计图

当年战俘营的水塔及烟囱

当年的日军守备办公室

一号营房，其内外均根据史料予以复原，内部为实物展，重现战俘的生活场景。场地北侧的日本宪兵队卫兵室也是实物展。并通过场地东侧的一段残墙展让人追忆历史、展望未来，以游人的情感释放作为结束。

室外景观主要采用铁、混凝土等材料，与战俘营原有的气氛相协调，并形成整体感，整个营区为保护原来的气氛大多为沙土地，但游览路线及入口设置为不规则铁板用铆钉与地面连接，体现沧桑感。

展览馆外立面用钢板条覆之，以不等距的斜线条打破立面的呆板，让人联想到战争的扭曲、无序与纷乱，又似日军的探照灯划破宁静夜空，像这样用经济、简洁的手法表达深刻的寓意，符合展览馆的性质及战俘营的气氛。遗址广场是拆除现有住宅，露出原有的基础，一部分作为实景展陈列场所，一部分作为纪念广场。恢复西侧山墙作为纪念墙，将死亡战俘的名单记载于此，人们可在此从事纪念活动及举行仪式。

建成后的战俘营纪念馆，成为世界现存的唯一一处二战盟军战俘集中营旧址，而引起世界的广泛关注。当年的欧美老兵及其家属、后代经常专程到此回顾往事、反思历史、祭奠亲友、展望和平。这里也成为沈阳一处重要的旅游点和教育基地。

战俘营遗址雕塑纪念

2.9 中共满洲省委旧址纪念馆

中共满洲省委旧址纪念馆，位于沈阳市和平区皇寺路福安巷3号。1927年~1931年第一届至第三届中共满洲省委机关在这里办公。直到1931年"九·一八"事变，中共满洲省委机关才迁到哈尔滨。

中共满洲省委旧址纪念馆为一个占地198m²的小窄院，建筑仅为一幢一字形的平房，是沈阳北市场居民区中十分普通的一幢小宅。建筑面积108m²，建筑全长18m，进深6m，高约4m。面阔6间，进深1间，硬山式，砖木结构，外墙为青砖砌筑，屋顶铺小青瓦，室内铺木地板。

福安巷地处北市场皇寺大街中段，保留完好的巷门上写着"福安里"3个字。20世纪20年代该巷两侧的12栋青砖瓦房是供过往客商租用的公寓。中共满洲省委的组织者和第一任书记陈为人以英美烟草公司督办的身份同妻子韩慧芒以及工作人员张光奇租用了巷内西侧第四栋院内靠东边的4间房屋：东边第一间用作厨房和佣人住处；第二间为张光奇所住；第三间供客厅、会议室或办公室所用；第四间为陈、韩的卧房。当年的中共满洲省委一直处于艰苦的地下工作环境之中。省委屡遭破坏，人员变动很大，刘少奇、陈潭秋、罗登贤等同志先后担任过省委书记。解放后，由于城市建设的需要，将当年刘少奇同志住在附近的一处旧宅迁移到中共满洲省委旧址背后（北面）的院子之中。于是这两个相邻的院落中的两栋灰砖平房共同构成沈阳一处革命纪念地和教育基地。

扩建后的中共满洲省委旧址纪念馆在仅保留了原巷门、省委办公旧址和刘少奇同志旧居两栋平房的情况下，为了再现当年省委的工作与生活环境，以简约和象征式的手法以及具有标志性的场景，重塑出当年北市场"福安里"胡同的感觉和地下工作的环境氛围；以小尺度的建筑与具有特征性的符号，还原了平民区的生活气息，又与新建建筑相互协调融为一体；以现代艺术的建筑造型手法，将扩建部分与尚存文物建筑形成对比，将两栋旧址建筑成功地作为纪念馆中最突出和最重要的实物展品；以借景手法营造的一方主体为"红色广场"的内庭院，既为纪念馆在十分受限的占地条件下赢得了一处展示原址"胡同——院落"空间肌理的视觉景观，又为城市提供了一处闹中取静并具有教育主题的公共休憩空间。

大门

巷门

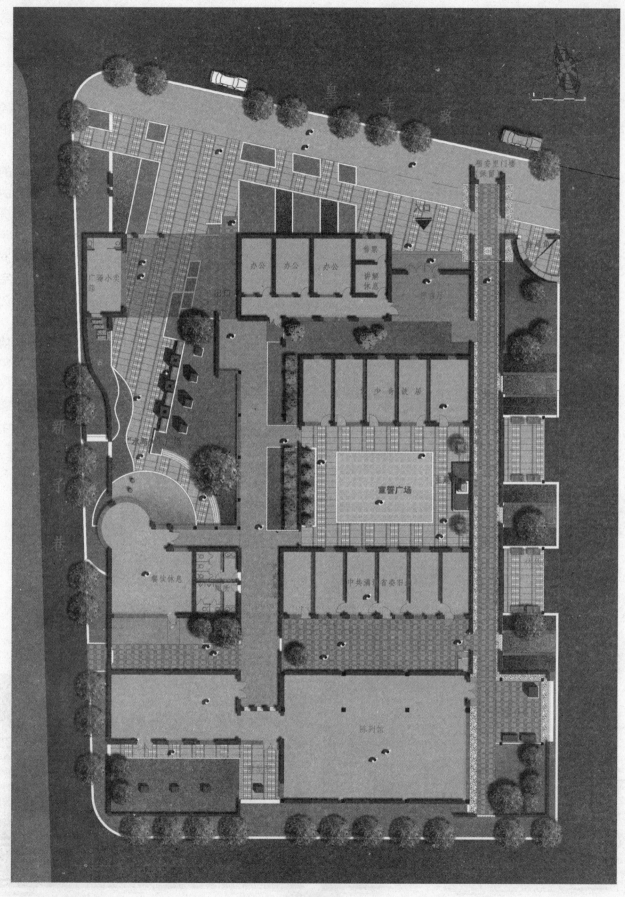

首层平面图

福安巷

局部透视

沿和平北大街立面图

鸟瞰图

2.10 原奉天驿（现沈阳站）

奉天驿坐落在和平区胜利大街2号，与奉天驿隔路相望的是原共同事务所、贷事务所奉天铁路公安段，这3座建筑均由日本建筑师太田毅和吉田宗太郎（二人均毕业于日本东京帝国大学建筑学科）设计，为"辰野式"的自由古典主义形式。这三栋建筑物共同围合成了站前广场。

奉天驿建成于1910年7月，在此后的数十年间，奉天驿又先后经历了1919年、1926年和1934年的3次扩建，扩建后的总面积达4575m²。解放后又经多次扩建和完善，特别是2006年经沈阳建筑大学建筑研究所对站房扩建设计，并对站前广场和广场周围建筑的立面改造设计，使广场风格更具整体性，历史建筑得到了有效的保护，站舍建筑面积逾万平方米。在沈阳北站建成前奉天驿一直是客货运输量居首的特等站，成为当时东北地区最为重要的客运中转车站。建筑为两层砖混结构，绿铁皮平缓的坡屋顶，纵向分3段，中央及两翼角楼上各有大小不一的深绿色半圆形铁皮穹顶。中央大穹顶中段开12个圆窗，使天光撒向候车大厅。正门入口上方为三角形山花，中间镶有时钟。中央入口1层高雨棚为日本之唐破风式曲线，2层高处设有低缓的三角形山花。整个站舍上部为三角形花案，与挑檐相连，全部为齿状檐口，挑檐下部有灰白装饰线与直角方额窗口凹进贴脸相连，再向下有多种造型的白色饰带及线角与红砖墙相辉映。整个建筑造型庄重典雅，比例协调。

奉天驿采用了高架跨线候车厅，是中国近代大型旅客站中的先例。

沈阳站

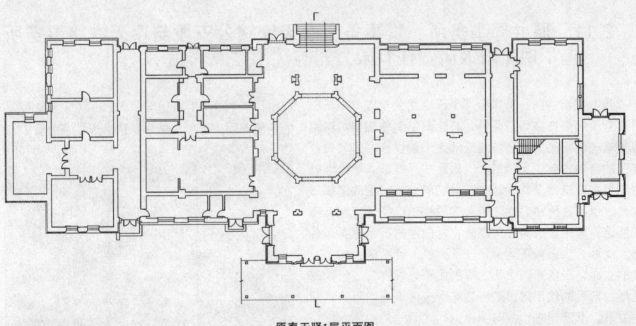

原奉天驿1层平面图

沈阳站立面图（两侧为2006年后加建部分）

共同事务所、贷事务所奉天铁路公安段西立面外观

2.11　原共同事务所、贷事务所奉天铁路公安段与奉天铁路事务所
（现沈阳饭店责任有限公司与沈阳铁路宾馆）

　　原共同事务所、贷事务所奉天铁路公安段与奉天铁路事务所坐落在中华路两侧，与沈阳站隔路相望。这两栋建筑与沈阳站均由日本建筑师太田毅设计，为"辰野式"的自由古典主义风格。"辰野式"是日本明治维新时期著名建筑师辰野金吾在20世纪前十年常用的建筑形式，故以其姓氏命名。这种建筑风格仿自英国安妮女王式建筑，建筑表现为红砖砌筑，以白色的石带做重点装饰。此外，太田毅还运用了一系列的设计手法，如三段式的立面，三角形仿山花式样的顶部处理以及绿色铁皮塔楼、穹顶的使用等，来协调这两栋建筑与沈阳站之间的关系。从而使它们共同围合出的沈阳站前广场，表现出一种豪放壮丽的景观，成为满铁附属地早期规划的中心。

　　原共同事务所、贷事务所奉天铁路公安段位于中华路2号，西临胜利大街，北临中山路，南面中华路。该建筑建成于1912年，采用坡顶形式，建筑规模为地上3层，一二层为砖混结构，顶层为木桁架，建筑面积约5000m²。建筑平面呈凹字形，主入口位于中华路一侧，入口上方由两个三角形山花构件中间加一弧形构件构成以示强调。与原奉天铁路事务所主入口相对为一过街门

原共同事务所、贷事务所奉天铁路公安段外观局部1

洞，其上部平面呈弧形并突出于墙体之外，并与立面上的弧形构件相呼应。该建筑于2004年3月被评为"沈阳市近现代优秀建筑"，现属沈阳饭店责任有限公司所有，一层出租用作商铺，二三层用作旅馆，建筑主体保存完好。

原奉天铁路事务所位于和平区胜利大街4段1号，南面民主路，西临胜利大街，北挨中华路，与原共同事务所、贷事务所奉天铁路公安段隔路相望。该建筑建成于1911年，同样采用坡顶形式，上有弧形采光天窗。3层钢筋混凝土结构，建筑面积6936m²。建筑平面呈凹字形，主入口位于中华

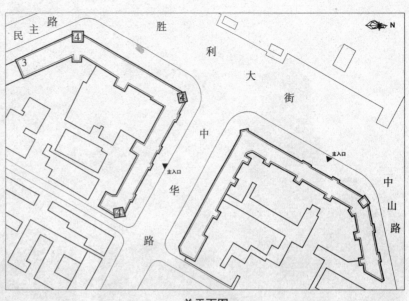

总平面图

路。正门入口上方有3个三角形山花，中间一个较大，两侧较小，山花之间用立柱分割加以强调。此外，在主入口立面的中间部分还加有弧形的装饰，中间刻着建筑竣工的年代为"1912"。建筑底层处理是顶部处理手法的延续，顶部如用山花等建筑装饰构件强调，底层则有弧形构成的大窗呼应。该建筑解放后曾为沈阳铁路分局，现在作为沈阳铁路宾馆，一层出租用作商铺，二三层用作旅馆。

原共同事务所、贷事务所奉天铁路公安段外观局部2

原奉天铁路事务所街道转角外观

原奉天铁路事务所外观局部1

原奉天铁路事务所西南立面图

2.12 原满洲铁道株式会社奉天图书馆（沈阳铁路局图书馆）

沈阳满铁奉天图书馆旧址于1910年11月在奉天小学校内开设阅览场，规模较小；1915年4月，移入站前综合事务所二楼；1917年6月，改称奉天简易图书馆；1920年4月，又改称为奉天图书馆。现馆舍于1921年9月建成，12月迁入新馆办公。1925年9月后楼四层书库建成；1946年4月25日被国民党政府接收；1948年11月2日随着沈阳解放而回到人民手中，现为沈阳铁路局图书馆。南满洲铁道株式会社奉天图书馆旧址，位于沈阳市和平区南一马路10号，为沈阳市不可移动文物。

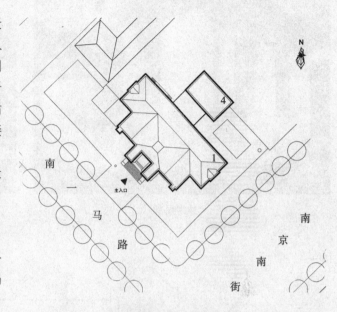

原满铁奉天图书馆总平面图

满铁奉天图书馆旧址楼占地面积为8767.05m²，建筑面积为1543.94m²。设计者为满铁奉天公务事务所的笼田定宪和小林广次。该图书馆以1层为主，局部2层，采用砖混结构，灰瓦坡屋顶，以主入口为中心成对称布局，窗子小而不多，形状大小不一，排列也不是很规则，但构图相当妥帖。女儿墙轮廓线和窗罩的装饰是典型的西班牙传统住宅常见的形式。整幢建筑采用以黄色为主的暖色调，所有的装饰线脚的颜色都深于墙面的颜色，门窗的棂格采用赭红色，让人们从中体验西班牙建筑沉着之中见奔放热情的特有性格。图书馆内部有简易室（即普通阅览室）、读书室（即特别阅览室）、妇人室（即妇女阅览室）、研究室、馆长室、事务室、应接室、地下室（包括仓库、食堂、茶炉、便所、暖气房等）。1925年，建后楼的四层书库时，又订购了美国名厂所制的钢铁书架。1929年书库装置完成。此外，"满铁"还在大连、哈尔滨等地建立了"满铁图书馆"，大连和奉天（沈阳）两个图书馆是"满铁图书馆"中的主要馆舍。

该建筑于2009年被拆除。

外观1

室内局部

外观局部

外观2

原满铁奉天图书馆立面图

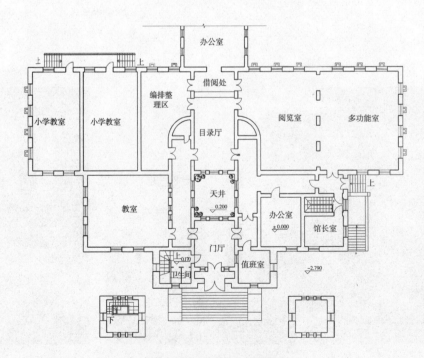

原满铁奉天图书馆1层平面图

2.13　原悦来栈（现沈阳医药大厦）

原悦来栈旅馆位于和平区中山路1号，在和平区胜利大街与中山路拐角处。

该建筑面积5424m²，建筑规模地上3层，局部6层，并设有高层塔楼，采用钢筋混凝土结构，红砖砌筑，并配以白色石带装饰，是典型"辰野式"风格。

该建筑平面外轮廓呈锐角形状，主入口设在锐角转角处，布局结合地形。在和平区胜利街与中山路拐角处设一塔楼，与路南沈阳饭店塔楼形成对景，成为中山路入口的一个显著标志。立面处理成纵向分割，使整体体量不显庞大。其中胜利大街立面与中山路立面中间部分采用古典三段式的处理手法，一层按照纵向分割的特点开竖条形的窗或门，二三层以两窗为一组有序地排列，两层窗之间点缀菱形的装饰；檐部处理成栏杆

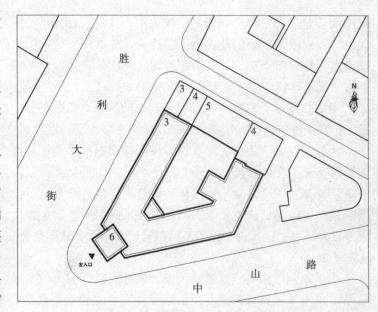

原悦来栈总平面图

状，中间夹有菱形装饰。立面端部收头是高6层的塔楼和一类似牌坊的装饰构件，尤其是沿胜利大街一侧，立面左端的后面部分采用退台式的处理，缓解了建筑对街道的压迫感，形成了独特的街景效果。此外建筑北侧6层部分顶部处理与建筑角部的塔楼也形成较好的呼应，建筑在细部的装饰上颇有西式韵味。

原悦来栈旅馆最初由祖章义经营，1919年1月17日该建筑因失火而烧毁，1921年重建后，被"满铁会社"强行接管房屋产权，祖宪庭曾向国民党当局申请返还而未能解决。建国后，沈阳市人民政府根据业主的申请，将建筑按抵押借款、以房抵债的处理形式收为国有，现为沈阳医药大厦所用。这栋建筑内部构造没有做过大改动。

原悦来栈

原悦来栈南侧外观局部

2.14 原大广场（现中山广场）

　　大广场于1913年开始修建，现名中山广场。1919年，大广场改称为浪速广场。随着日本侵略势力的扩大，日本对浪速广场的建设也不断扩大，先后在广场周围修建了大和旅馆、东洋拓殖株式会社奉天支店、横滨正金银行奉天支店、奉天警察署、满铁公安处、朝鲜银行奉天支店、三井洋行大楼等建筑，形成了浪速广场周围有特色的建筑群。1945年日本投降后，国民党政府将浪速广场更名为中山广场。

　　中山广场平面呈圆形，以它为圆心放射出六条街路，它们分别是穿越广场的南京街、北四马路和中山路，广场周围的所有建筑都呈向心式分布在各个路口的附近。

　　大和旅馆即今日的辽宁宾馆，位于中山路和南京街交叉处西南角；东洋拓殖株式会社奉天支店即今日的沈阳市总工会办公楼，位于北四马路和中山路交叉处东角；奉天警察署即今日沈阳市公安局办公楼，位于南京街与北四马路交叉处西侧；横滨正金银行奉天支行位于中山广场西侧；朝鲜银行奉天支店位于中山广场东北，建国后这里改为沈阳真空技术研究所，现为华夏银行使用；三井洋行大楼位于中山广场北侧，原是日本三井财团设在奉天的私营银行，建国后，这里曾先后为沈空司令部、警备区司令部，1962年为辽宁省电子局。

　　广场南侧原建有一栋建筑为满铁大连医院奉天分院本馆，位于沈阳市中山路99号，后改为沈阳铁路公安局，1994年被拆掉建成升龙酒店和沈阳铁路公安局两栋建筑，2008年7月升龙大厦改为医大医院体检中心。

　　中山广场周围建筑从1920年到1937年陆续建成，相差近20年，风格迥异，色彩不一。然而它们所共同构成的广场空间却和谐近人，整体性很强。这种统一性来自于它们相近的体量。平缓的天际线和同心式布局的构图准则，成为沈阳市内广场中，建筑形态丰富多彩又整体性很强的典范。

　　放射式的广场源自日本设计师效仿欧洲巴洛克城市规划的设计手法。由日本人规划设计的满铁附属地采用了这种以4个放射式广场为核心点，以斜向道路与正向道路相互叠加的道路网为空间骨架的巴洛克式城市空间体系。中心广场就是其中的一个重要节点。

大广场鸟瞰图

　　直到1945年，广场中央原是一座白色的方尖碑式的"日俄战争纪念碑"，碑文上书有"明治三十七年日露战役纪念碑"，该碑在日本投降后被拆除。浪速广场也被更名为中山广场。

　　1956年，新中国政府对中山广场进行了第一次改造，在广场中心兴建了喷水池。1969年，为庆祝建国20周年，中山广场又一次大规模改造。今天中山广场的景观，就是那次大改造中奠定和形成的。当时的中国正处于"文革"时期，于是这次改造充满时代色彩。在广场中央建成了毛泽东雕像及群雕。

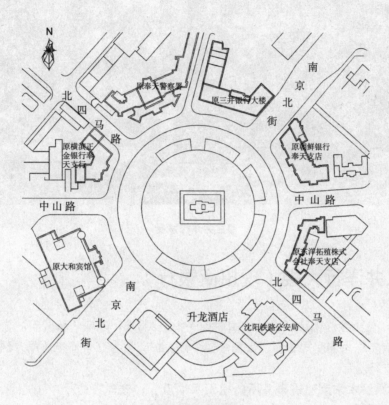

大广场总平面图

广场透视

毛主席纪念碑

原三井洋行外观

2.15 原三井洋行大楼（现招商银行）

原三井洋行大楼，位于今沈阳市和平区中山广场中山路108号，建成于1937年。建成的初期，由日本三井洋行所用。建国后曾先后为沈空司令部、警备军司令部，1962年为辽宁省电子局，现为辽宁省招商银行股份有限公司沈阳中山支行。

三井洋行大楼由原日本东京建筑事务所的松田军平设计，该建筑位于中山广场北侧，外轮廓方方正正，呈典型的现代主义风格。主入口朝向中山广场，整座建筑外观没有一点装饰，显得朴素简洁，建筑地上4层，地下1层，为钢筋混凝土结构。地上部分上面3层用深褐色瓷砖贴面，底下1层为灰白色水刷石。它是中山广场建筑群中，最后建成的一座。

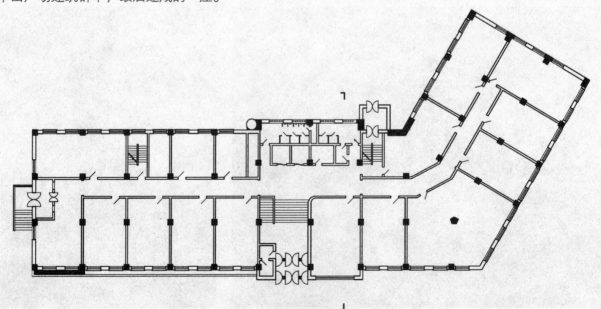

原三井洋行平面图

原三井洋行立面

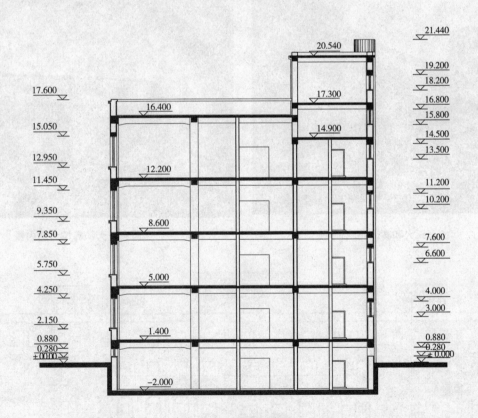

原三井洋行剖面图

2.16 原奉天大和宾馆（现辽宁宾馆）

奉天大和宾馆现称辽宁宾馆，位于沈阳市和平区中山广场中山路97号，中山路和南京街交叉处的西南口。2007年公布为辽宁省级文物保护单位。由日本小野木·横井共同建筑事务所设计，建成于1929年4月。

该建筑位于中山广场西南侧，室内外高差较大。其面向中山广场布置，建筑布局基本对称，平面按功能要求进行组织。一层采用券廊式外廊结构，丰富了建筑立面，二三层作为宾馆主要客房部分。立面设计受西方古典主义手法的影响，但揉入了自由活跃的曲线因素，不拘于严谨的构图法则，造型颇为华丽。建筑体量呈竖向划分，前后凹凸，使整体体量不显庞大。在主入口门廊、楼梯间顶部及细部的装饰有较强的欧式符号，外墙贴面为白色瓷砖和局部的仿石材料。建筑地上4层，地下1层，建筑面积约10000m²，为钢筋混凝土结构。

走进宾馆内部迎面感受到的是文艺复兴时期的气息。宾馆的墙壁上的一块块绿色瓷砖已经有近80年的历史，大堂台阶两侧为欧式拱券廊柱，天花板上的雕刻和吊灯自建成后从未做过变动，大堂两侧木制旋转楼梯台阶上铺设的防滑牛皮还是当初的样子。餐厅的巨大木门、衣帽间里的贝壳雕刻屏风仍散发出古朴的味道。

1929年建成后，将原设于奉天驿楼上的大和宾馆迁到这里，当时它是沈阳最大、最豪华的宾馆，也是全国范围内最早出现的高档连锁旅馆之一，仅在东北就有7家。作为建成80年来从未改变过用途的建筑，除了其具有历史价值、文物价值，更具有文化价值。

原奉天大和宾馆外观1

原奉天大和宾馆大堂内景

原奉天大和宾馆正立面图

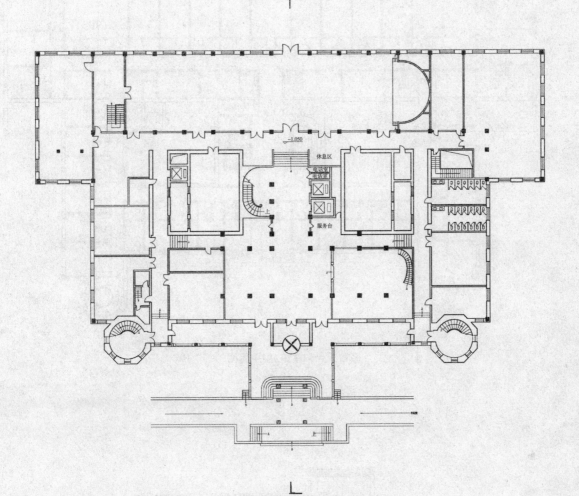

原奉天大和宾馆1层平面图

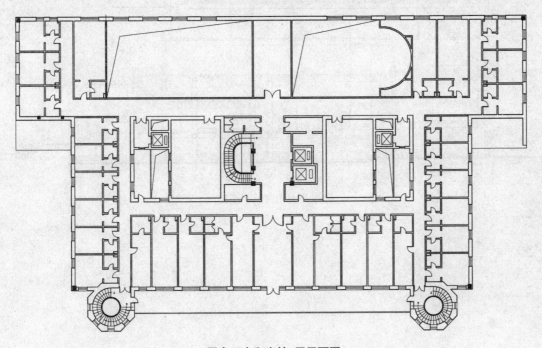

原奉天大和宾馆2层平面图

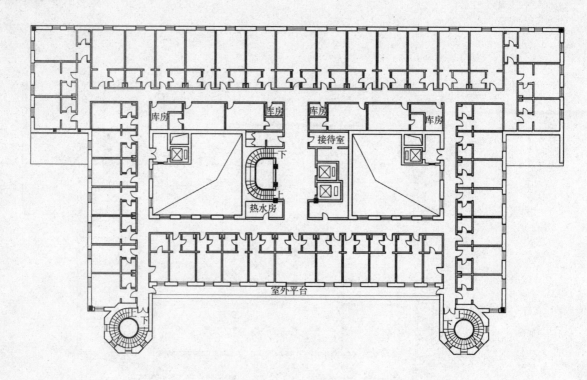

原奉天大和宾馆3层平面图

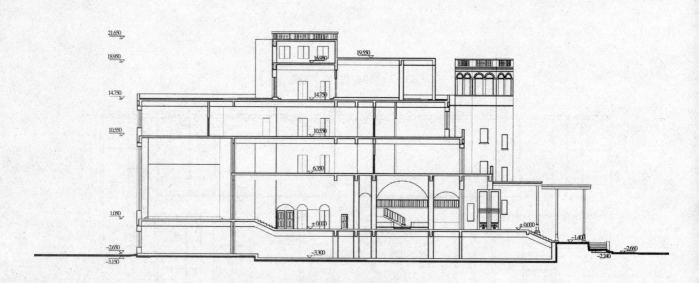

原奉天大和宾馆剖面图

原奉天大和宾馆外观2

外观局部

室内局部

原奉天警察署

2.17 原奉天警察署（现沈阳市公安局）

原奉天警察署，位于今沈阳市和平区中山广场中山路106号，现为沈阳市公安局。

该建筑当年由日本关东厅土木课设计，竣工于1929年9月10日。建筑占地8939m²，建筑面积为6440m²。该建筑为钢筋混凝土结构，地上3层，地下1层。四周采用红色机制砖砌筑，褐石瓷砖罩面，整个建筑雄伟壮观、造型庄重大方。

奉天警察署位于中山广场西北侧，主入口与中山广场相对，室内外高差明显，以室外大台阶突出建筑的气势。建筑布局基本对称，平面按功能要求划分。建筑整体是近代日本官厅式风格，立面同时也体现着某些西洋古典主义风格，立面的竖向体量依次降低，形成一定的中心感。横向利用不同材料形成三段式，底部为石材贴面，檐口为水刷石罩面，中间部分为褐石色瓷砖贴面。入口向前突出，各层为竖向长窗，窗上部中央有方形装饰纹样。建筑上部有突出的檐口，檐上为女儿墙。南立面1层两侧有突出的耳房，顶部为2层阳台。

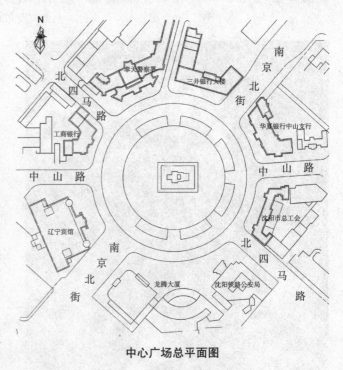

中心广场总平面图

原奉天警察署外观局部

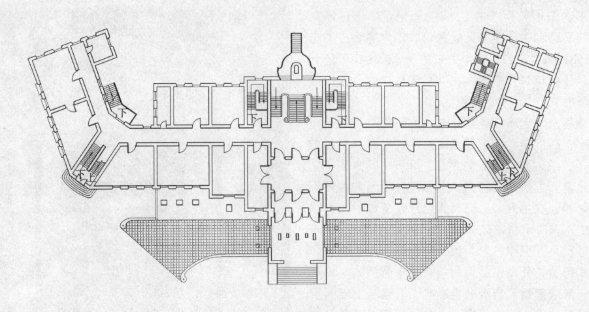

原奉天警察署平面图

原东洋拓殖株式会社外观

2.18 原东洋拓殖株式会社奉天支店（现沈阳市总工会）

最初建于1922年的原东洋拓殖株式会社奉天支店位于沈阳市和平区中山路101号甲，中山广场东边北四马路和中山路交叉处东口，现为沈阳市总工会。1931年9月19日，日本关东军司令部由旅顺迁到这里。1949年10月中华人民共和国成立后，这里成为沈阳市总工会的办公地点。

该建筑为钢筋混凝土结构。地上3层，建筑面积3337m²，砖混结构。布局基本对称，平面按功能要求进行组织。西立面（主立面）具有法国古典主义构成元素，立面呈三段式，立面设计受西方古典手法的影响，在主入口上部有四组双柱装饰，为科林斯柱式。入口两侧各有1根立柱。立面窗简洁大方，二三层窗之间点缀方形装饰，细部的装饰也有较强的欧式符号，外墙贴面为白色瓷砖与原色的水刷石配合，形成丰富又典雅的色彩构图。建筑上部有突出的檐口，檐上为女儿墙。北立面中央以三角形纹样装饰，起到突出主立面的作用。

东洋拓殖株式会社创立于1908年12月，是官商

入口

合资的特殊金融会社。1917年10月15日，在奉天满铁附属地内浪速通（现中山路）设东洋拓殖株式会社奉天支店。1922年奉天支店迁入大广场（现中山广场）新建大楼办公。1945年日本投降后东洋拓殖会社奉天支店的一切财产被国民党政府交通银行接收。

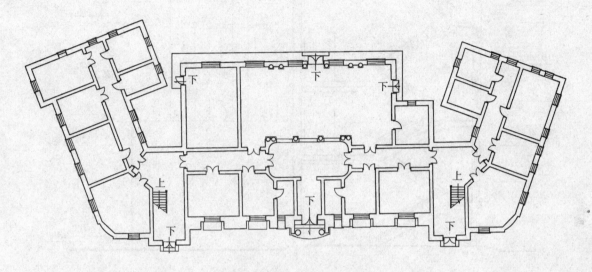

原东洋拓殖株式会社1层平面图

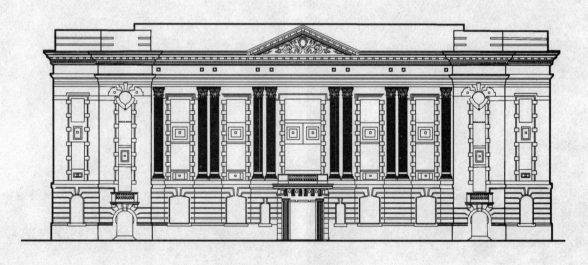

原东洋拓殖株式会社立面图

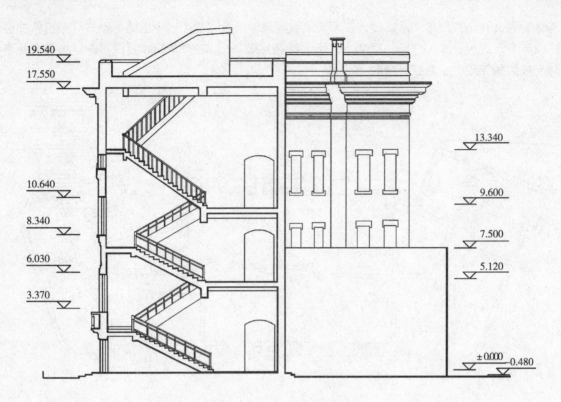

原东洋拓殖株式会社1-1剖面图

局部透视

内部天花

原朝鲜银行奉天支店主立面（面向中山广场）

2.19 原朝鲜银行奉天支店（现华夏银行中山广场支行）

原朝鲜银行奉天支店位于沈阳市和平区中山路110号，中山广场东北侧，南京北街与中山路交汇处，是一座西洋古典复兴样式的建筑。该建筑由中村与资平建筑事务所设计，建于1920年。建国后这里改为沈阳真空技术研究所，现为华夏银行使用。2007年被评定为省级文物保护单位。

整栋建筑对称、均衡，体现着古典设计原则，中央部位设有6根爱奥尼巨柱式的凹门廊，为突出主入口，把主入口上部女儿墙升高，并作三角形山花檐口，两边设宝瓶栏杆连接。墙面全部由白色面砖贴饰。在建筑转角处都作了曲线处理。立面材料采用白色面砖，形成了砂浆饰面与面砖饰面的粗细对比。该建筑比例恰当，虚实结合，层次丰富，砖混结构，砖墙承重，木制密肋梁承托楼板，地上2层，地下1层，平面面向广场呈倒八字展开。1层以对外营业为主，营业大厅布置在建筑正中，通高两层的中庭，在2层大厅周围设过廊，大厅室内有用石膏雕刻的藻井图案。2层为办公区，由于平面呈不规则方形，所以在设计中房间布局也呈不规则形，本是不利的因素，设计者却利用这一特点形成趣味空间。如在2层经理室中利用平面不规则特性，设计了茶室，把本不方正的空间，划分成方正的空间。在建筑中设置了两部楼梯，皆为水磨石面。建筑的入口根据功能需要设为3个，主入口面向中山广场，主要引导办理业务的顾客人流，其他两个分别面向南京北街和中山路，为内部人员办公入口和外来办事人员入口。

朝鲜银行创于1909 年，是日本帝国主义为对朝鲜进行殖民地侵略而设立的银行。其前身为"韩国中央银行总行"，设在朝鲜汉城。于1913年7月14日在奉天省城小西关大什字街设立奉天支店。1917年南满站附属地街区形成，该行在浪速通（现中山路）设出张所，办理一般银行业务，大广场营业楼（中山广场）建成后，奉天支店从小西关迁到加茂町（中山广场南京街口）办公。

原朝鲜银行奉天支店外观局部1

原朝鲜银行奉天支店外观局部2

原朝鲜银行奉天支店南向立面（沿中山路）

原横滨正金银行奉天支行

2.20 原日本横滨正金银行（现中国工商银行中山广场支行）

原日本横滨正金银行位于沈阳市和平区中山路104号，中山广场西侧。始建于1924年，1925年9月30日竣工，最初为日本横滨正金银行设在奉天的分行行址。现被公布为辽宁省文物保护单位。

原日本横滨正金银行为砖混结构，地上2层，地下1层。由宗像建筑事务所设计，三田工务所施工。在此设计中，采取了对西洋建筑样式进行净化的建筑设计手法。建筑平面结合广场道路横向展开，营业大厅突出式布局，营业大厅贯穿两层，跨度20m，并且室内仅在端部设有1根柱子，整个大厅甚为宽敞，顶部两边不设房间。2层在大厅三面设回廊，采光面积大，营业大厅明亮。内部装修也具有融入东方审美意趣，虽比不上欧美巴洛克银行的华贵，却显得稳重含蓄，反映了东方文化特质。立面处理成竖向的3段式，着重几何图案式的处理手法，柱头部位已不是柱式规范的"涡卷"和"忍冬草"，而是几何图案抽象雕刻和简练的装饰符号，墙面贴黄色面砖，局部用仿石材料，顶部用水刷石罩面。立面中段有6根壁柱，主入口较小，入口两侧各有直达顶部的扶壁柱。

光绪二十五年（1899年），日本在辽宁境内设立了日本横滨正金银行营口支店，与沙俄金融势力抗衡。日俄战争后，日本从沙俄手中夺走其在辽宁的所有权益，1905年3月，日本军侵入奉天城。5月，日本横滨正金银行在奉天设立出张所。光绪三十四年（1908年）后改出张所为支店。1925年，迁入附属地大广场浪速通附近，设计并新建了日本横滨正金银行（现中国工商银行中山广场支行）。

已被拆除的满铁奉天医院

2.21   原满铁奉天医院旧址（现升龙酒店和沈阳铁路公安局）

　　大广场（现中山广场）上最早的建筑是1912年建成的满铁奉天医院。建筑为砖砌3层，两坡顶上开三角形老虎窗。正立面中央有3个大圆窗，入口前廊三面开设半圆形拱券，西侧高高耸起的女儿墙呈竖向矩形叠落状，并以弧形锯齿状女墙收头。其比例协调，造型特点突出。它的建成奠定了大广场建筑体量和建筑样式的基调，广场周围后期陆续建成的建筑都与之保持着相近的体量关系和造型关联。1939年由奉天工事事务所的高桥渗对它进行了改建设计，去掉了原高耸的女儿墙，使建筑立面得到简化，但也在一定程度上失去了建筑原有的浓烈特色。后来它被改作满铁奉天总局用房、沈阳铁路公安处等。尽管现已被拆除，但它对大广场周围建筑的定位作用在至今保存下来的建筑中仍得以充分体现。

　　1994年，在该址建起一组新的建筑——升龙酒店和沈阳铁路公安局办公楼。该组建筑采用了现代的材料和设计手法，尽管升龙酒店客房部分高达20余层，但由于它邻向广场一侧的前排建筑以接近于广场上其他建筑的体量对后面的高层部分进行了遮挡，并使前后部分保持着共同的向心趋势，使得这组唯一的新建筑与广场上的历史建筑群得以和谐共生。它又以深褐色的面砖与广场对面的原三井大厦在色彩上形成呼应。

后期在原址上建造的升龙酒店

后期在原址东部建造的沈阳铁路公安局办公楼

北陵电影院

2.22 原沈阳审判日本战犯特别军事法庭旧址（现北陵电影院）

位于沈阳市皇姑区黑龙江街77号的原沈阳审判日本战犯特别军事法庭旧址，是一处记载着中国人民经过8年浴血奋战，最终赢得抗日战争的全面胜利，并对侵略者做出庄严宣判的重要历史纪念地。根据毛泽东主席签署的《全国人民代表大会常务委员会关于处理在押日本侵略中国战争中犯罪分子的决定》，1956年4月，在沈阳设立了这座审判日本战犯特别军事法庭。审判日本战犯特别军事法庭是自鸦片战争以后，饱受列强欺凌的中国人民第一次在自己的国土上，不受任何外来势力干涉，独立地审判侵略者的重要历史见证。同年9月，"特别军事法庭"在完成审判日本战争罪犯的历史使命后，沈阳市政府将该建筑产权移交给皇姑区房产局，1957年改建为北陵电影院。1996年公布为市级文物保护单位。50多年过去了，整个建筑面貌虽已变化很大，但它那肃穆的大厅、庄严的建筑外观，尤其是正立面上那4根斑驳的红漆柱子和屋顶上的琉璃瓦，似乎还能让人联想起它当年的非凡经历。

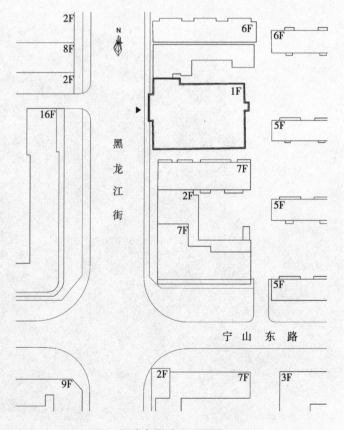

北陵电影院总平面图

2.23　原东北大学（现辽宁省政府、沈阳警备司令部）

　　东北大学是东北地区创办较早的一所高等学校。初办于1923年，校址在大南关（称南校）。1925年奉天省公署批准在奉天城北部，昭陵（北陵）风景区东南部筹地约105.3ha建新校舍。1926年新校舍建成，初称"北校"。初期建成2层办公楼1幢、4层理工学院教学楼1幢。由于大学分为南北两校，办学不便，拟在北校添建校舍，将南校全部迁入北校新校舍。1929年校园进行总体规划，由天津基泰公程司著名建筑师杨廷宝主持规划设计和校内主要建筑的设计工作。1929年4月完成两幢文法课堂楼，1929年10月完成图书馆，1930年1月完成化学馆，1930年10月建成体育场及部分教职宿舍。除体育馆设计已完成，由于"九·一八"事变而终未建成之外，东北大学规划基本实现。

　　杨廷宝先生在东北大学的校园规划上，继承了中国建筑以中轴线布置主要建筑的特点，大部分建筑物都依轴线纵深布局，基本保持对称布局对于统一建筑群的艺术面貌起到了一定的作用。同时，亦吸收了在西方大学校园中各个学院较为独立的特点，各自围合成一个组群，形成自己的天地，但相互联系起来也是方便的。

　　校区分为教学区、生活区、体育运动区，校区内有大片绿化面积，道路整齐，联系方便。教学区建筑布局，采用以图书馆为中心对称、均衡的手法，并统一运用英国哥特式风格的建筑外貌，以求学校面貌的和谐一致。它较之欧洲古典形式处理更灵活、简洁，符合当时建筑材料和施工条件。图书馆正东为化学馆；正西为文法学院教学北楼（即汉卿北楼）、与之相对为文法学院南楼（即汉卿南楼）；正北为体育馆（未建）、体育场；正南为理工学院教学楼；西南为教育学院大楼，各学院大楼附近建有学生宿舍；西北为教职工住宅。据国立东北大学1948年8月实测资料，学校建筑物共76栋，总建筑面积75208m²，体育场面积40579m²。

　　在校园各区之间，有大片的草坪、树木绿化带作为分隔，为校园带来了宜人的景观和良好的生态环境。该校园被确定为国家级文物保护单位。

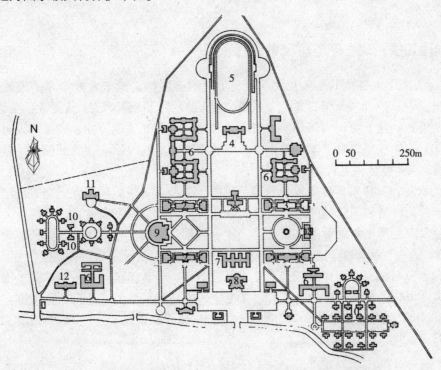

1—图书馆　2—文法学院　3—化学馆　4—体育馆　5—体育场　6—男生宿舍
7—理工实验楼　8—理工学院　9—大礼堂　10—教职员宿舍　11—女生宿舍
12—教育学院　13—女生体育馆

原东北大学总平面图

原东北大学理工楼外观

原东北大学理工楼（现辽宁省政府办公厅）

原东北大学理工楼（大白楼）是东北大学理工学院的教学楼，是东北大学北陵校址的首批建筑物之一。1923年夏天开工，1924年秋天正式竣工。它是由德国魏德公司设计的欧式建筑，主体为3层钢筋混凝土结构，另有半地下室，建筑面积为7544m²。进门是大厅，为采光玻璃天井，各层均设有回廊，并充分利用楼梯的造型变化和空间穿插，营造丰富的空间效果和富丽堂皇的气派。楼后部的中间是礼堂，两侧是教室，共有44间教室，各教室的采光良好。

理工学院办公室及各年级重要教室均设在理工楼内，此楼为本校规模最大的建筑。理工各系教室及图书室设在第三层，其第一层和第二层的左部，多为物理各种演讲室以及实验室，右部为化学各种演讲室以及实验室，而理工学院之画图室亦暂设在第一层，其生物系、纺织系各教室设在办公楼内，理工预科之各种教室及图画教室则设在汉卿南楼及北楼各建筑内，暖气电灯及卫生器具之设备均很完善。

建筑物内墙用大理石镶嵌，大理石铺地；外墙水泥罩面，呈淡黄色。楼顶对称的大圆顶美观大方，四角屋面设有绿色盔顶，它的侧面开有三角形的老虎窗。建筑正面正中为三角形山花顶饰，造型令人难忘。这座建筑在当时的高校建筑中是佼佼者，至今也是一座近代优秀建筑。

原东北大学理工楼背面

原东北大学理工楼中庭

原东北大学图书馆（现辽宁省档案馆）

图书馆位于校园中心，各个学院的教学楼环绕着它布置，设计于1929年10月，设计师为杨廷宝先生。经招标方式由当时的复新公司施工，1930年开工兴建，1931年竣工，砖混结构，地上2层，半地下1层，建筑面积5512m²。图书馆的平面为"士"字形，前部主要为入口和阅览部分，后部为书库，中间的连接部分布置办公用房，为我国早期的图书馆典型平面之一。室外正中的大台阶直达1层大厅，在1层主要设置小型的报刊、杂志等阅览室和研究室；2层是一个开敞的大阅览室，内圆形屋顶。大厅、阅览室空间宽敞。书库为5层，每层层高约2.5m。

图书馆属于哥特式建筑，外墙采用棕色基调，显得庄重典雅。建筑正面正中向前凸出并相对两侧高出近一层的高度。下面2层以四框和中间的两根柱子形成三等分，每柱间设有一门、一窗，并用一个统一的拱券将它们组合为一体，将立面的重点强调出来。两侧以两个楼梯间作为中央体量的过渡，与两侧简洁的处理形成主次分明、重点突出的整体式构图。建筑的外观与其他的教学楼统一。

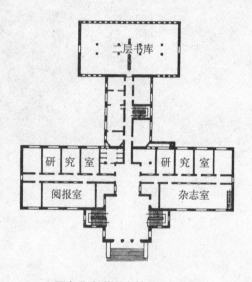

原东北大学图书馆1层平面图

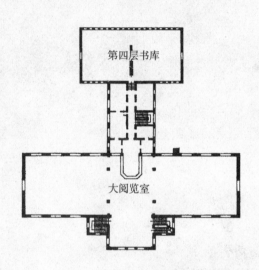

原东北大学图书馆2层平面图

原东北大学图书馆入口

原东北大学图书馆

原东北大学文法学院（现沈阳警备区司令部办公楼）

文法学院课堂楼分为两座建筑，分别称汉卿南楼（文学院教学楼）和汉卿北楼（法学院教学楼），为前后两栋外形相同的建筑，同属于东北大学北陵校址的第二批工程，由张学良先生捐资修建，杨廷宝先生设计。两座建筑主楼3层，地下1层，顶楼1层，砖混结构，红砖砌筑，建筑面积分别为4589m²和4555m²。正面中央均采用室外大楼梯、拱券大门和凸窗等细部处理手法。建筑外墙为清水红砖，拱券大门上是挑出的半个六角形平面的方额凸窗，顶部的三角形山花强调了入口作为建筑立面构图中心的作用。双坡的屋面局部设有女儿墙。

原东北大学文法学院

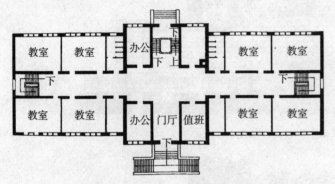

原东北大学文法学院1层平面图

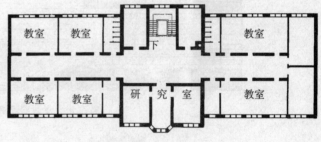

原东北大学文法学院2层平面图

东北大学体育场

体育场位于东北大学校园北端，杨廷宝先生设计。因由张学良先生捐资兴建，故又称为汉卿体育场。其主席台体现为中西合璧的建筑风格、看台为朝南开口的马蹄形，又有马蹄形体育场之称。此建筑为钢筋

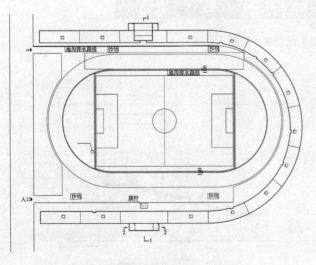

原东北大学体育场平面图

原东北大学体育场主席台

混凝土结构,地上1层,地下1层。1930年,杨廷宝先生主持设计,同年完工。"……体育场内跑圈半英里,可容纳足球场一、篮球场二、庭球(网球)场二、队球(排球)场二,看台可容纳数万人……"。东、西入口看台部分为3层建筑,面积3000多㎡。看台中部设有司令台。正门为砖砌城楼箭雉式造型,3个大型拱券门洞,两侧各有1个中式传统的琉璃批檐方窗,坐席的栏杆以水泥做成中国仿清式样。整个设计将中西文化交融在一起,宏伟壮观。

东北大学化学馆

化学馆由杨廷宝先生设计于1930年元月,平面似"山"字形,中廊两侧为教室和各科试验室,中间后部设大型教室,用于集会、演讲等。建筑外形、细部处理与文法学院课堂楼相同,该楼已遭火灾焚毁,未复原。

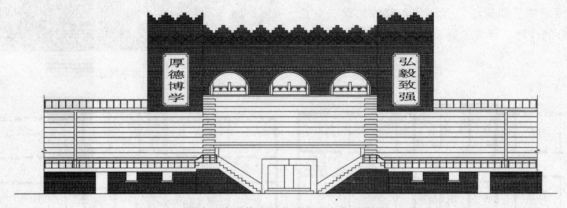

原东北大学体育场东侧主席台西立面图

原东北大学体育场东侧主席台东立面图

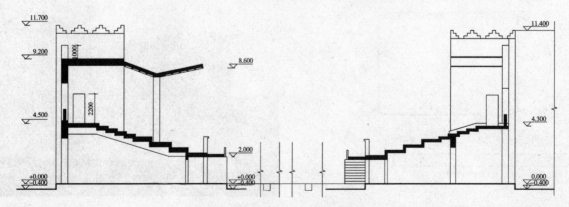

原东北大学体育场主席台剖面图

原满州医学堂大礼堂入口

2.24 原满洲医科大学医院（现中国医科大学附属第一医院）

原沈阳满洲医科大学医院位于沈阳市和平区南京北街155号，现为中国医科大学附属第一医院。1907年4月1日，由东京迁至大连的满铁总部正式营业。同时，在大连设立满铁大连病院，并接管了提理部辖下的奉天医务室，改称大连病院奉天出张所。这个出张所即是满洲医科大学医院的雏形。满铁就职人员与日本居民日益增多的医疗要求，使扩建奉天出张所在满铁建立初期就提上了议事日程。满铁于1908年10月着手在其附属地大广场（现中山广场）东南侧（原沈阳铁路公安处，现沈阳铁路公安局与升龙酒店址）修建门诊楼和3栋病房楼。将大连病院奉天出张所升格为大连病院奉天分院。并于翌年10月14日迁至新建成的门诊和病房楼内。1911年9月，在奉天分院内成立了南满医学堂。南满医学堂的建立，为奉天分院带来了发展机遇。1912年，奉天分院改称奉天医院，脱离大连医院，直属满铁管辖。至1915年，又先后新建了5栋病房，累计建筑面积8000余m²。奉天医院改称南满医学堂附属奉天医院（亦称南满医学堂附属医院）。1918年5月，近2000m²的护士宿舍建成，取名"嘤鸣寮"。1919~1920年又先后建起4栋病房。1922年5月，南满医学堂升格为满洲医科大学。1926年4月，南满医学堂附属奉天医院改称满洲医科大学附属奉天医院（亦称满洲医科大学附属医院）。1929年8月，满州医科大学附属奉天医院改称满洲医科大学医院。医院基本建设发展很快，1928年2月，建筑面积12164m²的新门诊楼（即现在的门诊主楼）竣工；1931年7月，建筑面积14077m²的新病房（即现在的旧病房）落成；至1935年10月，医院总建筑面积达38645m²，是当时东北最大的综合性医院。日本战败投降，前苏联军队进驻沈阳后，于1945年10月接管了满洲医科大学及医院，并将该医院改称中长铁路医学院附属医院。翌年，苏军撤兵回国。4月，国民政府交通部接管了该学校和医院，医院改称国立铁路医学院附属医院。7月，此学校和医院改由国民政府教育部领导，医院又改称国立沈阳医学院附属医院。1948年11月，随着辽沈战役的彻底胜利，东北全境宣告解放。中国医科大学附属医院随中国医科大学奉命由兴山进驻沈阳，接收了原国立沈阳医学院附属医院。至此，由中国医科大学附属医院和原满洲医科大学附属医院组成的新的中国医科大学附属医院进入了历史发展的新阶段。

19世纪末校园规划多采用欧姆斯特的思想，布置在公园式场地上的非对称的建筑群，逐步形成了后期美国自由式布局的风格与特色。20世纪大学校园建设随着世界资本主义政治经济的迅速发展，校园规划形态趋于多样化，这是欧美大学的繁荣时期。沈阳这个时期的学校建设，出自日本的设计师之手，大都在欧美国家留学回来，到沈阳进行建筑设计，这时校园规划的形态、校园建筑的形象也呈现多层次、多元化、多风格的局面。校园规划趋向主要表现为强调规划的功能性及灵活性，强调校园规划应反映教育的先进性及舒适性。同时，创造新的建筑形象时注重功能、技术和使用特点，沈阳满洲医科大学医院旧址的规划就是这种风格的典型代表。

医科大学内现在保留下来的建筑有6栋：门诊楼，钢筋混凝土结构，地上5层，1937年建成；基础一楼，砖混结构，地上3层；基础二楼，1912年9月建造，1914年竣工，1926年扩建，砖混结构，地上5层；礼堂及图书馆1914年6月竣工，地上3层；校办公楼，1932年建造，砖混结构，当时为满洲医科大学大典纪念馆，曾经为宿舍用房，现在作为办公楼，地上2层。另有拱形门架结构体育馆一座。

原满洲医科大学本馆，现为基础二楼。该建筑为钢筋混凝土，地上5层，地下1层。1926年由满铁地方部建筑课设计，1929年由大仓土木株式会社建设。该建筑平面呈"凹"字形，以主入口为中心呈对称布置，两翼尽端为五边形平面。该建筑共有3个出入口，主入口门厅内设有一部电梯和一部疏散楼梯，在主体建筑

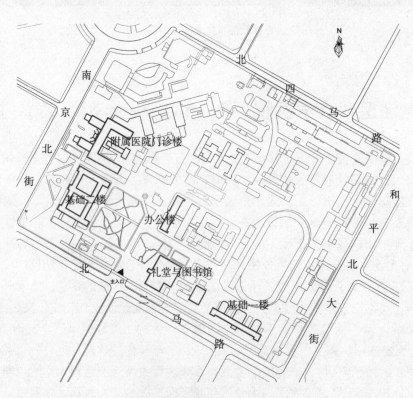

原满州医科大学总平面图

原满州医学堂大礼堂及图书馆外观1

原满州医学堂大礼堂及图书馆外观2

原满州医学堂大礼堂入口门厅

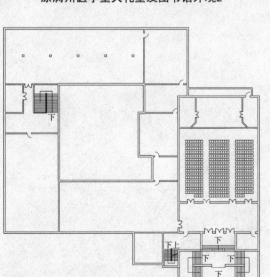

礼堂及图书馆1层平面图

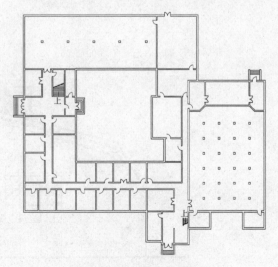

礼堂及图书馆2层平面图

与两翼相接处分别设有两个次入口。内部按功能组织，布置简单，各层均采用中间走廊两边布置各类房间的形式。建筑外观采用三段式构图，即由红砖和素混凝土砌就的简化的须弥座式的基座，砖填充墙体，外贴红面砖。素混凝土简单分隔的6层和女儿墙。窗间墙与长窗一同形成立面上的纵带，以强调富有韵律感的竖向线条。平屋顶屋檐略出，下有连续雕饰小拱券。

　　原满洲医科大学门诊楼，现为中国医科大学门诊楼。该建筑由满铁地方部工事课设计，碇山组施工。该建筑布局完全对称，平面按功能要求进行组织。立面设计受西方古典手法的影响，在主入口门廊、窗户顶部及立面细部的装饰有较强的欧式符号，现外墙饰面为白色和砖红色的涂料。

　　原满洲医科大学礼堂及图书馆，现为中国医科大学礼堂及图书馆，1914年6月竣工。该建筑坐东面西，入口的门位于距室外地面半层高的位置。礼堂由入口门厅、礼堂大厅（观众席、舞台、侧台等）以及其他附属用房组成。门厅天棚是由外高内低、间距相等的斜向肋架梁与楼板组合而成，大厅地面铺有彩色马赛克。门厅的天棚即是2层的楼座。舞台设在建筑的最东端，舞台两侧为侧台，侧台内楼梯直上耳光室。立面构图是净化样式的建筑中的优秀作品，具有体现体量，强调立面竖向线条，开窗形式灵活等向现代建筑过渡的倾向。主入口立面由基座、墙身、山花组成了三段式。基座占据半层高度，为灰色花岗岩砌就，墙身是由素混凝土饰面的三个连续券组成的门廊。由于礼堂采用三角形木屋架，在其山墙自然形成了三角形山花，但其形式十分简洁，无任何装饰。整幢建筑外墙均以赭石色拉毛面砖贴面，基座处则为灰色花岗岩，屋顶为铁皮屋面。

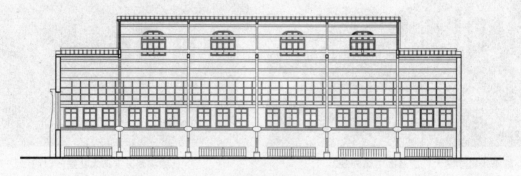

体育馆剖面图

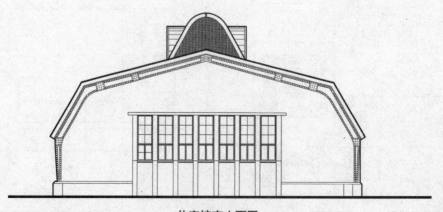

体育馆南立面图

原满州医学堂门诊楼

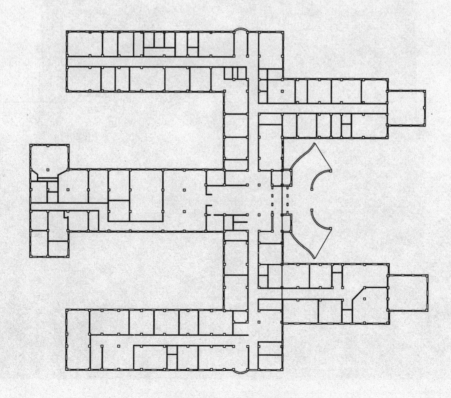

原满州医学堂门诊楼1层平面图

2.25 原奉天耶稣圣心教堂（现沈阳天主教堂）

原奉天耶稣圣心教堂南立面图

原奉天耶稣圣心教堂整体外观

原奉天耶稣圣心教堂大门立柱细部

原奉天耶稣圣心教堂亦称沈阳南关教堂，位于沈阳市沈河区小南街南乐郊路40号。始建于清光绪四年（1878年），光绪二十六年（1900年）被义和团焚毁，1912年重建。辽宁省宗教局曾拨款对主教府进行修缮，沈阳市政府投资亿元在堂前开辟广场，使教堂在下凹宽阔的广场映衬下，突兀高耸，虽经近百载涉寒蒙雪，更显华美庄严。

义和团是中日甲午战争之后兴起的民间武装组织，以"扶清灭洋"为宗旨。光绪二十六年（1900年），义和团运动发展到盛京，6月30日，义和团在大法师刘喜禄和张海的率领下首先烧毁了大东门外的英国教堂，接着又烧毁了洋人办的教会医院和讲书堂。最后他们包围了南关法国天主教堂。主教纪隆指挥教徒负隅顽抗，义和团连攻几日，都没能攻破。7月3日，在清军炮火的支援下，义和团终于将教堂摧毁，主教纪隆被当场打死。

现在这座天主教堂是1912年由法籍苏斐理主教利用《辛丑条约》中的庚子赔款在原址上重建的。教堂由法国人梁亨利设计，建筑呈南北长东西宽布局，高度为40m，建筑面积 1100m²，可同时容纳1500人。教堂属于典型的哥特式建筑，两个左右对称的方形塔楼上分别为八角锥体塔冠，四周围绕小尖塔，八角锥形尖顶装饰着十字架。天主教堂采用了沈阳传统的青砖砌筑，内外均罩面。它以中国的材料和技术去体现这个完全为西洋风格的建筑特点，是沈阳近代初期中西建筑文化交融的例证，也是典范与高峰之作。教堂前面是3扇拱门，中央为圆形的大玫瑰窗和三角形的尖拱透空山花。教堂两侧有成排的小窗，内部平面为三廊巴西利卡式，有24根石柱支撑，穹窿镶嵌着巨大的花纹。教堂的西院有一座4层建筑，这是由法籍卫忠潘主教主持修建的主教府，由罗克格·雷虎公司于1926年设计，1927年8月竣工。这是一座正面带有希腊山花的西洋式建筑，其内部共有房间近百间、面积达2700m²，外观壮丽。其横向构图与教堂向上的动势形成强烈对比。教堂东侧新建有两进四合院落，整个教堂院落总面积达9264m²。

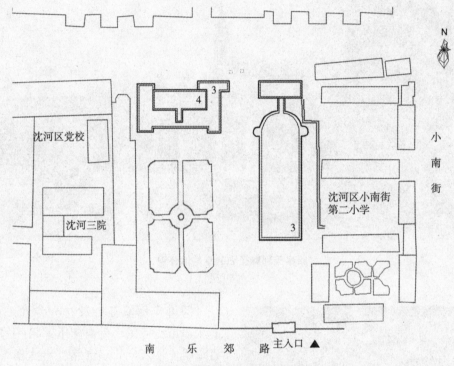

原奉天耶稣圣心教堂总平面图

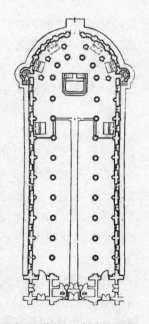

原奉天耶稣圣心教堂平面图

原奉天耶稣圣心教堂西立面图

原奉天耶稣圣心教堂南立面图

原奉天耶稣圣心教堂西侧外观

原奉天耶稣圣心教堂内部

2.26 原边业银行（现金融博物馆）

边业银行的创立最初是由北洋政府秘书长、西北筹边使徐树铮提议在库伦（今乌兰巴托）设立银行，又由于是以发展西北经济，活跃边区金融为宗旨设立的，故取名边业。中华民国8年（1919年）7月开始筹备，翌年9月成立。前期"旧边业"银行是北疆的官商合办银行。1924年，边业银行因时局动荡，金融萎缩，营业陷入困境，张学良出资私股买下。同年12月10日接交完毕，旧边业银行宣告解体。1925年4月10日新边业银行正式成立，任命张学良为总经理。中华民国14年（1925年）11月由于直奉战争，张学良部下郭松龄倒戈反奉，张学良感到总行设在天津有所不便，遂于1926年6月1日，迁至奉天省城大南门里。银行营业繁荣，信用颇佳，在全国有分支机构28处，与东三省官银号并驾齐驱，为东北最大的银行之一。

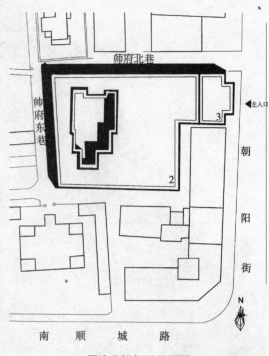

原边业银行总平面图

原边业银行东临朝阳街，南临帅府办事处，西北是赵四小姐楼。建筑占地面积4967m²，总建筑面积为5603m²。与沈阳早期兴建的银行相比，无论在设计水平还是施工技术上都有了很大提高。因边业银行的资金雄厚，在建造的过程中采用了先进的结构形式和高质量的建筑材料，建筑采用钢筋混凝土混合结构，地下1层，地上2层，局部3层。

建筑正立面为18世纪流行的西洋古典复兴的建筑样式，由明确的台基、柱子和檐部组成，在十级台阶上设有门廊，由6根直径为1m的爱奥尼巨柱式组成，并且全部由花岗岩石雕刻而成，柱式贯通两层，支撑着3层的出挑阳台部分。高大的柱廊总是给人坚固和豪华之感，同时又表现权力的威严和基业的稳固。3层挑台上有6根短小的爱奥尼柱式承托屋檐，柱顶饰花垂穗。门廊两侧墙面也有平面化壁柱，外墙均由假石贴面，1层的石材以及建筑转角的石材和窗楣、窗套、檐口、线角，都表现了强烈的西洋式风格。建筑整体严谨壮观，比例均衡，除了明确的体量关系，正立面还考虑到了许多建筑细部，例如在檐口、柱头以及上下

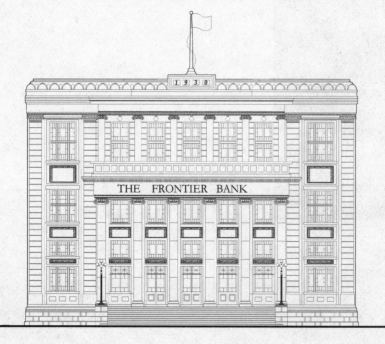

原边业银行东立面图

两层窗间墙上都有精美的浮雕花饰，在粗犷中不失细腻。但其他各立面则简化处理，除腰线和檐口线外，无任何线角的长方窗，并施以单纯的清水砖墙。

沈阳冬季漫长、寒冷而干燥，为了争取更多的日照，边业银行不仅设置了开阔的院落，而且各功能房间都采用周边式布局，即围绕天井及院落布置，保证房间有良好的采光，并且房间布置在走道单侧，走道也可以自然采光，满足对阳光需求。营业大厅的平面设有玻璃天顶，保证很好的日照与采光，又利于防寒与保温。同时，为了抵御冷风侵袭，建筑表现出厚重、闭实的特征，并且追求大体量变化，体块分明，反映出北方建筑的豪放粗犷之气。

边业银行注重运用地方材料，除正立面采用假石贴面，其余3个立面均采用沈阳当地烧制的红砖砌筑，外部不做罩面。

建筑对地方文化特色和建筑文脉的注重，虽说银行是舶来品，但边业银行的内部空间不像其他银行建筑在基地中只是围绕营业大厅、功能流线布置房间，而留出空地在建筑中形成内院，它更像中国传统的金融建筑——票号。边业银行建筑以它的各功能房间围合出4个空间院落，这里既是交通空间，又丰富了建筑层次。银行的正立面，虽然是地道的古典复兴样式，巨大的柱式突出入口，简化的壁柱，华丽的线脚等，但是在这些西方的建筑符号中也有对中国传统文化的体现，如在壁柱的柱头和上下窗间墙上的花纹，都是用中国的梅花作为装饰符号，是中西方文化结合的又一例证。银行内部装修，家居布置也呈现了典型的中式特点，反映了人们大胆接受外来文化的同时还是以传统生活方式、审美原则为准，并没有盲目地追求外来文化，即对外来文化因地制宜地加以应用，也将中国的文化传统融会其中，突出了文化的交融性。

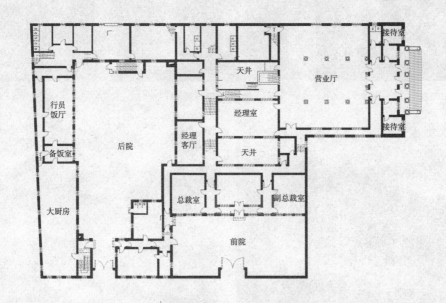

原边业银行首层平面图

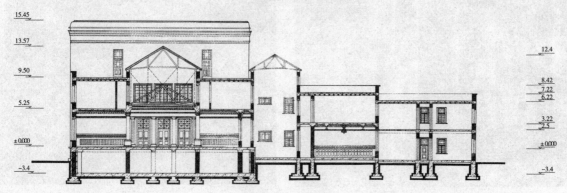

原边业银行剖面图

原边业银行外观1

原边业银行外观2

营业大厅内景

2.27　原日本南满洲铁道株式会社奉天公所（现沈阳市少儿图书馆）

　　沈阳市沈河区朝阳街131号，是一处有着黄屋面绿剪边琉璃屋顶体现着中国传统风格的近现代建筑。在临近沈阳故宫的区域内，由外国人设计出这样的建筑，体现出设计者对地域性建筑文化的独到理解。它在平面上与左右邻居相比，前面的两座耳房凸出门前的人行道，仿佛给朝阳街束了一个细细的腰肢，对今天的交通有所影响，这也留给我们一个课题：今后在考虑如何保护历史建筑的同时满足现代城市功能。

　　建筑的门前，有一长、一方两块牌子，长牌是由郭沫若手书的沈阳市少年儿童图书馆的匾牌，而方牌则标示着它的历史价值"沈阳市不可移动文物"，原日本南满洲铁道株式会社奉天公所旧址。

　　日本南满洲铁道株式会社是日本于1906年11月26日在东京成立的"南满洲铁道株式会社"在奉天设立的分支机构。

　　皇太极时代，这里曾是大清工部驻地。清入关以后，这里成为一座道教庙宇——景佑宫旧地，曾经庙中香火不断。随着时光推移和清王朝日渐衰落，加之战火侵扰，景佑宫无人照管，愈加破旧不堪，渐渐成为一片荒芜之地，唯独剩下一些破旧庙宇。1909年在旧庙宇的基础上，日本人修建了奉天公所。1923年，公所因破旧和狭小而重新扩建，在原址处重新修建这座新楼。

　　该建筑由满铁建筑课荒水清三设计，细川组施工。始建于1921年9月，占地面积4100㎡，建筑面积为3000㎡，平面为封闭的四合院式。为达到与距离不远的沈阳故宫建筑群相互协调的目标，特意从北京请来对中国传统建筑多有研究的日本专家作为该工程设计顾问，并努力在现代材料和现代技术的建筑中融入中国传统建筑的构图方法，体现出一种积极的探索精神。该组建筑坐东朝西，绿边黄琉璃瓦屋顶，正对入口的主体建筑为2层，一层延续两侧的拱券柱廊，屋顶山花突出了主楼。中间天井的南北两侧为拱券柱廊，颇为别致，屋顶是露天阳台，钢筋混凝土结构。水刷石装饰墙面及斗拱。主体建筑正门两侧各有一座四角攒尖亭式建筑，亦为绿脊黄琉璃瓦顶。此组建筑整体感觉为中国传统的建筑风格，并与距之百米之遥的沈阳故宫建筑群互相呼应。

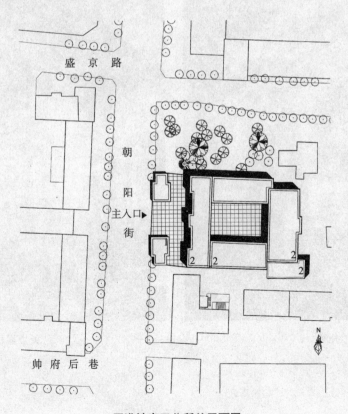

原满铁奉天公所总平面图

沿街外观

内庭主楼

侧楼外廊

外立面透视

2.28 原奉天省咨议局附楼（现沈阳市成套电器厂）

原奉天省咨议局旧址，位于沈阳市沈河区热闹路桃源街118号，始建于1906年。1912年~1918年为"奉天省议会"所在地，即奉天省议会大楼，是辽宁省最早出现的议会建筑和当时全省最高的权力机构。1929年东北易帜后，奉天省议会改称国民党奉天省党部，后又改为奉天省高等审判庭、检察厅，东北解放后为沈阳军区政治部军法处，现归属沈阳市成套电器厂，先后做过车间和仓库。

原咨议局建筑组团，中心建筑为奉天省咨议局议场，两侧各有一座西式风格红砖造的配楼。中央为小型圆形广场，周围环绕洋风式议政建筑。现存配楼建筑是建筑群中仅存的一座。从整体上看，奉天省咨议局采用了西方古典建筑样式，在立面处理上划分为基座、墙身和屋顶3段（基座掩埋于路基之下）。入口处和墙面上作西洋古典风格的拱券门以及连续拱券窗。

建筑外墙用青砖砌筑，壁柱和雕饰采用红砖。色彩搭配十分别致。砖雕细腻造型生动。立面壁柱使用了非标准的爱奥尼柱式和塔司干柱式两种体系，塔司干式集中在南立面，其余立面为爱奥尼式壁柱。壁柱柱头融入了中国传统雕刻手法加以改造：毛茛叶饰在两侧，中间有一个大叶饰。涡卷和富有中国味的纹饰组合在一起，形象比较写意，柱身上略有收分，表面无凹槽，柱式各部分要素组合完美。

建筑檐部运用不同砌砖方法形成连续的水平线脚，其中2层檐部用砖雕做了仿中国传统斗拱形式的装饰线脚。奉天省咨议局是将西洋古典建筑样式与中国传统建筑风格相结合的经典代表作，体现出"中西交融"的建筑特征，有别于纯粹西方建筑的移植。施工技术体现了清末奉天官式建筑营造技术和砖雕工艺的最高水平，是清末"仿行宪政"时期中西合璧的正统佳作。原建筑四周曾设置了园林小品，外观雄伟壮丽，纪念性很强。

两侧入口上方有台阶式高大的山花，其上有华丽的卷草纹样装饰。建筑的四角和窗间都有壁柱。壁柱由青砖雕刻而成，砖雕工艺精美，手法娴熟，施工技术精湛。

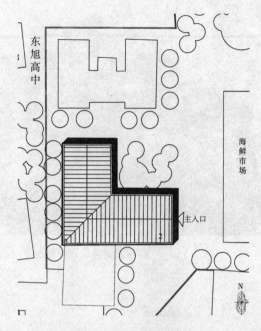

原奉天省咨议局附楼总平面图

原奉天省咨议局附楼

原奉天省咨议局附楼山花

原奉天省咨议局附楼柱头

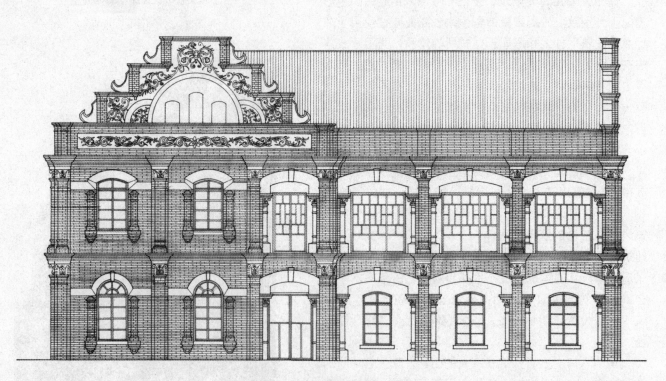

原奉天省咨议局附楼东立面图

原奉天市政公署办公楼

2.29 原奉天市政公署办公楼（现沈阳市政府办公楼）

原奉天市政公署办公楼即今沈阳市政府办公楼，位于沈河区市府大路4段40号，市府广场西侧。1907年任东三省总督的徐世昌在该地建奉天公园，公园建成后立即成为这一区域的文化活动中心及景观中心。1923年8月1日，"沈阳市政公所"正式成立。其办公楼的选址就在奉天公园内。1931年9月20日，日本关东军司令官本庄繁，任命关东军参谋大佐兼奉天特务机关长土肥原贤二为沈阳市伪市长，改沈阳市政公所为奉天市政公署。该建筑始建于1937年12月，由奉天市政公署工务处建筑科设计，日本人施工。抗战胜利后，为国民党沈阳市政府办公楼。1948年11月沈阳解放后历经修缮、扩建，一直作为沈阳市人民政府办公楼。

该办公楼建筑风格为日本官厅式建筑，建筑面积为15500㎡，总平面为回字形，呈天井配置，坐西朝东，东面为正楼（主楼），南、北面为侧楼，西面为副楼，除东面主楼上建有3层塔楼外，该建筑

原奉天市政公署办公楼局部透视

规模为地上3层（原），地下1层。东面主楼正中为门厅，上部塔楼顶有圆形时钟面向东方，北侧楼建有礼堂，跨度15.2m，长32m。该办公楼外立面饰赭石色釉面砖。主楼门厅及室内楼梯为天然大理石贴面，走廊全部为水磨石地面。办公室为木制地板，楼内水暖电气设备齐全。

该办公楼体量大，外观宏伟，建筑设计和施工水平较高，当时堪称沈阳一流的办公楼。由于城市建设的迅猛发展，为适应经济建设和政府办公的需求，2001年，除塔楼之外，建筑整体加建两层。扩建后的办公楼与市府广场的亮丽风景交相辉映，显得更加雄伟壮观。

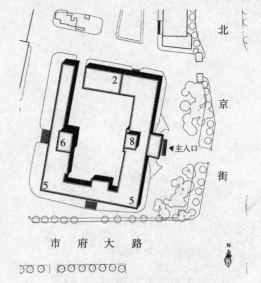

原奉天市政公署办公楼总平面图

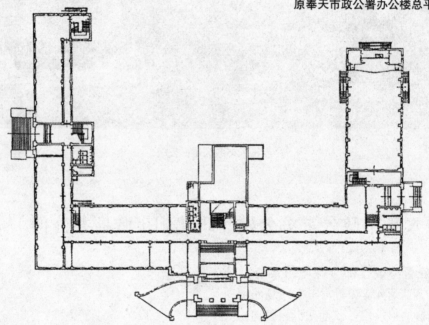

原奉天市政公署1层平面图

原奉天市政公署北立面图

原肇新窑业办公楼透视图

2.30　原奉天肇新窑业公司办公楼（现沈阳市台商会馆）

　　原奉天肇新窑业公司办公楼又称"杜公馆"，建于1923年3月，是在张学良支持下，由杜重远先生创建的当时最大的一家民营窑业公司。

　　杜重远，奉天肇新窑业公司董事长，实业家，著名爱国人士。张学良不仅对肇新窑业公司给予肯定和有力支援，而且对杜重远先生作出很高评价，他说："杜重远办实业是爱国之举，杜重远是一位很有作为的爱国人士。"

　　杜重远，吉林省怀德县人，1911年考入奉天高级师范学校，1918年到日本留学，专攻窑业。1923年，留日归来的杜重远决心投身实业以振兴中华，设法筹资创建了位于二台子占地约1.3ha（20亩）的肇新窑业公司。从此，沈阳有了第一家华资机制砖瓦工厂，有了从传统青砖大瓦向红砖水泥瓦的转变，打破了砖瓦市场由日本资本独霸天下的局面。数年后，肇新又增资扩建，引进德国设备开启了中国机器制瓷业的先河。肇新事业蒸蒸日上，其砖瓦产品不但为正在扩建的东北大学土建工程所包销，而且也为惠工工业区和沈海工业区等提供了大量的工业与民用建筑材料。肇新的青边瓷碗碟不仅成为关内外畅销的日用瓷器，而且也挽回了日本资本把持的瓷业权利。大连日资大华瓷厂不得不停业转产，瓦房店、沈阳的一些日资瓷厂不得不转产耐火砖。肇新窑业公司是留学生学成返国兴邦创业的成功范例，是沈阳城市近代化过程中极具代表性的工业文明的成果。

当年的"杜公馆"如今已变为沈阳市台商会馆。当年的"公馆楼",曾经作为很多用途使用。直到台商会馆接手,在不改动原内部结构的基础上,经过大半年的修复与重建,整个楼的面貌焕然一新。

原肇新窑业公司办公楼正面3层、两翼2层呈"V"字形。此楼坐北朝南,占地面积3146m²,其建筑风格是中西合璧式。屋内有木楼梯,第二层屋外有走廊,在西南角处有一半圆形大门,原来的地下室因不适用被填上。从前面看,小楼原有的门柱顶端饰有"爱奥尼"柱头,2楼两侧窗外饰有葫芦瓶栏杆,正中3楼原本有塔楼,后被大火烧毁;若从小楼后面看,又是浓郁的中国古典风格,两翼楼体上原饰有木栅栏和雕花镂空栏杆。

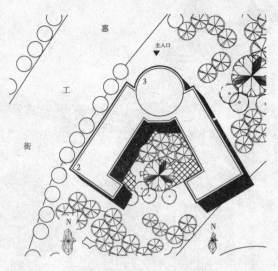

原肇新窑业办公楼总平面图

外观

2.31　原奉天灵庙（现省公安厅家属活动室）

原奉天灵庙是侵华日军为进行祭祀活动而修建的神社。在沈阳修建的较大规模的神社，至少有2座，第一座是在1915年11月，日本人在沈阳建起的奉天神社，据说当年是为了纪念明仁天皇即位4周年，由南满洲铁道株式会社组织修建，神社在1916年建成，全部日本式建筑，门前有鸟居（我们常称为牌坊），院内有3座大殿和附属房舍，西面有花园。一直到日本投降抗战胜利，这座日本侵略代表性的建筑才被全部拆除。另一座就是奉天灵庙，位于今天的沈阳市皇姑区岐山路辽宁省公安厅家属区的大院里。据记载，1938年，日本侵略者强迫沈阳市工商各界和普通市民"自愿捐款"，修建了这座奉天灵庙。最初规划：要建造两座东西对称的大殿，南北为附属房舍，南侧为牌坊式大门，北侧是花园，园内还有假山和防空洞……后来，随着日本进入全面侵华时期，被作为日本侵华后方基地的东北三省，物质和精力都集中于支援前方的战备需要。因此灵庙建造进度极慢。太平洋战争爆发后，日军要应付两面战场，建筑物资更加紧张。直到1945年日本投降，也只建成了东大殿即现在保存下来的这座建筑。

原奉天灵庙外檐廊

原奉天灵庙是供奉和埋葬日本人和日伪汉奸的寺院。伪满时期每年都举行祭祀活动。当时，每逢春秋两季和伪满的皇帝溥仪访问日本的纪念日，都要强迫中小学生去进行"祭祀"。抗日战争胜利后，因为这座灵庙属永久性建筑，而且规模大，也因为急需建筑使用，所以这座日本具有侵略标志性的建筑没有被拆毁，被派以其他用途而保存了下来。奉天灵庙被人民政府接收后，里面的灵位和设施被全部清除。它先是作为沈阳市孤儿学校，继而给"民德小学"当校舍，再后作为民盟东北总支部的办公地点，其后又被公安厅征用，一直作为仓库。

建筑主体坐东朝西长约40m、宽约30m，高约20m，殿顶碧瓦覆盖，布置有脊兽，大殿四周环绕着22根红漆大柱，殿内北角有一楼梯通地下室。3m多高的地下室，四周石柱支撑分隔成许多小间，就是原来存放日本侵略者骨灰的地方。在殿座上面原围有花岗岩护栏，现在的铁栅栏是后来维修时安装的。该建筑的西边50m处，原有一处与之相对的殿座，在20世纪80年代初期因修建宿舍而拆除，当时该殿座内曾存放有紫红色绒面的良民证等日伪遗留物品。

原奉天灵庙外观1

原奉天灵庙外观2

同泽俱乐部

2.32　同泽俱乐部

同泽俱乐部于1929年兴建，1930年竣工，由张学良建立，不对社会开放。初名即为同泽俱乐部，"九·一八"事变后取名为"沈阳电影院"，我国第一部有声电影来到沈阳就在此首次放映。1948年沈阳解放后，由东北总工会接管。1950年国家投资对剧场进行大规模的维修改造，取名为"劳动宫"。1953年移交沈阳市文化局管理，1954年改名为"红领巾电影院"。1965年董必武同志来沈阳为剧场亲笔题写"沈阳艺术宫"匾额，1966年改名为"延安电影院"。现又将名称改回同泽俱乐部。

同泽俱乐部占地4000m²，最初建筑面积2400m²，电影院部分观众席1200座，钢屋架，红泥瓦屋顶，钢筋混凝土框架结构。1924年由土屋胜经、迁一二三设计，于1929年始建，地上2层，地下1层。该建筑的立面左右对称，明显的纵横向分段，所不同的是，原本为塔楼的双翼已经异化为山花壁面，中央巨大拱券圆窗的两端各置一根"科林斯"

同泽俱乐部门厅

柱式，然而柱头的装饰与"山花顶"的装饰设计，借鉴希腊神庙建筑山花和两端檐口的装饰技巧，设计成"奖杯"状的雕塑，取代原本安放在希腊神庙尖端的雕像饰物。又用栏杆式女儿墙，取代了稚碟。难得的是栏杆的立柱造型，摒弃了常规的宝瓶或葫芦之类，而是人头像构成。所有山花也不同于三角形的常规模式，而是对称的卷涡式样，如此种种，均与众不同。俱乐部门前原是意大利风格的长廊、大草坪和雕塑，不知何时被拆除。

俱乐部前厅共享大厅和舞厅2层围廊及影剧院包厢的设计，采用"科林斯"柱式门廊，跨度较深，做成券状，并夸张了横向贯穿的檐线装饰。前部分为舞厅，宽敞明亮水磨石地面红白相间，两层通高，且内设通高巨柱，柱身有收分，圆环型柱础，柱头为本土化的科林斯式，右侧4m宽楼梯一部通向2楼南侧及东西侧走廊，厅内顶棚有精美的石膏花饰线脚。中部为1200座的电影厅，顶棚四周设宽大的石膏线脚，楼上设圆拱门进入包厢，两侧是贵宾客室，厅周围有回廊并设半圆形休息平台。

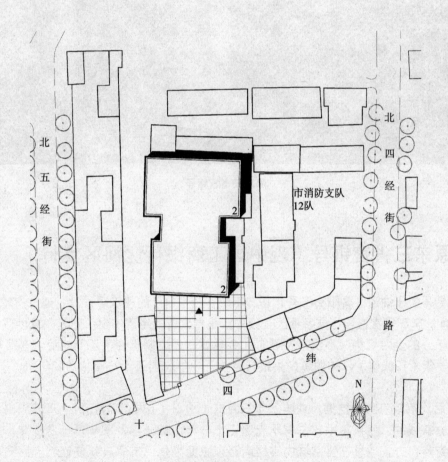

同泽俱乐部总平面图

原东三省官银号

2.33 原东三省官银号（现中国工商银行沈河区支行）

原东三省官银号位于沈河区朝阳街21号，1929年由官银号自己的建筑师设计，建筑占地面积为8200m²，建筑面积为3141m²。东三省官银号，原名奉天官银号，是奉天省的经济中枢。它是东北地区最早创办的近代银行，也是东北核心的金融机构，不仅垄断着东北金融业，还控制着许多工商企业。东三省官银号，创设于清末光绪三十一年（1905年），被伪满中央银行吞并于中华民国三十一年（1942年），历经了37年零8个月。

鸦片战争之后，清政府财政拮据，咸丰三年三月二十七日（1853年5月5日）清政府决定在北京设立官钱总局，各省设立官钱局。盛京将军赵尔巽于光绪三十一年（1905年）十一月一日奏准，将官银钱号改为奉天官银号，称官商合办，地址在盛京城内钟楼南路东原德兴永门市房。新任钦差大臣陆军部尚书衔都察院都御史东三省总督兼管三省将军事务的徐世昌于宣统元年（1909年）四月二十一日正式更名为东三省官银号。中华民国元年（1912年）行省制撤销后，东三省官银号由钟楼南迁至大北门里公议商局旧址。中华民国5年（1916年），张作霖刚升任奉天督军兼省长时，东三省官银号成为全东北地区金融枢纽，发行的货币不仅在东北三省流通，还延伸至热河、河北、上海等省市，分号一度增至99处。1931年"九·一八"事变第二天，日本关东军就派兵占领了东三省官银号，将该号库存财物洗劫一空并停止其营业。

原东三省官银号建筑具有很高的艺术价值与文化内涵，主要体现在两方面：

一方面，公正华贵的建筑风格。古典主义代表公正，巴洛克代表华贵。作为银行建筑应该体现诚信公正与华贵宏伟，原东三省官银号的建筑正体现了这两种风格，它是沈阳近代银行建筑集大成的作品。建筑的主入口在两条马路交叉处45°方向，并在入口处设有圆形中央大厅贯通两层，其外部是两对贯通一二层、柱身没有凹槽的爱奥尼柱式构成的柱廊，并且支撑着三层挑出的平台，构图均衡，为新古典主义传统做法。建筑横向展开为五段，即中部主体、左右两翼、两端部，两翼与中央部分相交，略为跌落，并在建筑两端收头处设有四面坡顶，纵向为三段式。这种构图手法参照了巴黎卢浮宫东立面手法，"三平五竖"，遵循古典主义建筑构图的基本原则，一层有假山石作为台基，结实稳健，中间层是虚实相间，平面化的壁柱，很有力度和节奏感，同时也是对主入口柱廊的呼应。与庄重雄伟的古典主义相比，建筑中连续的曲线女儿墙，多变的窗户形式和屋顶跌落的三重檐口都是明显的巴洛克风格，并且柱头的雕饰，檐口的线脚及其他细部，都做工精细，构图协调轻巧，同厚重的墙面形成强烈对比。

但是值得注意的是，虽然建筑主体风格为西式，并且大量运用柱式，但除了入口的两对爱奥尼柱式的柱头是西方标准样式，其他的柱头雕饰不再是规范内容的"涡卷"和"忍冬草"，而是中国的传统吉祥图案"梅花"和"麦穗"，并且墙面上也把中国的吉祥图案作为雕饰，它们与西式建筑巧妙地融合在一起。此建筑可以看作沈阳本土银行建筑把中国文化同外来文化相融合的初探，表现了当时人们对外来文化并不是盲目的全盘接受，而是加以中国式发展的心理。

另一方面，中西结合的营业大厅。建筑平面沿道路展开，并设一层地下室，办公用房沿道路分为两端布置，并且银行建筑平面分区明确。前半部为银业区，后半部为内部办公区。之所以说它是中西结合的营业大厅，主要由于两方面原因：

其一，功能业务范围。银行平面布局采取围绕式，一层中央是设有天窗的银行营业大厅，其他房间围绕其布置。从平面布局及现存实物可以看出当时东三省官银号的业务既有中国传统的金融业务，如买卖金银、买卖粮食、汇兑，又有西式银行的代理省库、发行纸币、存款、贷款、投资经营等业务。柜台上不仅有西方银行的工作流程，也有用天平称着银子、用试金石试金子的中国传统金融业务。这些决定了银行

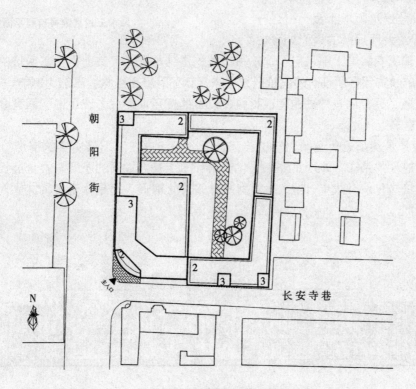

原东三省官银号总平面图

营业大厅的综合性，不但要有顾客办业务的流线，还要有买卖商人洽谈业务的空间。所以，原东三省官银号设计为半径15m的圆形营业大厅，并且厅内结合柱子设置柜台，保证了空间的开阔。在柜内明确地分出了营业股及出纳股，以避免不同目的顾客在流线上的交叉。又由于银行有从事买办的业务，所以在大厅两端还设有两个商家常年办事处，来办理日常商业业务。

其二，室内装修。建筑的立面风格虽然是西式风格，但内部装修却渗入了中国东方文化的审美情趣。营业大厅贯穿两层，高度约为6.6m，在2层处设置回廊。整体室内风格简朴婉约，大量采用深色木制材料，大厅天窗的设计形式也是平直的方格彩色玻璃，区别于西式银行的华丽石膏天花，简约含蓄的内部东方风情与热烈华丽的西式立面形成了对比。

这些都反映了发展初期的沈阳本土银行，既要学习西方的银行以自强，又要保留传统文化的心理，表现了人们对于外来文化的思考。

此外，原东三省官银号的营建还应用了先进技术。由于实力雄厚，又有地方军阀扶植，原东三省官银号是沈阳本土银行引进先进技术的先锋。营业大厅顶部的采光处理，使用了方格彩色玻璃天花，其上部采用了钢筋吊拉的先进结构方式，其上再加盖两坡的玻璃天窗，防止雨水渗漏，这是沈阳的欧美银行所没有的。银行结构采用钢筋混凝土结构。虽然为3层建筑，但也配备了电梯这一先进的竖向交通工具，这些先进的建筑材料、设备的应用，彻底击破了中国固有金融建筑之形制，自此沈阳开始了金融建筑近代化。

原东三省官银号是沈阳近代金融建筑的典范，至今仍屹立在沈阳最主要的街道上，作为银行使用。它是那个特殊历史时期的烙印，体现了外来文化势力和本土势力之间的矛盾与融合过程。面对外来建筑文化，沈阳的传统建筑文化没有故步自封，也没有被外来文化取代，而是体现多种文化复合发展的趋势，显示了它内在的生命力。

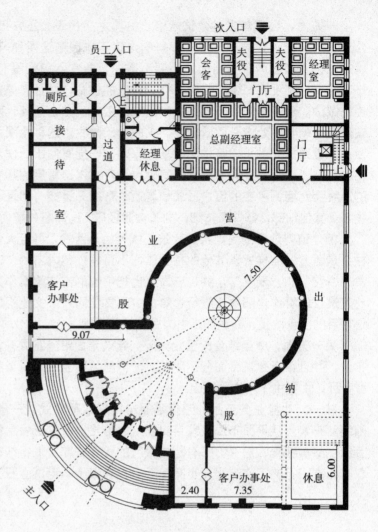

原东三省官银号首层平面图

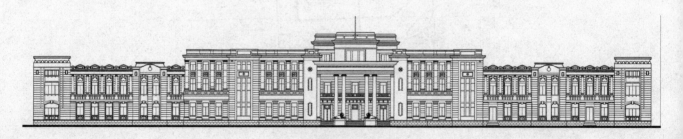

原东三省官银号立面展开图

2.34 原东三省总督府（现纺织工业非织造布技术开发中心）

原东三省总督府坐落在沈阳市沈河区盛京路28号，位于沈阳古城的中心位置，它被立为沈阳市不可移动文物，它北侧距沈阳故宫50m，南侧为张氏帅府（即张作霖公馆）。

原东三省总督府主楼建筑面积为2672m²，分为上下两层，主楼前有800余m²的院落，楼体外部文饰豪华，造型极具特色，代表了当时的年代和建筑形式，所用材料考究，外部为青砖墙体，附以雕饰旋脸门窗，人字形木屋架，房顶为深红彩钢瓦。外部为欧式，内部采用地方传统的木构做法。建筑内部中间大厅的四周布设房间。大厅内8m长的大梁由直径1.2m的原木修整而成。

承载着三百余年历史沧桑的原东三省总督府，具有重要的历史价值，对东北地区的历史一直发挥着重要的作用。其始建于清入关前，1644年清入关后成为清留都府，后改为奉天将军府（又称盛京将军府），为当时总管八旗事务大臣办公衙署。1747年改为盛京将军府，为当时最高军政机关。1907年，盛京将军衙门（其旧址在沈阳市钟厂北半部，为原清政府吏部衙门处）被裁撤，设东三省总督，正式设行省，建立东三省总督府。20世纪20年代张作霖曾在此办公，张学良的"保安总司令部"也曾设于此地，1931年后这里又做过一段伪奉天省政府。伪"满洲国"时期，这里改为奉天省公署，统办东三省的政务。解放后交由辽宁省纺织研究所（现纺织工业非织造布技术开发中心）使用。

原东三省总督府拱心石细部

原东三省总督府现状外观1

原东三省总督府现状外观2

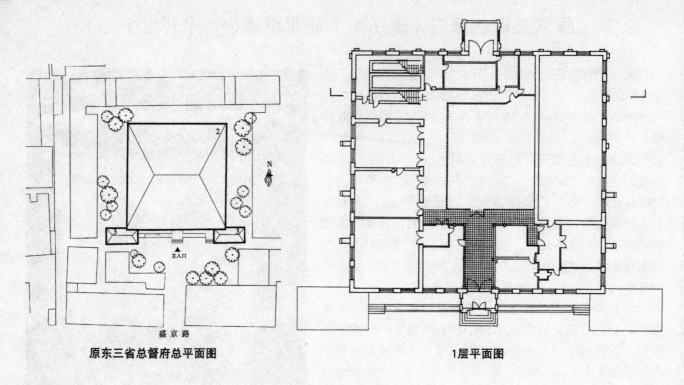

原东三省总督府总平面图

盛 京 路

主入口

N

1层平面图

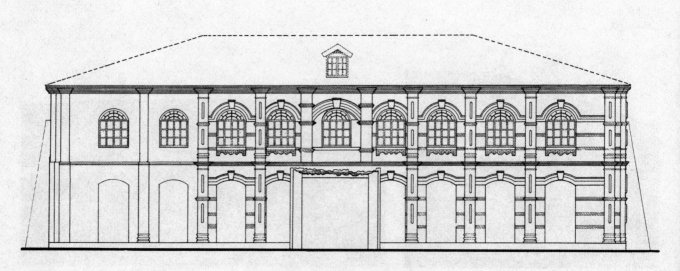

南立面图

2.35　原吉顺隆丝房（现鹏达体育用品商店）

原吉顺隆丝房始建于1928年，建筑面积1274m²。建筑规模为地上4层，地下1层，砖混结构。建筑造型优美，采用古希腊"爱奥尼"柱式。它是穆继多设计的巴洛克风格建筑。他的作品毫无顾忌地突破学院派在建筑形式上的种种"清规戒律"，方形壁柱与圆形壁柱、单壁柱与双壁柱、曲线构图与折线构图、西洋式的宝瓶栏杆与中式的万字栏板……多种装饰手法和构图因素同时被用在建筑的立面之中。将西洋建筑中最华丽、最出彩的部分尽我所用。因此，它总是以一种热烈、繁琐、出奇的形象出现在人们面前，而不讲究规矩与严谨。这一点迎合了当时社会对洋风建筑的世俗审美取向，也被追求奇异奢华的商业建筑所青睐。

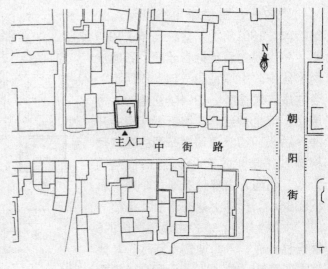

原吉顺隆丝房总平面图

原吉顺隆丝房现状外观

原吉顺隆丝房现状外观局部

163

2.36　原吉顺丝房（现沈阳市第二百货商店）

原吉顺丝房位于中街路北。光绪27年（1901年）、宣统元年（1909年）林洪元先后创办吉顺昌、吉顺洪两家丝房。中华民国三年（1914年）合并成吉顺丝房。1914年初建时为两层楼，但也是当时该街新型楼房的开端，后于1928年请留学归国的建筑师穆继多在原址重新设计5层砖混结构大楼，仿西方古典建筑形式，建筑面积2336㎡。楼顶上建有圆顶式塔楼一层，主体为4层。基段由通高两层的8根巨柱构成，入口两侧为圆柱，其他为方形壁柱，在2层柱间设阳台，栏杆图案为变形的"寿"字。三四层为中段，3层设通长阳台，在入口上方凸起，墙面也同阳台一样凸起，突出了主入口。4层随开间大小利用巴洛克

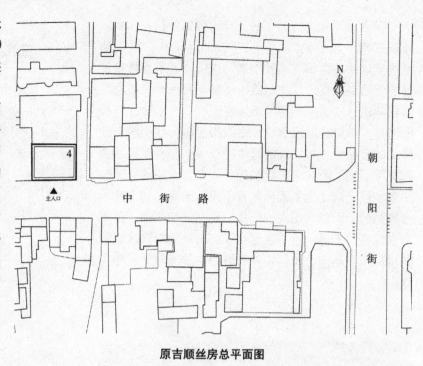

原吉顺丝房总平面图

式的弧线，设计出内凹曲面变化的阳台，通过墙面和阳台各异的凸凹变化，整体建筑立面取得了巴洛克所追求的动势，同时利用阳台栏杆、开间一致的窗等元素的重复使用以及细部的处理使整体获得韵律感和动感。2层阳台下面并没有采用惯用的牛腿饰件，而是将沈阳故宫某些建筑飞椽位置上反映喇嘛教特点的魔蝎雕饰，加以简化变形。屋顶设八角形西式塔亭，上覆绿色圆拱顶，丰富了中街的天际线。其建筑规模居中街地区商业建筑之首。

原吉顺丝房柱头

原吉顺丝房现状外观

2.37　原泰和商店（现何氏眼科）

原泰和商店现状外观

　　原泰和商店始建于1927年，为钢筋混凝土结构的4层商业楼房。建筑面积1125m²。柱头中心部位雕刻着中国传统的吉祥动物，柱头的雕刻内容更体现了建筑师对本土化设计的追求：伸展两翅的蝙蝠，下由菊瓣扶托，四角垂穗，柱帽和柱径都刻有回形纹，将西洋柱式的雕刻内容完全置换成中国的传统吉祥图案。

　　吉顺丝房、吉顺隆丝房、泰和商店都为4~5层建筑，形态华丽，其体量和巴洛克造型在中街建筑中格外引人注目。它们分别处于中街的首尾部位，成为街道构图的重点。它们沿中街路北展开，在阳光的映照下，通过建筑体量本身和正立面上细部的凸凹变化产生了极其丰富的阴影效果，使得它们在这条重要的商业街上显得十分壮观、生动。

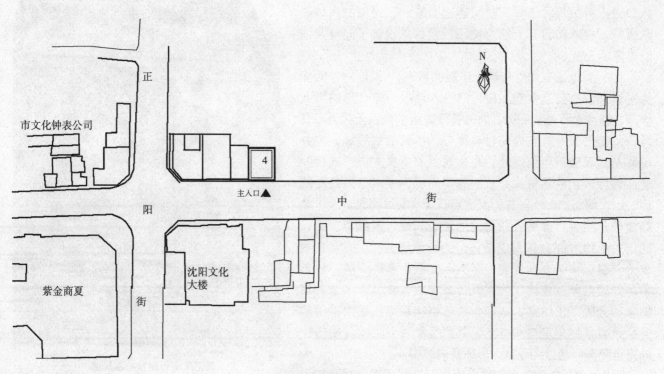

原泰和商店总平面图

2.38　原汇丰银行奉天支店（现交通银行沈阳分行）

　　原汇丰银行是英国资本在远东所设银行之一，与各国在华银行相比，非但获利最丰，而且对旧中国的政治、经济产生的影响也较大。英商汇丰银行于1917年（中华民国六年），在奉天省城商埠地十一纬路开设奉天支店。原汇丰银行奉天支店成立不久，北京爆发"五·四"运动，奉天省境内掀起抵制日货的排日行动，各界商民转向同欧美洋行进行交易，原汇丰银行的业务得以稳固地开展。"九·一八"事变前，原汇丰银行奉天支行以低利吸收奉系军阀高级军政人员及官商豪绅大量私人存款，获取巨额利润。该行在外汇业务上利用奉系军阀同日本矛盾日益加深，垄断了在奉欧美商行的外资结算、进口押汇、外汇牌价。

　　原汇丰银行奉天支店位于今十一纬路与北三经街的交汇处，由英籍HEMMINGS & PARKIN设计公司与CIVIL—ENGINEERS设计于1930年，1932年建成。建筑结合地形设计成L形平面，建筑面积为3700m²，是当时沈阳最大型的钢筋混凝土建筑。

原汇丰银行现状局部

　　首先，合理的布局及内部交通组织。建筑正门设在两条道路的交汇处，另有两个入口分别在L形建筑的两端临路设置，3个入口使人流各行其路，互不干扰。如到银行营业厅的人流，可通过主入口直接进入大厅办理业务，进入内部办公区进行业务洽谈的人流可通过建筑面临十一纬路的入口进入办公厅，工作人员可通过面临北三经街的入口进入银行。在入口设计上结合沈阳气候特点设置了门斗，以防御寒冷天气。

　　银行为地上五层附有半地下层的建筑，1层以对外营业为主，辅以办公及食堂。自正门进入楼内，是 L形的营业大厅，营业大厅高约6.5m，内部装修富丽堂皇，天花为石膏雕饰的矩形藻井，室内壁柱与窗口，多设欧式线脚，但并不繁杂，表现得恰到好处，与建筑折衷主义立面形式相呼应。大厅内用柱承重，并解决跨度问题，主入口处柱距约为5.4m，两侧约4.2m，柱间梁上用石膏作花纹饰面。大厅内结合柱子用柜台分隔公共空间活动区和银行内部营业区，比例关系约为1:1，内部营业区分为窗口事务和后方事务两部分，窗口事务办理现金、存折、支票汇票等业务；后方事务处理汇账、统计、分类及计算等业务并且为了业务需要单独分隔了出纳室，室门为铁艺格状装饰。在大厅两侧分别设置了经理室与买办室，并配有单独卫生间。柜内柜外完全隔离只通过经理室、出纳室内外相连。

　　2层以上是办公、各种凭证库房及技术用房。层高约为

原汇丰银行现状外观局部

3.3m，标准层办公室采用在走道两边设置房间的布局形式，并被设计成开敞性办公灵活分隔的大空间，可按需要灵活分隔为办公、会议、客房等，如需改变功能也极易调整。建筑走廊中多处设有欧式圆拱门，并在墙壁上设有凹槽线脚装饰，尽显建筑的精致。

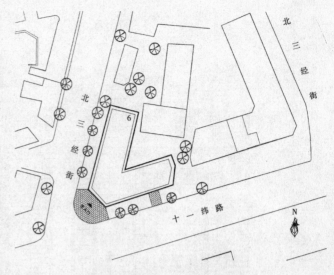

　　其次，立面为折衷主义样式，讲究比例权衡的推敲，建筑分别在一层、四层设置线脚，既增强了横向联系，又突出立面的三段式，转角入口立面在中段设有通达二三层的两根标准爱奥尼柱式。为增强建筑气势和丰富立面造型，将外柱廊两侧向外突出，建筑坐落在高大的台基上，使内外高差约2m。建筑的门窗虽有精美雕饰，却也显露出净化趋势。大楼基座用花岗岩砌筑，整个外墙面仿西洋古典砖石结构，作水刷石长方形分格，以砂浆饰面。1层采用圆券玻璃，入口为旋转门。

原汇丰银行奉天支店总平面图

　　最后，采用先进的结构形式、材料及设备。汇丰银行建筑外墙选用西方传统的红砖砌筑，内部局部使用了钢筋混凝土框架。通过1层平面可见，营业大厅内设有钢筋混凝土柱，钢筋混凝土大梁支撑在柱上，其端部支撑在砖墙上。楼板为木密肋楼板及架空地板，且楼面的木肋、板分别支承在钢筋混凝土过梁及砖墙上。楼梯为钢筋混凝土浇筑。地下室金库为全现浇钢筋混凝土，达到坚固、防盗的目的。

　　原汇丰银行的竖直交通是在建筑两端设置，两部木质楼梯设在两个封闭楼梯间之中，以满足防火要求。除此以外，还装有水冲卫生设备、煤气和取暖设备。电梯的使用是沈阳建筑设备近代化的里程碑。

原汇丰银行奉天支店室内现状

原汇丰银行奉天支店银行室内现状办公空间

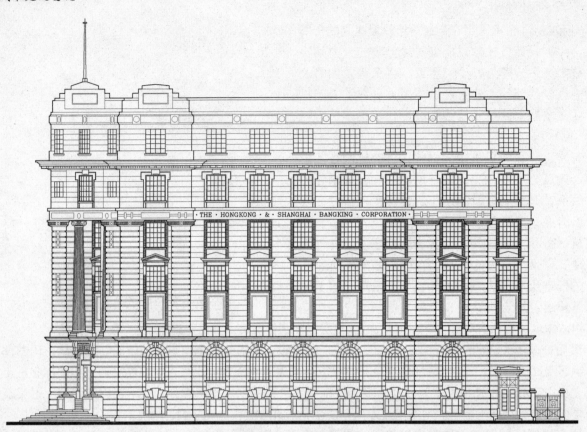

原汇丰银行奉天支店立面

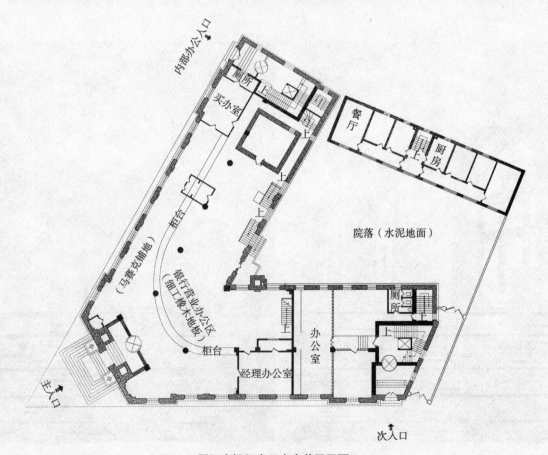

原汇丰银行奉天支店首层平面

2.39　原利民地下商场（现沈阳春天商场）

穆继多设计的又一中街商业建筑——原利民地下商场，位于中街路南，吉顺丝房对面。该建筑始建于1929年，建筑面积为2990m²。由其姐夫（当年热河督统、东边道镇守使阚朝玺）出资修建，穆继多将其设计为钢筋混凝土结构、地上2层、地下1层的商业建筑，建筑高度同周围环境保持着宜人的尺度关系。该建筑在空间设计方面打破了常规思维局限，非但不避讳人们对地下空间的厌忌心理，反而在商场的入口处即以一上一下的2部台阶迎人而设。上下两层的购物环境同时映入顾客眼帘，有效地烘托出商业气氛，更扩展了商业建筑的"底层效应"，极大地提高了经济效益，给人以耳目一新的空间感触。

原利民地下商场现状外观

原利民地下商场现状背面

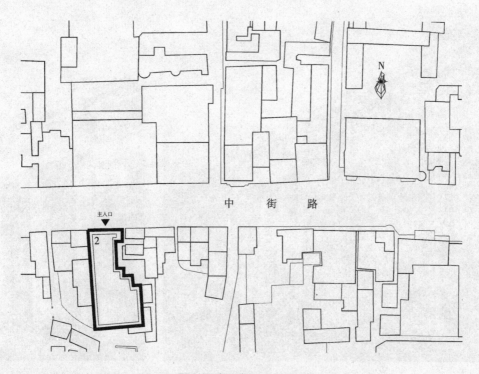

原利民地下商场总平面图

2.40 原奉天商务总会（现沈阳市工商业联合会）

奉天商务总会旧址位于沈阳市沈河区朝阳街192号，房产权归沈阳市工商联合会所有，现由沈阳市"三胞"联谊会使用。1894年中日甲午战争后，帝国主义列强又取得在华投资设厂的权利，加紧对中国输出资本和倾销商品。面对咄咄逼人的"商战"锋芒，全国各地工商业者愈益感到势单力薄，希望联合各业力量以与外商竞争。光绪末年，设立商部，制定商法，倡设商会。于1903年根据农商部令，公议会改为奉天商务总会。奉天商务总会遵行"剔除内弊、考察外情，使官商声息相通，以除隔膜之弊"的宗旨。商务总会成立不久，沈阳商业就遭到日俄战争前后来自沙俄和日本帝国主义的骚扰和掠夺。为了挽救沈阳商业危机，1905年农商部对奉天商务总会进行整顿改组。它既是代表商业界利益的团体，又是为当政官方政治服务的半个"衙门"，具有"官督民办"性质。

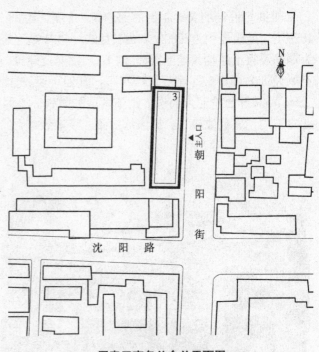

原奉天商务总会总平面图

建筑的朝向为东西向，地上4层，占地面积1386m²，建筑面积2533m²，砖红色水泥抹面。整体风格较简洁，立面具有分离派的建筑特点，一层开方窗，中层用窗套连接二、三层窗，形成竖向划分，上层开圆拱窗饰以白色带条，形成横向划分。建筑入口以高三层柱廊的形式突出。该建筑主体结构保存良好，对研究沈阳历史上工商业的发展具有重要参考价值。

原奉天商务总会沿街现状外观1

原奉天商务总会入口现状外观2

2.41　原同泽中学男校（现沈阳大学师范学院北院）

　　原同泽中学男校教学楼位于沈阳市沈河区万泉街14号，建于1926年。东临原沈阳动物园，与赵尔巽公馆隔街相望，现为沈阳大学小河沿校区，已被列为沈阳市不可移动文物。

　　1925年，张学良同意了郭松龄提出的关于办一所中学来提高军官文化素质的建议。由郭松龄、韩淑秀出面，在东山嘴子军营内，辟出一部分院落为校址，开办了同泽中学，招考初中学生两个班，计104名。1925年秋，郭松龄倒戈反奉失败被杀。1926年，张学良自己接办了同泽中学，任董事长，委派他的秘书李静澄为校长，刘申光为教务长，原来的教职员工均有他就，并拨出巨款在小河沿筹建新校舍。这就是现在同泽中学男校教学楼的旧址。1931年9月18日，日寇侵占沈阳后，学校被迫停办解散。沈阳解放后，学校先后变更为：沈阳市第二中学、沈阳市师范学校、沈阳大学小河沿校区。

　　原同泽中学男校教学楼为两栋，南北走向，两楼之间的北侧夹盖有一栋小楼为礼堂。在教学楼的对面，东西建有对称的两栋平房，中间建有一栋小楼为图书馆。原同泽中学男校建筑多为3层，局部2层。建筑以水泥饰面，风格简洁，仅在檐口、墙面处作变化。如檐口处有的山墙升起，墙面设有壁柱装饰。

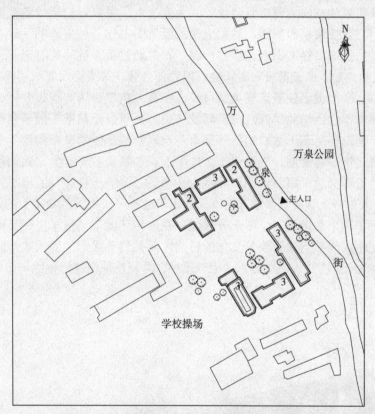

原同泽中学男校总平面图

原同泽中学男校现状外观1

原同泽中学男校现状外观2

2.42 原奉天基督教青年会（现沈阳基督教培训中心）

地处沈河区朝阳街文庙北巷的沈阳市公安局第二看守所，现为朝阳街139号，是20世纪初奉天基督教青年会的旧址，2003年被列为省级文物保护单位。 这里是沈阳最早传播新文化、宣传马列主义的阵地，是沈阳学生运动的策源地，是沈阳党建的发祥地，张学良将军最初接触马列主义的洗礼也是在这里。

基督教青年会最初由英国人乔治·威廉斯于1844年创立于伦敦。1912年后，美国派遣穆德博士、普莱德、邱树基、艾匡国（皆为英国人）、华茂山、葛力扶（皆为丹麦人）等先后来沈阳活动。同年在大南门里东城墙根下福音堂租了一处房舍，成立"奉天基督教青年会"（YMCA）。20世纪初的基督教青年会并不是一个单纯的宗教活动的场所，它是以发展"德、智、体、群"四育为标榜的社会活动机构。与基督教宗教性团体不同，基督教青年会又是一种社会教育机构，它是以英文夜校开门，以提倡体育运动起家的。在两次直奉战争中，一向同奉系政权有着良好关系的青年会传教士、总干事普莱德三次到达前线活动。张作霖于1923年慷慨地将大南门里的景佑宫旧址地皮拨给了青年会。1925年5月，由美国普莱德、丹麦华茂山、爱尔兰司徒尔三国牧师联合修建青年会建筑。该建筑1923年破土动工，1925年5月竣工。早年，美国牧师穆德等之所以选择大南门景佑宫作为青年会会址，并大兴土木，主要是他们很重视同奉天当局的关系。这儿距大帅府近在咫尺，与其往来极为方便。这里大量的西方图书和各种生动的活动，吸引了沈阳的许多青年，也吸引了风华正茂的张学良经常出入这个"YMCA"，并通过英语教师约瑟夫·普莱德与西方友人进行交流。早在1917年，张学良加入奉天基督教青年会，以后任会董。普莱德知道张学良喜欢网球，便在青年会建设一个网球场，这样，张学良不仅是这里英文夜校、德育、科学讲演的积极分子，也是这里网球场上的常客，同时，张学良在青年会还学会了开汽车、驾驶飞机。张学良还常接于凤至到这里打网球，参加"费尔会"（展览游艺）。据说当时奉天放映的第一部有声电影，就是张学良带到青年会三楼放映的。张学良幼年时受中国传统教育，青少年时期，在奉天（今沈阳）参加基督教青年会，逐渐接受西方文化的熏陶。美国人普莱德是当时的青年会总干事，他的"和平主义和热心服务于社会"的思想，对张学良影响很大。1916年，著名爱国教育家南开大学校长张伯苓在奉天为青年会作了《中国的希望》的演讲，强调了中国青年应负的责任。张学良听了这个演讲后，心中十分感慨。在这种环境下，张学良逐步树立了"富国强兵"、"为国为民"的思想观念。他不但深受欧美文化的影响，而且具有强烈的爱国热情。他常以"国难家仇，丛集一身"的话来提醒自己。因此，他对日本人十分反感，并且态度坚决地拒绝与日本合作。

原奉天基督教青年会现状外观1

原奉天基督教青年会现状外观2

　　原基督教青年会是栋4层楼房，在当时奉天属于第一流建筑。建筑保存了东北古老浑朴的设计格调，整体风格庄重浑厚，采用混凝土建筑材料饰面。建筑立面呈水平式构图：将一二层组合在一起，并以一条白色的横向凸带加以分化，强化其水平向的舒展感；而将第三层略向内收进，形成类似"重檐"的造型，进一步弱化了它的竖向体量，又使外观形象由此而更为生动。一层为斩假石饰面，有条形分割，二三层揉入了欧美简洁明快的色调，无古典装饰线脚。在西式的总体建筑设计中，考虑了对中国传统建筑理念的传承，采用坡屋顶的形式，反映了西洋建筑融合沈阳文化进行创作的一面。

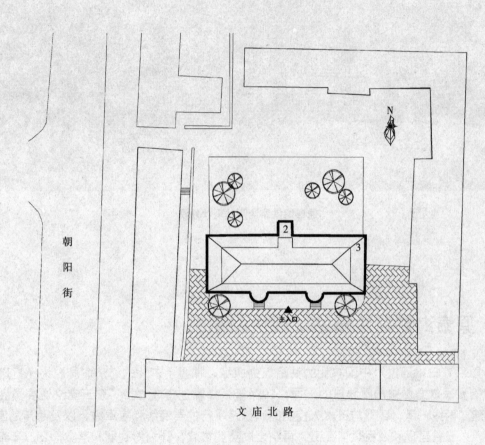

原奉天基督教青年会总平面图

原奉海铁路沈阳站现状外观

2.43 原奉海铁路沈阳站（现沈阳东站）

日俄战争以后，日本通过对中国东北的铁路权的操纵，掌握了东北的经济命脉。为了打破这种在经济上甚至涉及政治和军事方面被严重胁迫的局面，1924年张作霖主持成立了"东三省交通委员会"，筹建东北铁路网。修建"两线一港"，即与日本人控制的满铁路平行的奉海线和京奉线，以及葫芦岛港。1925年为实施计划筹资，东三省当局和商民热情高涨，再结合向英美贷款，计划得到顺利落实。1927年奉海铁路奉天站建成，成为东北客货运输的大型集结站。最初的站房由一座木板房的候车室和一座9开间的青砖瓦屋面平房组成，十分简陋，位置在今站房的东侧187m处。

在原奉海铁路奉天站周围则形成了以火车站广场为中心的奉海市场——很快发展为沈阳城内的一处新市区。这一场沈阳历史上的"铁路竞赛"，强烈地打击了满铁势力，刺激了地方经济的发展，城市也随之得到了发展。原奉海铁路沈阳站正是这一历史事件的产物，也是这一段历史的见证。

1930年开始设计本站舍，1931年开工，1932年竣工。原奉海铁路沈阳站位于今沈阳市大东区东站街1号，现已经被确定为沈阳市级文物保护单位。原奉海铁路沈阳站原名沈海站，站名的来由是因为该站的位置居于沈海路的起点。沈海站始建于1928年张作霖时代，原站舍设备简陋，嗣后为了适应运输需要和美化站容，特修建了车站大楼，共两层。1930年张学良计划着手兴建新站房，1932年交工，但因交工时大楼内部电灯和暖气漏装，所以到"九·一八"事变也没能开始使用，就落到了日本人手中。伪满初期，为伪满洲国国营铁路总局经营，将沈海站改为沈阳站（沈阳站改为南奉天站，沈阳北站改为北奉天站）。1945年，"八·一五"日寇投降后，将沈阳站改为沈阳东站，一直使用至今，内部格局稍加改动。

建筑占地面积1300m²，总建筑面积2900m²。建筑造型左右基本对称，中央穹顶，建筑稳定均衡，纪念性较强。建筑主体2层、中间穹顶3层，建筑总高22.5m。建筑分为纵向五段式展开，两边及中间这三段退后，形成了丰富的形体关系，同时注意建筑横向联系，在中间处设计了柱廊以增加左右联系，又强调了建筑的入口。整体设计简明欢快，白色水泥留凹缝饰面与中间绿色穹顶形成鲜明对比，开窗形式活泼，在以方窗为主的设计中，融入了圆形拱窗。

建筑南北朝向，中央为候车大厅，300m²。两侧为办公区，层高不等，但总高相同。1层东侧3.9m，西侧3m；2层东侧层高3.9m，西侧有大活动室，层高4.8m。中央穹顶结构，为木桁架支撑，两侧平顶，西侧屋顶上有采光窗。中央穹顶置于大的采光亭上，略显高耸。建筑采用框架结构，钢筋混凝土材料，可形成大空间，开窗自由，采光条件好。墙体厚重，保温性能好。

原奉海铁路沈阳站南侧现状外观

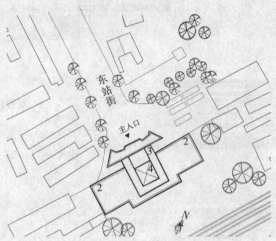

原奉海铁路沈阳站总平面图

原奉海铁路沈阳站入口

原奉海铁路沈阳站北立面窗子细部

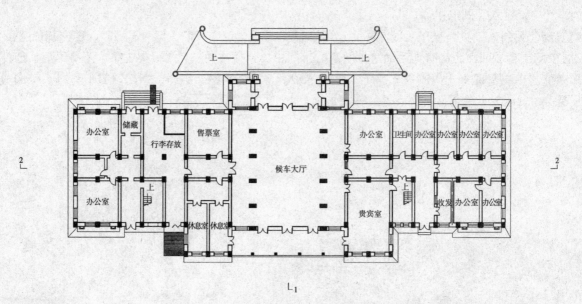

原奉海铁路沈阳站1层平面图

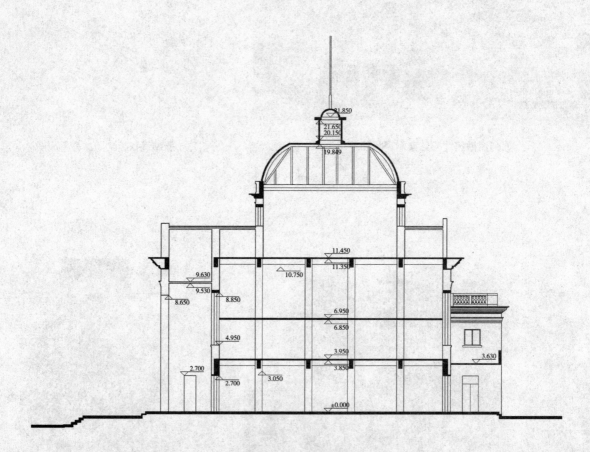

原奉海铁路沈阳站剖面图

原东三省兵工厂主楼

2.44　原东三省兵工厂（现黎明航空发动机制造集团公司）

今天沈阳黎明航空发动机制造公司的前身是国营410厂，是国家"一五"期间重点建设项目，它是在原奉系军阀张作霖的东三省兵工厂的基础上兴建和发展起来的。东三省兵工厂是张作霖为了扩张军事实力，巩固东北统治，于1921年投资创建的东北最大的兵工厂。1931年"九·一八"事变后，该厂沦为日本关东军的野战兵工厂，名为奉天造兵所。1945年"八·一五"日本投降后，国民党军队接收了该厂，易名为兵工署第90兵工厂。1948年11月2日沈阳解放后，原90兵工厂被更名为兵工部沈阳兵工总厂一分厂，后改称51工厂。1951年改为323厂，隶属于重工业部。1953年将323厂移交航空部，筹建410厂。410厂曾先后易名为黎明机械厂、黎明机械公司、黎明发动机制造公司、黎明航空发动机制造集团公司。

黎明公司中涉及民族工业时期现存的建筑共有4栋。

一、小白楼（办公楼）。小白楼位于厂区的东侧。建筑为砖混结构，共有2层，1层为国外专家办公室和厂内重要奖品库房、小会议室；2层为大会议室、专家宿舍。平面布局规整，中央有2层通高的中厅，上至屋顶，覆以拱形采光阳光室，其中南面、东西两面，附宽2.6m外廊，整个建筑周身白色，故名小白楼。其先是张作霖在东三省兵工厂的办公楼，后杨宇霆又在此办公，有很高的历史价值，小白楼一直以来受到厂内领导重视，多次维修、加固、改造再利用。小白楼被第一批列入沈阳市不可移动文物。

二、323礼堂（展览馆）。323礼堂位于小白楼的南侧，由两部分构成，一是北部两层砖混结构的辅助用房和南部一层框架结构的大礼堂，原建筑用于大型会议。整个建筑原为木质楼板和楼梯。建筑平面特点不突出，立面上最有特点的是在北立面的山墙中央及辅助用房的南立面山墙的东侧有巴洛克式的线脚和天窗。现在北面的裙房用作厂工会和团委的办公楼，现经过相应的改造，南部的大礼堂用作厂史展览。

三、1927厂房（厂房）。1927厂房位于黎明厂区西南角，是少数几个既有历史价值，又存在很高的建筑价值的工业建筑。面宽10跨，进深24跨，主要入口在南山墙面，立面壁柱直通2层，在入口两侧对称种有两棵柳树。内部空间划分为东西两部分，左右层高不一样。

四、61修理厂中部分厂房（厂房）。61修理厂的厂房位于黎明厂区之外，紧邻沈阳英美战俘营的东侧，为1层砖混框架结构厂房。在砖外墙上有混凝土饰面。

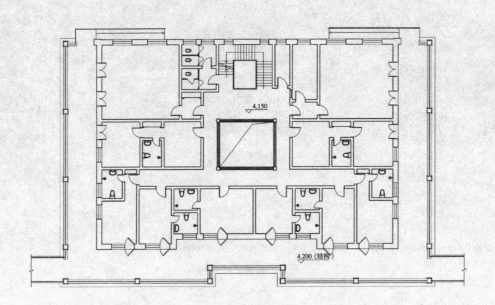

原东三省兵工厂小白楼1层平面图

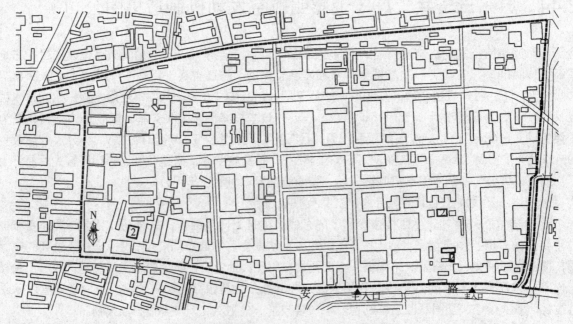

原东三省兵工厂总平面图

原东三省兵工厂小白楼现状外观

原东三省兵工厂1927年建工厂车间现状外观

2.45 原德国领事馆（现沈阳军区政治部幼儿园）

原德国领事馆建成于1921年12月21日，位于和平区四经街5段迎宾里，现为沈阳军区政治部幼儿园所用。院内有两栋建筑由德国建筑师设计，均为2层，砖混结构。西侧楼原为领事馆对外办公楼，东侧楼为住宅，二者均被列为沈阳市不可移动文物。

整体建筑风格采用古典复兴建筑风格，多线脚。东楼墙面主体颜色为黄色，手法集中在入口设计上，主入口1层突出于其他墙面，在2层形成阳台，并且运用科林斯柱式支撑阳台处隆起的拱券，券面升起直达屋脊，打破了屋顶平直的檐口，丰富了屋顶造型，在2楼窗户上有白色装饰设计。西楼建筑采用分离派建筑样式，建筑基层为灰色石材，上层为黄色涂料，在材料上产生粗细

原德国领事馆现状鸟瞰

对比；在窗户周围设计了白色线脚，又形成了颜色对比。此外，入口处开通高玻璃，打破了每层开窗的单调，并且升高墙面作山花处理。

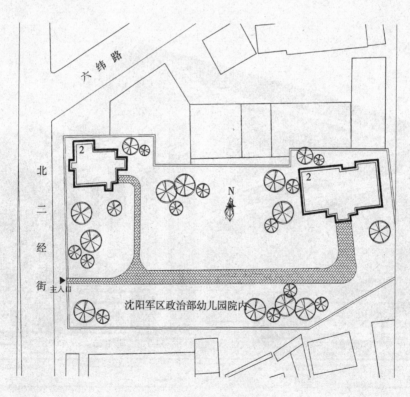

原德国领事馆总平面图

2.46 原辽宁同泽女子中学（现同泽高级中学）

原辽宁同泽女子中学旧址位于沈河区承德街3号，沈阳故宫西侧，怀远门南端，目前是同泽高级中学。这座中西合璧的3层老建筑始建于1928年，由著名爱国将领张学良创办。

张学良自任学校董事长后，用重金从关内名牌大学和留洋归国学者中聘请教员，如第一代校长王刚毕业于英国爱丁堡大学。1928年11月，鉴于学校规模狭窄，校舍陈旧，张学良又拨银元50万，在学校原址上筹建教学楼和宿舍楼，请中国著名设计师杨廷宝设计。1930年新校舍竣工。1945年"八·一五"日本投降后，学校更名为沈阳第一女子中学。1948年11月沈阳解放后更名为市第三中学，仍然招收女学生。1962年，学校更名为市第三女子中学。1989年，成为省重点中学，并恢复建校之初"同泽"校名，保留高中部，更名为沈阳市同泽高级中学。

由于学校坐落在沈阳老城区的中心地带，所以场地很小，只有一座教学楼、一座图书馆兼实验楼和一座宿舍楼，现今保存下来的只有教学楼。该建筑主楼为3层，平面为"T"字形，主入口朝东，每层前面部分布置有教室、实验室、图书室和办公室；中间后部的半地下室是一个可以打篮球的室内健身房，跨度约18m，梁底高度在4.5m左右，木板地面作为学生体育课训练用。它的上面是一个设有小型舞台和回廊的千人礼堂，1层是活动座位，矮矮的窗台，精细的硬木装修，空间显得十分通透。礼堂入口的墙面设计得体，中间一面大镜子，两边各有一大门，线条不多，折衷式风格简练而端庄。

后面大空间的风雨操场和礼堂与前面小空间的教室、办公室等巧妙地通过楼梯连接在一起。主入口外有3步台阶，进门后，经过一段15步的宽敞的直跑楼梯，便进入到了2层，从2层中部两侧对称布置的双跑楼梯可上到第2层或下到底层，它是整座建筑的交通枢纽。同泽女中直达2楼的大楼梯，不仅没有造成环境的拥挤，进门之后的大台阶反而给大厅增加了纵深感，同时丰富了空间层次。由于沈阳冬天寒冷，利用楼梯把厅分为上下两部分处理，入口厅挡住了寒气，在功能上也十分合理。

该建筑外观采用清水红砖墙、水泥粉刷。色彩沉着优雅，比例、尺度和谐，整体风格受到欧洲近现代建筑影响，其竖向划分明确，因而建筑整体的纵向感非常强，给人以挺拔、壮观的感觉，体现着青年学生的勃勃生气。这所20世纪20年代的教学建筑，体现了当时摩登建筑的风格。

原辽宁同泽女中现状外观

原辽宁同泽女中现状入口

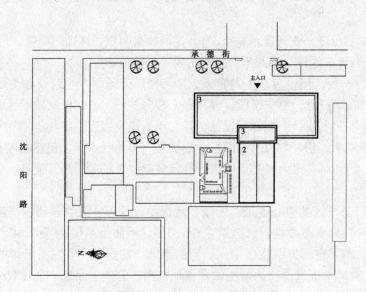

原辽宁同泽女子中学总平面图

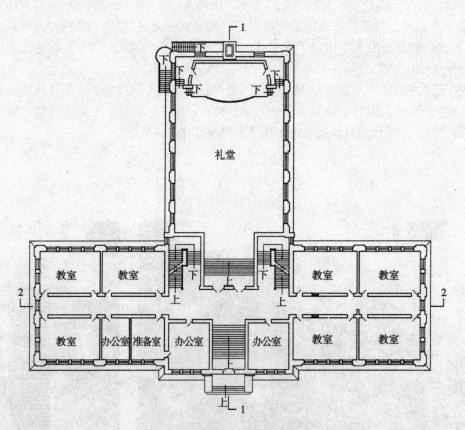

原辽宁同泽女子中学1层平面图

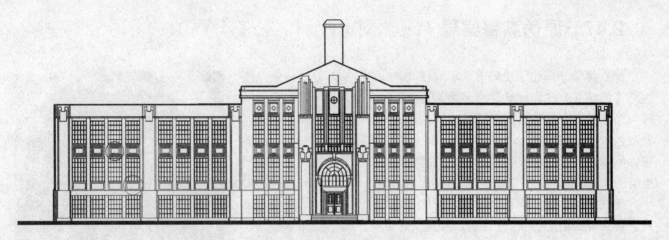

原辽宁同泽女子中学东立面图

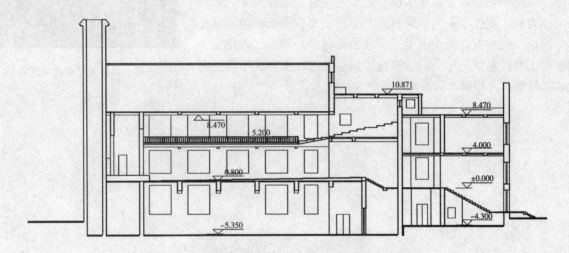

原辽宁同泽女子中学剖面图

原辽宁同泽女中现状庭院

原辽宁同泽女中现状礼堂

2.47 原伪满警察局（现沈阳市沈河区公安分局）

原伪满警察局位于沈阳市东华南巷与盛京路的交汇处。建筑风格为略带传统装饰的现代建筑，三面以红色面砖饰面，唯背立面采用了较为简化的水泥砂浆面层。当时的日本国人对于裸露的混凝土罩面以及灰色斩假石饰面提出质疑，认为有砖饰面的建筑才更人性化、更美观，所以19世纪30年代在日本国内刮起了面砖饰面的建筑风，在沈阳也有所体现。

建筑地上3层，地下1层，总面积约1590m²，平面布局为中走廊式，现在3层都作为办公室使用，垂直交通由一部两跑楼梯承担。建筑结构为钢筋混凝土框架结构，处理简洁，忠实地反映着室内的空间形式与功能需求，仅在勒脚与檐口部分略做处理。建筑入口从平直的立面中凸出于建筑前面，其顶部和整幢建筑屋顶都做成镶嵌着筒瓦的小披檐，以此与附近的故宫建筑群形成某些关联。勒脚为灰色水刷石，开半窗为地下室提供采光；屋身除主立面及侧立面饰红色面砖之外，背立面用水泥饰面，窗周围用墨绿色面砖镶嵌；稍做凹入檐口上方的小披檐上为红色筒瓦屋面。建筑整体风格简洁、大方，不似西方古典建筑那般繁琐、华丽，具有分离派建筑的味道。

原伪满警察局现状外观局部

原伪满警察局现状外观

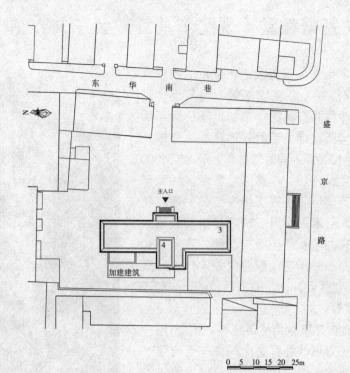

原伪满警察局总平面图

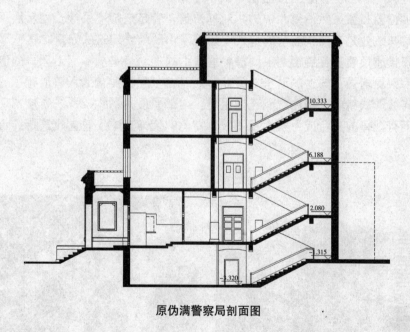

原伪满警察局剖面图

2.48　原东关基督教堂（现沈阳基督教会东关教堂）

沈阳基督教堂，原名为东关基督教堂，位于沈阳市大东区东顺城街三自巷8号。1872年英国基督教传教士、苏格兰牧师罗约翰来沈阳传教并在此建立教堂，于1889年落成，成为英国长老会分会所在地。当时，这座教堂是东北最大的基督教堂，可容纳1000多人同时做礼拜，有教徒3300余人。1900年被义和团焚毁，1907年在原址重建。1931年"九·一八"事变后，英国、丹麦等国传教士被驱逐。教会、学校、医院等多落入日本人手里。1945年抗日战争胜利后，东关基督教堂又开办了女子圣经神学院，直至1950年被沈阳市轻工局所创办的一所高级职业学校取代。"文革"（1966年）中，礼拜堂受到冲击，宗教活动停止。1979年12月23日又正式恢复宗教活动。

沈阳市基督教东关教会建筑采用框架结构，地上1层。平面成对称布置，两个长方形的礼拜堂之间夹一个方形的钟楼。早期建筑仅为东面的一个矩形礼拜堂，一座高耸的三重檐的中式钟塔在它的北侧。现在所建的钟塔被移到南侧新、老两个礼拜堂之间，形式也被简化，建筑的规模扩大了一倍，外观形象亦发生了很大变化。门窗形式丰富，有小圆窗、曲线形窗、长方形竖窗、弧形窗，门为圆拱

原东关基督教堂现状外观局部

形，这些样式各异的门窗布置虽然沿南北中轴线对称布置，看起来却不呆板，相反由于处理巧妙而显得生动。该教堂最耐人寻味之处是在西式教堂的样式中融入了中国传统建筑的元素，进行了本土化的尝试。中国传统样式的四角攒尖屋顶覆盖在钟楼之上，攒尖屋顶的视觉动势是从四周沿屋脊向中心的尖顶汇聚，而尖顶上矗立着的十字架更增强了向上的动势。另外一处是在东部礼拜堂的入口前建了一个简化的传统中式门廊。红漆木柱，雀替形式简单，构件之间连接粗糙。内部屋顶的木构架系统直接裸现于礼拜堂之中，构件的深沉色调丰富而有规律的交合成为室内空间极具特色的装饰。这座教堂建筑是结合当地条件所进行的

原东关基督教堂现状外观

原东关基督教堂现状室内

本土化尝试，虽然中外两种异质建筑元素的结合显得生硬，但是这种适应当地特点的创作意向是值得肯定的，体现了建筑艺术作为一种创造性活动的特征。

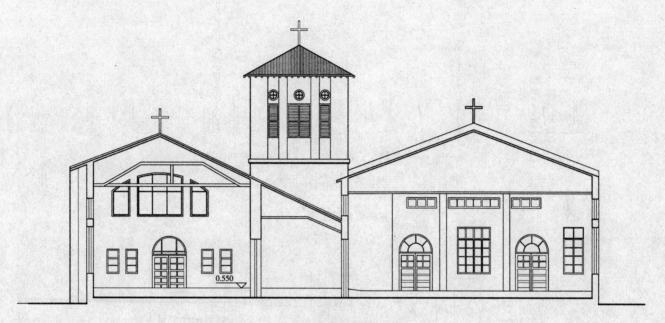

东关教堂剖面图

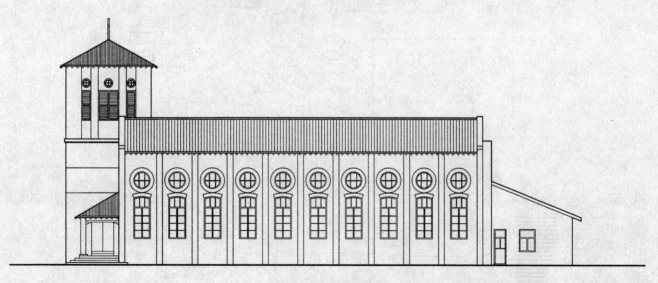

东关教堂东立面图

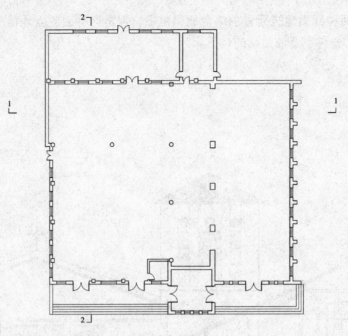

东关教堂平面图

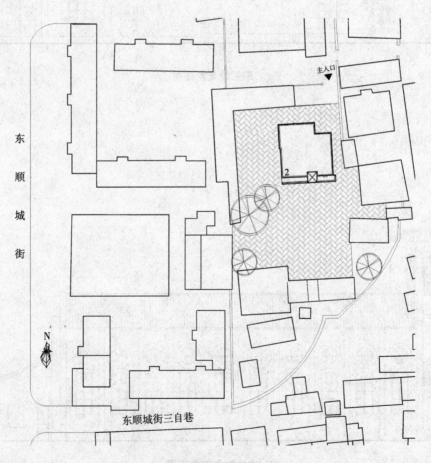

东关教堂总平面图

2.49 原吴俊升住宅（现大东区委武装部办公室）

原吴俊升住宅位于大东区小河沿路22号。建筑占地面积为3600m²，砖木结构。建筑坐北朝南，四周曾筑有高大的青砖围墙。正门房两侧设有铁门。大院内的东侧有一组四合院，风格独特，形式古朴，内外走廊的雕刻技艺精湛。主院的正面，原来准备建3层楼房并带地下室，因故只建了1层，现有的2层建筑是沈阳解放后补建的。

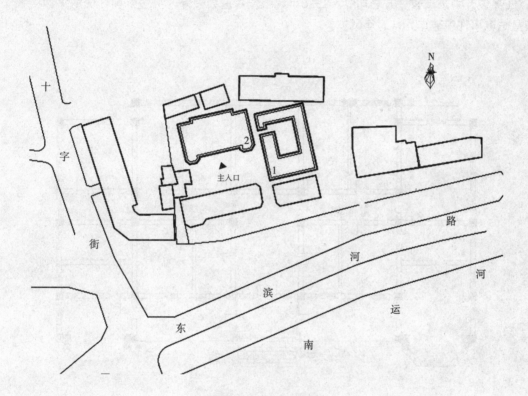

原吴俊升住宅总平面图

原吴俊升平房住宅现状外观

原吴俊升楼居住宅现状外观

吴俊升，原名兆恩，字兴权，1863年11月21日生于辽宁昌图。他17岁入伍当骑兵，后因剿匪有功而晋升为统领官，直至陆军少将。1913年，升任林西经洮地区守备司令官，实力和地位与张作霖相当。袁世凯欲当皇帝，张作霖和吴俊升为其摇旗呐喊，后全国讨伐袁世凯的声音愈加强烈，吴俊升一反常态支持"奉天人治理奉天人"的主张，与其密谋赶走"段芝贵"夺取奉天军政大权，吴俊升始终站在张作霖一边。张作霖为感谢吴俊升，奏请中央建29师，升吴俊升为师长，但中央政府未同意，张作霖先斩后奏而成。张作霖在称霸黑、吉两省的过程中吴俊升成为得力助手。1921年，经张作霖举荐，吴俊升任黑龙江省督军兼省长。1924年，第二次直奉战争，吴俊升作为第五军军长。1925年，郭松龄返奉，吴俊升为讨逆军总司令，击败各部为张作霖立大功。1926年他与孙传芳等人拥护张作霖为安国军总司令。1927年张作霖派张作相和吴俊升等留守东北，任吴俊升为东三省后方总司令。1928年，张作霖退兵关外，吴俊升前往山海关迎接张作霖返奉，6月24日在皇姑屯事件中被炸死，时年65岁。

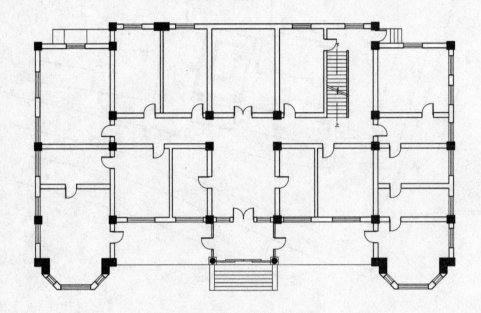

原吴俊升楼居住宅1层平面图

原吴俊升楼居住宅南立面图

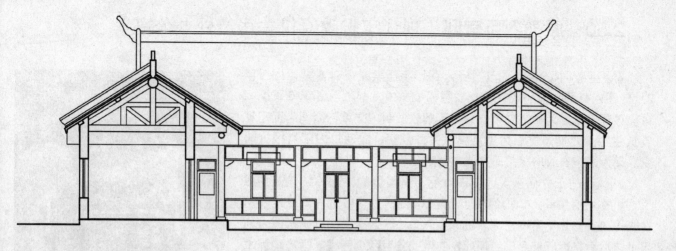

原吴俊升平房住宅剖立面图

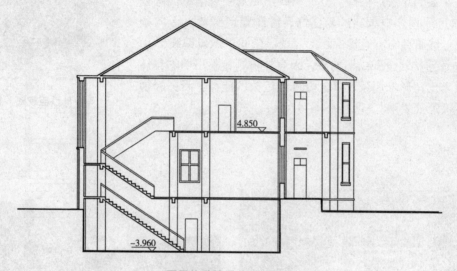

原吴俊升楼居住宅剖面图

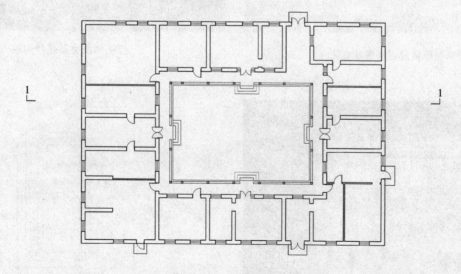

原吴俊升平房住宅平面图

2.50 原孙烈臣官邸（现辽宁省政府机关房产处办公室）

　　孙烈臣，字占鳌，后改赞尧，1919年任黑龙江省督军，1921年3月转任吉林督军兼省长。第一次直奉战争中，孙烈臣任镇威军副司令。该建筑初始为私人住宅。1949年解放后到"文革"期间为辽宁省省长住宅。"文革"后为省直属机关办公室，故建筑内部有很大改变。现为辽宁省政府机关房产处办公室。

　　从朝南的正立面来看，左右对称，是明显的中国传统建筑构图形式。在主房中间入口处沿踏步上至1.42m，为连接主入口及左右两次要入口，室外平台有栏板。进入主入口（已封）为门厅（已改为他用），然后是过厅及后门；门厅左右两侧各有两个开间。室内均为木地板。主入口处平面为半圆形曲线。立面有四组做法不规范的西洋壁柱，柱头为爱奥尼涡卷加中国味的麦穗饰，线脚繁琐细碎。竖向条窗，其上有山花形线脚装饰。有檐部和女儿墙。中间主入口部突出。

　　主体的竖向承重构件全部由墙构成，因有外粉刷看不出墙的具体砌筑方式。屋架为三角形木屋架，其上直接钉望板、挂瓦，无另外横向联系构件。屋顶形式复杂。

原孙烈臣官邸入口现状

原孙烈臣官邸正房现状立面

原孙烈臣官邸现状内院

原孙烈臣官邸现状景石

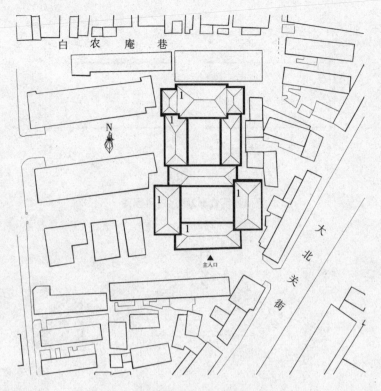

原孙烈臣官邸总平面图

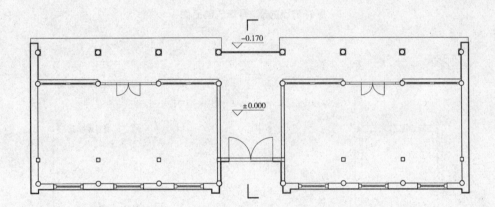

原孙烈臣官邸1号建筑平面图

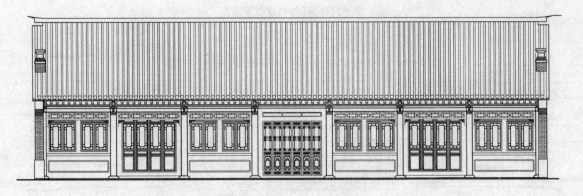

原孙烈臣官邸1号建筑北立面图

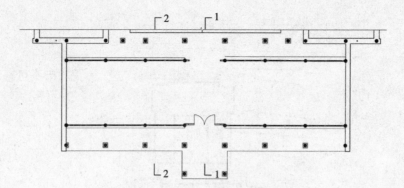

原孙烈臣官邸2号建筑平面图

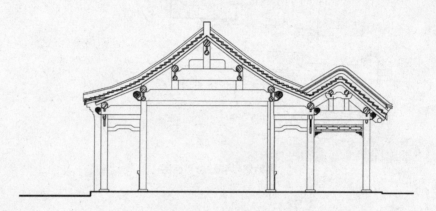

原孙烈臣故居2号建筑剖面图

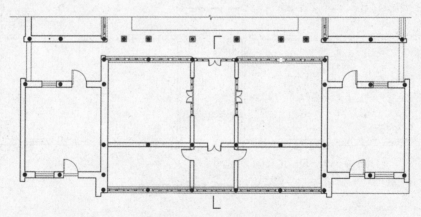

原孙烈臣官邸3号建筑平面图

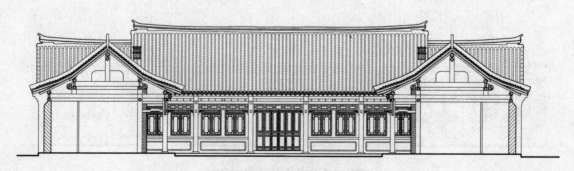

原孙烈臣官邸3号建筑南剖立面图

2.51 原万泉水塔（现万泉水源地）

沈阳万泉水塔，位于沈阳市大东区万泉街一号万泉公园内，被列为沈阳市不可移动文物。它始建于20世纪30年代，是张作霖时期建造的，由中国人设计施工。给水塔为圆形筒式钢筋混凝土结构，内径为13m，有效水深8m（地盘上满），高为37.3m，容量为100t，备有贮水池、泵房。

原万泉水塔现状外观

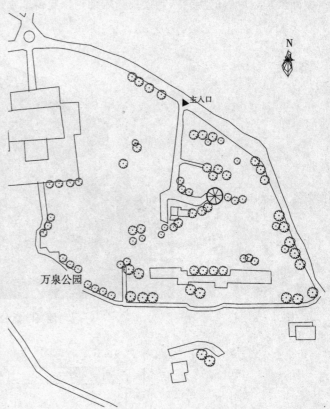

原万泉水塔总平面图

2.52　原杨宇霆公馆（现大东区国税局）

　　杨宇霆公馆位于沈阳市大东区小河沿路青云寺里18号，现为沈阳市地税局大东分局所在地。杨宇霆，字麟阁，在张作霖任27师师长时，被任命为师参谋长。第二次直奉战争胜利后，杨宇霆出任江苏省督办。1926年2月，张作霖任命杨宇霆为安国军总参议，1927年出任第四方面军团长。张作霖被炸身亡后，东北易帜，杨宇霆与常荫槐坚决反对。由于杨、常二人与张学良矛盾日深，张于1929年1月11日将杨、常二人枪杀。

　　杨宇霆公馆是杨宇霆的官邸和寓所，约建于1920年。有主楼1栋，西四合院1处，东四合院1处（早已拆除）。公馆占地面积2640m²，建筑面积1165m²。主楼为仿欧洲古典主义建筑，砖石结构。主体2层，局部3层。建筑1层开连续拱窗，以砂浆风格装饰墙面，2层设爱奥尼壁柱支承屋面，并且用净瓶栏杆增加水平联系。为突出入口，设置了高台阶烘托，并且入口处2层墙面升起丰富屋顶造型。厅内墙面和顶棚均为木雕，装饰豪华。厅内的旋转木制楼梯精雕细刻，显得非常精美。四合院有正房5间，东西两侧各有厢房4间。

原杨宇霆公馆现状外观

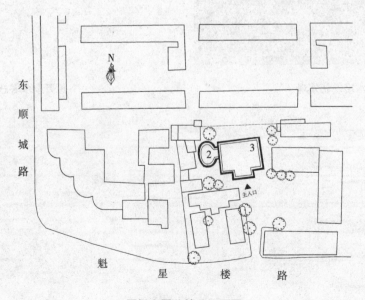

原杨宇霆公馆总平面图

196

原杨宇霆公馆现状鸟瞰1

原杨宇霆公馆现状鸟瞰2

原杨宇霆公馆四合院现状外观1

原杨宇霆公馆四合院现状外观2

原杨宇霆公馆现状室内

原杨宇霆公馆现状庭院

2.53　原奉天纺纱厂（现金苑华城住宅小区售楼中心）

原奉天纺纱厂旧址位于和平区抚顺路66号，始建于1921年，系前"奉天省"省长王永江创办，是我国民族工商业兴起的标志物之一。1929年，中国共产党卓越领导人刘少奇等老一辈无产阶级革命家曾在此领导工人运动。奉天纺纱厂的变迁反映了民族工商业的兴衰，同时也是日本帝国主义在经济领域侵略中国的实证。它具有革命文物的性质，是对广大青少年进行爱国主义和革命传统教育的场所。原建筑主体为2层，中间上部另起钟楼1层。建筑以钟楼为中心呈对称布置，形成横3段、纵5段的立面构图。平面为山字形布局，以入口门厅为中心，两侧布置办公用房。该建筑采用中西合璧的构图手法，即中国传统的木屋架、上覆盖灰瓦形成的纵横相交的坡屋顶；立面采用的是拱券式门窗，1层甚至用了连续券，阳台的栏杆是西方古典建筑中常用的花瓶，立面的装饰细部用了简化的三角形山花和檐口线脚。建筑采用的是砖木结构，三角形木屋架、木椽条和木望板，室内外的墙体则由青砖砌筑。在20世纪90年代由于房地产开发，原建筑被拆除，现在的建筑是仿照原来的基本形式重新建造而成。新的建筑从当前的使用功能出发，比原建筑增加了1层。新建筑在一定程度上改变了原建筑的比例关系，而且门窗、山花、檐口、栏杆等装饰细部都有不同程度的改动。原建筑立面的凹凸变化所形成的光影效果，在新建建筑中仅以涂料绘制的平面图案所代替。即便如此，建筑当年的影廓终得以保留。

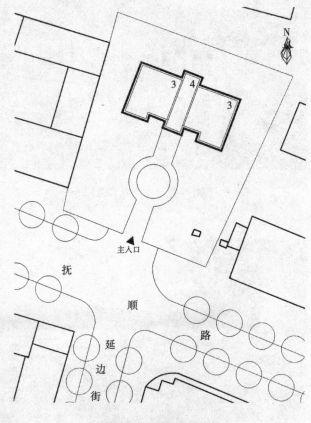

原奉天纺纱厂总平面图

后建奉天纺纱厂外观

已拆奉天纺纱厂原状

2.54　原奉天邮便局（现沈阳市邮政局）

原奉天邮便局旧址位于和平区中山路50号，现为沈阳市邮政局。1914年，日本人在现在的中山路（当时称"昭德大街"）上，兴建建筑面积2000余m²的2层楼房，第二年竣工。据《沈阳邮政志》记载："1915年10月1日，奉天邮便局由西塔附近迁入奉天铁道附属地昭德大街新建楼房办公。"这座奉天邮便局是日本人将第17野战邮便局改革后所建，设立了庶务、邮便、电信三课，办理邮政、电信的全部业务，当时有职工426人。到"九·一八"事变之前，以奉天邮便局为中心的日邮系统已经形成，与中国政府开办的中华邮政公开分庭抗礼。不久，日本将奉天邮便局全部移交给伪满奉天邮政管理局管辖，"日伪"邮政合二为一。在此后的几十年里，这座老建筑始终承担着邮政的工作。该建筑1913年由关东都督府通信管理局工务课、关东都督府民政部土木课（松室重光）设计，加藤洋行（高冈又一郎）施工，1915年竣工。该建筑为砖石结构，地上2层，是日本"辰野式"建筑风格，同奉天驿一样，是沈阳外来红砖建筑的典型代表。红砖的墙体，白色的线脚和装饰带，绿铁皮平缓的坡屋顶，沿中山路纵向分成5段，横向分成3段，两翼角楼上各有一个绿色铁皮的穹顶。主入口以与屋顶结合的半圆形拱券被突出强调，门窗较窄。

原奉天邮便局现状外观　　　　　　　　　　　　　原奉天邮便局现状外观

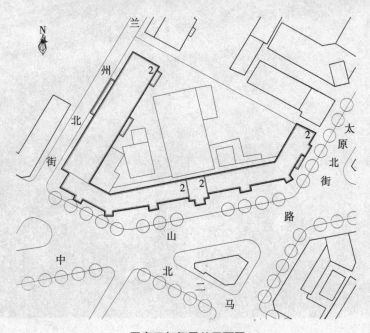

原奉天邮便局总平面图

2.55 原美国花旗银行奉天支行（现澳府酒楼）

美国花旗银行（National City Bank of New York）奉天支行，位于和平区十一纬路10号，为沈阳市级文物保护单位。建筑由美国人设计，1921年竣工，为钢筋混凝土结构，地上2层，地下1层。花旗银行是美国最大商业银行之一，花旗银行奉天支行于1928年设立，位于当时的商埠地十一纬路。开业后，除服务于在沈阳的欧美洋行商社外，还积极扩展中国商民的存放款及汇兑业务，在贸易资金结算上，为中国商号提供方便，开展银元本位制的存贷款，动产和不动产的抵押贷款业务。1928~1931年，花旗银行积极促进奉系军阀同欧美洋行的军火武器贸易，部分军工器材的采购款项通过花旗银行结算。日本经济势力垄断东北，欧美经济势力受排挤，花旗银行奉天支行营业状况极差，于1935年6月关闭。奉天支行建筑平面近方形，建筑地下一层利用自然采光，在建筑东西两侧开窗，东侧4个、西侧3个。该建筑地面上有两层，1层层高为6m，2层层高为3.3m。该建筑的正立面最具特点，正立面由6根爱奥尼柱式组成柱廊，柱式的做法与希腊神庙的柱式构图相似，柱子之上为檐壁，分额枋、三陇板、嵌板，只不过没有了神庙三角形山花。柱廊内底层以门为中轴对称，左右各设两扇通高圆拱窗，窗的宽高比是1:2，窗上部为圆拱形。2层开设方窗，其他三面为

原美国花旗银行奉天支行柱廊现状

两两一组的窄窗，每面三组并与底层高窗一一对应，上下窗之间有横向花纹线脚。整栋建筑采用淡灰色，材料为统一的灰色石材，给人以端庄优美之感。解放后，于1955~1957年为前苏联人所用，1963年归省妇联使用，而后曾先后为沈阳市退伍军人办事处、沈阳市木材总公司，现使用单位为澳府酒楼。

原美国花旗银行奉天支行现状外观

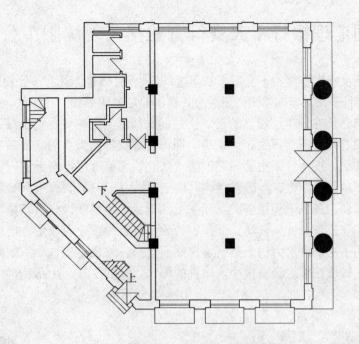

原美国花旗银行1层平面图

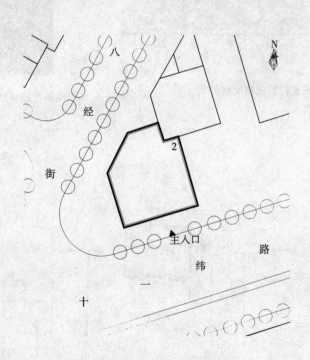

原美国花旗银行奉天支行总平面图

2.56 原法国汇理银行奉天支行营业楼（现沈阳市公安局办公楼）

原法国汇理银行奉天支行营业楼位于沈阳市和平区市府大路165号，现为市公安局办公楼，为"沈阳市不可移动文物"。汇理银行于1875年在法国注册成立，总部设在法国巴黎。1917年，汇理银行来到沈阳设立了支行，主要业务是扶持法国在旧中国投资的工矿企业，操纵奉天金融贸易和信贷等金融活动，并发行纸币。日军占领沈阳后，将汇理银行强行关闭。伪满时期，汇理银行成为伪警察署所在地。沈阳解放初期，汇理银行曾为北市区公安局，现为沈阳市公安局刑警支队。法国汇理银行奉天支行营业楼建于1924年，占地面积6700m²，建筑面积1135m²。建筑为砖混结构，地上3层，地下1层。建筑有典型的法国特色，风格庄重，形式对称，有仿古情调。建筑采用孟莎式屋顶，上铺设绿色鱼鳞状铁皮瓦，屋面坡度有变化，屋顶上部比较平缓而面积较少；屋顶下部比较陡峭，面积都较大，并且屋顶设有圆形老虎窗。在外墙面材质处理上，建筑效仿文艺复兴的手法，底层为仿天然石块作贴面材料，材质粗犷，上下之间勾宽缝，左右之间勾细缝。主墙体采用红砖，砖质细腻，缝隙很小。出挑的阳台、颈瓶栏杆、牛腿构件以及窗周围的斩假石装饰都体现了这座法国建筑的精美之处。

原法国汇理银行奉天支行营业楼现状外观

原法国汇理银行奉天支行营业楼现状窗及阳台

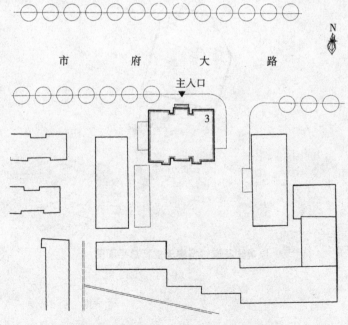

原法国汇理银行奉天支行营业楼总平面图

202

原满铁铁道总局舍附馆

2.57　原满铁铁道总局舍附馆（现辽宁省人民政府太原街2号办公楼）

　　原满铁铁道总局舍附馆旧址现为辽宁省人民政府太原街2号办公楼，被列入沈阳市不可移动文物名录。满铁成立于1906年，是日本侵略和掠夺中国东北的重要综合性机构。奉天铁道总局当时为日军关东军第29联队练兵场。1934年，日本决定在此兴建满洲铁道总局大楼，1936年10月31日建成。满铁改组铁路管理机构，将原来的铁道部、铁路总局、北满铁道管理局、铁道建设局合并，在奉天设立铁道总局。后又在其南侧另建一幢规模更大的办公楼用作满铁铁道总局舍，此楼改作它的附馆。

原满铁铁道总局舍附馆现状外观局部1

原满铁铁道总局舍附馆现状外观局部2

原满铁铁道总局舍附馆总平面图

沈阳满铁铁道总局舍（附馆）旧址由满铁铁道总局工务处（狩谷忠磨）设计，福昌公司施工。该建筑原平面为"凹"字形，以主入口门厅为中心呈对称平面布置，主入口门厅内设有一部三跑疏散楼梯和两部电梯。另外，在两翼各有一个次入口，次入口门厅内各设有一部三跑疏散楼梯。在两翼尽端，1~4层靠近疏散楼梯分别设有两个大会议室，其余各办公用房和附属用房均布置在走廊两侧。1~4层的平面布局基本相同。5层只有主体部分，主楼梯两侧分别是两个多功能大空间。只有主楼梯升至6层。后期在主入口的后面又加建了一栋"T"字形坡屋顶建筑。该建筑总高5层，前面中间部位局部6层，钢混框架结构，总面积为16581m²，是当时大型建筑之一。它左右对称，强调中部高起的体量造型，是20世纪30年代日本官厅式建筑的常用手法。中部塔楼和檐下都运用了中国传统的符号装饰。入口大厅走马廊等细部也运用了中国传统的花棂格子，落地的白色列柱与有收束的檐部以及用混凝土做出的带有鸱尾的小屋顶。屋顶的出檐两端略有起翘，两翼之女儿墙均做成了钩阑的形式，以营造现代与传统兼备的氛围。

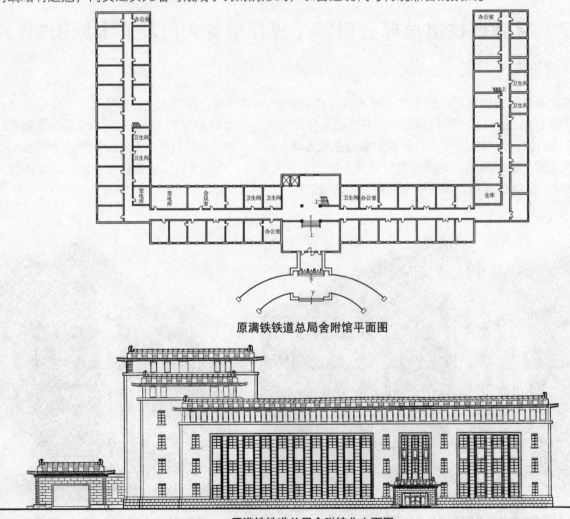

原满铁铁道总局舍附馆平面图

原满铁铁道总局舍附馆北立面图

2.58　原奉天中学校（现东北中山中学）

原奉天中学校，现为东北中山中学，位于和平区南昌街13号。建筑为砖石结构，地上3层，地下1层。建筑由满铁建筑课高松丈夫设计，冈田工务所施工，1922年5月22日竣工。建筑平面以入口的中央大厅为中心呈基本对称布局，大厅两侧布置教室、活动室等房间。1层大厅后面紧挨着布置一个单层礼堂。平面流线清晰、布局紧凑合理。建筑造型简洁，没有繁琐的装饰。建筑立面上的窗均以3层通高的窗套形成富有韵律感的竖向划分，使只有3层高且以横向展开的建筑具有挺拔之势。为了突出主入口，在主入口处设廊柱，廊柱之上是凸出主体建筑的混凝土半圆形平台。平台之上是由主体建筑墙面砖出挑而形成的3开间的巨大半圆形双层

原奉天中学校现状主入口

拱券，拱券之下是3个连续券形成的3个半圆拱窗。这与整幢建筑3层的半圆拱窗相协调。另外，在建筑的檐口由清水混凝土形成具有西方古典建筑风格的水平向装饰，在3层半圆形拱窗的圆心位置设有两条水平向线脚。整幢建筑采用红砖砌就，点缀以少量的灰色混凝土和二三层窗间墙之间的白色装饰块。1921年6月11日始建，主要作为满铁中日本员工子弟接受教育的学校。1936年改称沈阳第一中学校，1950年东北人民政府财政部辽宁省商业厅作为办公楼，1955年改为沈阳市第39中学，1996年改为东北中山中学。

原奉天中学校现状外观

原奉天中学校室内楼梯

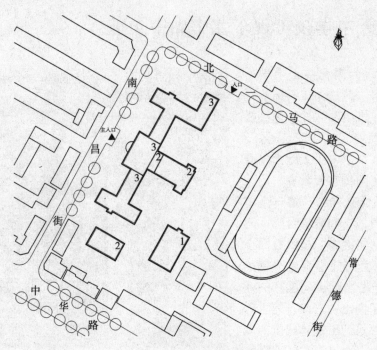

原奉天中学校总平面图

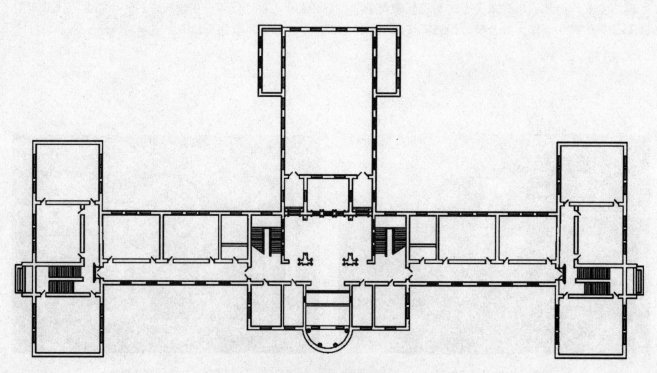

原奉天中学校1层平面图

2.59 原奉天千代田小学（现东北育才学校）

原奉天千代田小学位于沈阳市和平区南一马路100号，现房为东北育才学校所用，被列入沈阳市首批不可移动文物名录。千代田，日本的地名。千代田小学是日本侵华时期，一所专门招收日本在华侨民子女的学校。1945年日本投降后日本侨民陆续回国，小学停办。千代田小学始建于1927年4月，全称是教育专门学校附属千代田小学。1927~1932年称为满洲专门教育学校附属小学校，1933~1936年称为奉天千代田寻常高等小学，1937~1940年称为奉天千代田小学，1941~1943年称为奉天千代田小学在满国民小学，1944~1945年称为富士青年学校，1945~1946年称为沈阳千代田国民学校，1947年9月长白师院学生迁入，后迁之抚顺。1949年，在老一辈无产阶级革命家、教育家张闻天、徐特立等人的亲切关怀下，于奉天千代田小学的原址上创建了东北育才学校。目前，老照片上的教学楼仍在使用，校园也大抵保持着当年模样，但条件已经大为改善，而且这只是东北育才学校的初中学部。当年的操场虽然是土场，但是各种体育设施比较齐备，而且还有室内体育场，能够满足师生锻

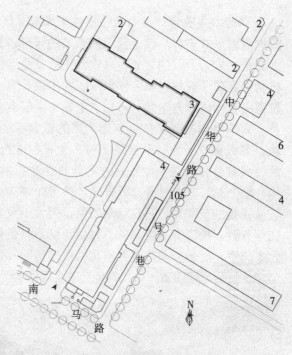

原奉天千代田小学总平面图

炼身体的需要。保存下来的教学楼地上3层，砖石结构，设计单位是满铁建筑课。平面呈"一"字形，功能合理。入口部分左右两个对称的楼梯直通楼上部分，左右尽端各有一个楼梯，并设有直接的对外出口。平面四组楼梯极大地满足了当时学生的正常使用和必要的疏散要求。教师办公室集中在各层的中央部分，教室用房分设在两旁，以内廊连接。沈阳最初的红砖建筑是由日本移植而来。该所学校建筑的外墙即采用了红砖清水墙，红砖墙与白色线脚交相辉映。整个建筑立面体现出壮丽坚实的风格，檐口用层层水平线脚加以强调，窗间墙以壁柱分割，丰富立面造型。

经过将近60年的发展，如今的东北育才学校已经发展成为在国内乃至世界范围内颇具影响力的名校。今天，这座经历将近百年风雨的老建筑依然完好地伫立在那里，在孩子们琅琅的读书声和欢乐的嬉戏中，越发地彰显出它的沧桑与厚重，仿佛一位老人静静感受着时光的变迁、岁月的蹉跎。

原奉天千代田小学教学楼现状外观

2.60 原日本兴农合作社大楼（现辽宁省国际贸易投资公司）

原日本兴农合作社大楼位于沈阳市和平区和平南大街43号，被列为沈阳市不可移动文物。日本对中国的盘剥形式多样。除了我们所熟知的强取、豪夺、占领以外，还有一些看似"仁道"、"友好"而实际上却是"软刀子"的方式，兴农合作社就是这样。兴农合作社是日本侵略中国东北后建立的一个经济组织机构，它属于农村经济合作组织。伪中央设有兴农合作社中兴会，各省设有兴农合作社省支部，各市、县设有兴农合作社办事处，各村、屯设有兴农会。农民以户为单位，为兴农会的会员，也是兴农合作社的社员。兴农合作社加紧掠夺东北人民的粮食等物资，把东北作为支撑日本帝国主义进行侵略战争的补给基地。各级兴农合作社从经济上对广大农村进行所谓扶植，其实质就是经济掠夺。"八·一五"日本投降后，兴农合作社这一组织，才随着日伪政权的覆灭在祖国大地上彻底消失了。该建筑为办公楼，砖石结构，地上3层，地下1层，平面呈"L"形，按功能要求进行处理。立面造型简洁，没有多余的装饰，屋顶为坡度较缓的灰瓦顶，开窗纵向对位，但大小受功能的影响而变化。主入口设计在层高上突出，使整体造型错落有致。檐口有出挑，外墙贴面为赭石色瓷砖，局部用仿石材料，是现代主义风格的建筑。该建筑最早为康德寮，后曾为前苏联专家招待所、沈阳军区第三招待所，"文革"期间为辽宁省革命委员会办公楼，"文革"后为辽宁省人民代表大会常务委员会，现为辽宁省国际贸易投资公司。

原日本兴农合作社现状外观

原日本兴农合作社现状入口

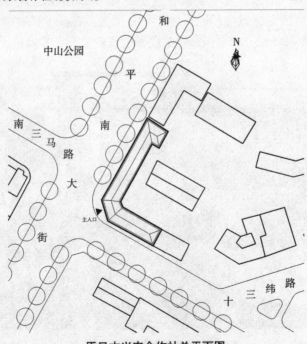
原日本兴农合作社总平面图

2.61 原千代田公园给水塔（现中山水源水塔）

原沈阳千代田公园给水塔位于沈阳市和平区南三马路34号（沈阳市中山公园西南角）。由沈阳市文物局立为沈阳市不可移动文物。1915年1月，沈阳市第一座水源"中山水源"建成，时称"千代田水源"。中山水源水塔是中山水源的重要部分，塔高53.55m，容积1200m³，于1962年停用。中山水源水塔是沈阳市城市供水诞生的标志。"千代田公园给水塔"占地面积160m²，建筑面积380m²，为钢混结构圆筒式建筑，造型为欧洲折衷风格，外有8根承重柱，由塔基、塔身、塔顶组成，塔顶设避雷针。千代田公园给水塔，既见证了90年来沈阳城市供水历史，更是日本帝国主义蚕食、掠夺我国经济资源的罪证。1905年，日本帝国主义在日俄战争中取胜后，便侵占了沈阳，继而将大批日本国民移居到沈阳，为经济、军事侵略做准备。1912年满铁修建原水塔，1915年开始贮水、供水，1928年设计改建。

原千代田公园给水塔1

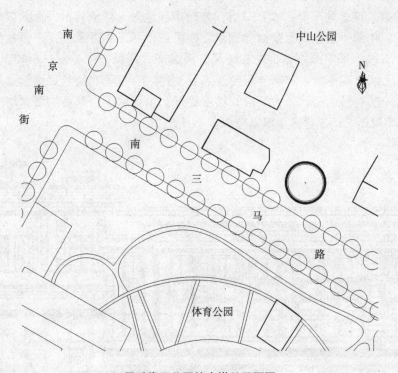

原千代田公园给水塔总平面图

原满洲中央银行千代田支行现状外观

2.62　原满洲中央银行千代田支行（现亨吉利名表中心）

　　原满洲中央银行千代田支行位于沈阳市和平区南京北街312号，1928年竣工，1931年改为大和警察署使用，1945年改为国民党宪兵稽查处使用，1948年改由辽宁省总工会使用，现为亨吉利名表中心。

　　该建筑为砖石结构。建筑地上3层，地下1层，外轮廓随地形呈弧形转折，正入口设在弧形转角处，并且门前设有多级台阶，构图手法参照巴黎卢浮宫东立面手法，"三平五竖"，遵循古典主义建筑构图的基本原则。横向展开为五段，即中部主体、左右两翼、两端部，两翼与中央部分相较，略为跌落。建筑在2层设有连续阳台增加了水平联系，中间部分阳台升高到3层并用4根爱奥尼柱式承起，更加强调出建筑主入口。纵向为三段式，一层有假山石作为台基段，结实稳健，中间层是由厚重的墙体与凹凸阴影变化的柱廊交替组成，形成了虚实对比，顶部是多重厚重檐口。

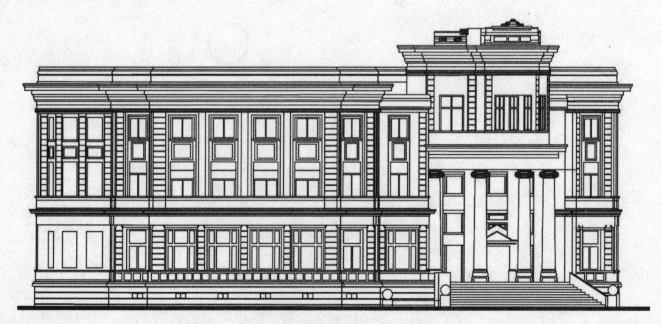

原满洲中央银行千代田支行南立面图

原满洲中央银行千代田支行现状外观局部1

原满洲中央银行千代田支行现状外观局部2

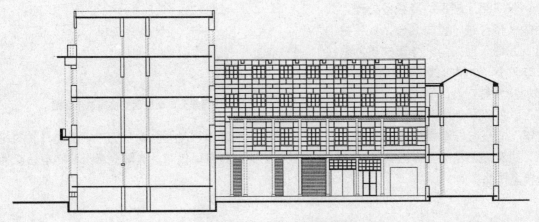
原满洲中央银行千代田支行剖面图

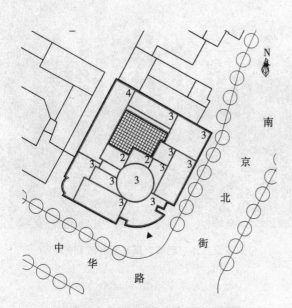
原满洲中央银行千代田支行总平面图

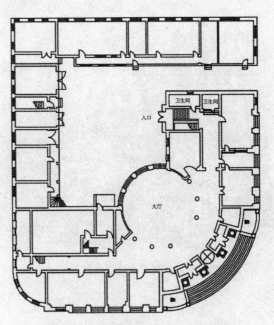
原满洲中央银行千代田支行1层平面图

2.63　原奉天自动电话交换局大楼（现沈阳市电信局电信三分局办公楼）

　　沈阳原奉天自动电话交换局大楼位于沈阳市和平区太原街34号，被沈阳市文物局立为沈阳市不可移动文物。1936年奉天中央电话局建成，后改称为春日分局，1945年日本投降后成为沈阳电信局机械修配所，1955年称电话三分局，1985年为市电信局电信三分局办公楼。该建筑1927年由原关东厅内务局土木课设计，1928年建成。该建筑为3层钢筋混凝土结构，建筑面积2900m²，立面处理相当简洁，底层用仿石材料，二三层墙面贴黄色面砖，顶部用水泥砂浆罩面。立面造型已相当净化，仅采用了较密的竖线条处理，即通过立面的扶壁柱进行竖向划分，扶壁柱的柱头高出女儿墙，形如向外伸出的植物的枝茎。主入口较小，呈拱券式，入口上面有3根直达顶部的扶壁柱。设计者本人称其为"现代哥特式"。当现代新风吹来的时候，"西

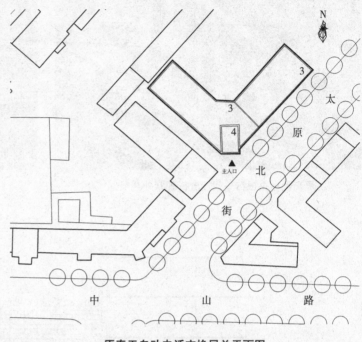

原奉天自动电话交换局总平面图

洋复古建筑"与现代思潮相结合而形成现代风格，表现为体量组合及立面构图仍追求历史样式的均衡、对称、稳重，建筑局部保留西洋图案装饰，但整体风格简洁且具有现代感。沈阳原奉天自动电话交换局是其中的一个典型作品实例。

原奉天自动电话交换局现状外观

原奉天自动电话交换局现状外观局部

2.64　沙俄东正教堂

　　沈阳沙俄东正教堂位于和平区图门路72号。该建筑为砖石结构，仅1层。建筑高约10m，占地面积约15m²。通体圆形，西面有拱券式门，东面凸出圆形部分，上有空透"十字"装饰该建筑为青石砌筑底座和墙体，帐篷顶上加了一个铜绿色葱头形的穹顶，穹顶为绿色，在鼓座上有花瓣形装饰，内部十分狭窄、幽暗，不宜于宗教仪式，它如同一座纪念碑，庄重、典雅，是沈阳唯一一处典型的俄式古典建筑。该建筑建于1909年。当时，日俄战争已经结束，沙俄以失败告终，日本侵略者占领了沈阳。经过当时的日本驻奉天总领事馆同意，沙俄当局才得以在西塔地区建立这座相当于"日俄战争纪念碑"式的教堂建筑，主要是为祭奠在"日俄战争奉天大会战"中阵亡的官兵。随后，这里便成为埋葬沙俄官兵遗体的墓地。该建筑，是专门用来供人们祭奠沙俄阵亡亡灵的。今天它已经成为沙俄、日本帝国主义侵略我国东北的历史见证。

沙俄东正教堂现状外观

沙俄东正教堂现状外观局部

沙俄东正教堂现状入口

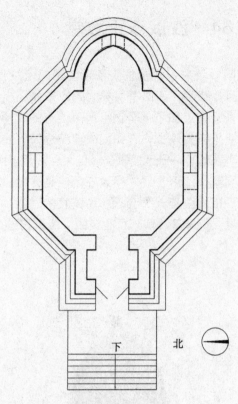

下　　　北

沙俄东正教堂平面图

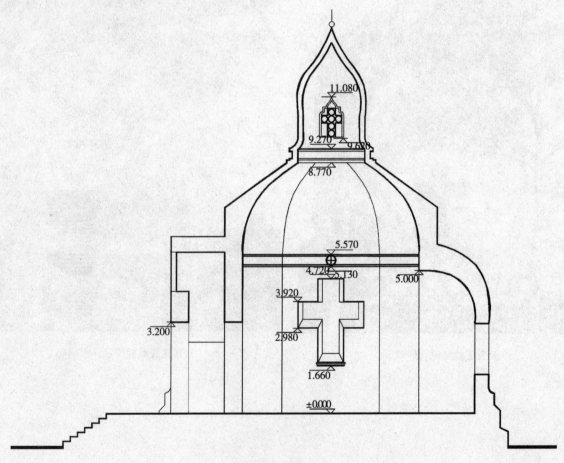

11.080

9.270　　　9.620

8.770

5.570

4.720　5.130

3.920　　　　　5.000

2.980

3.200

1.660

±0.000

沙俄东正教堂剖面

2.65 原张作霖时期水会（现西城故事咖啡馆）

　　沈阳张作霖时期水会旧址，位于和平区延边街，是沈阳市不可移动文物之一。该建筑平面为"V"字形，最初作为办公建筑使用，但由于近年将其改造为一个咖啡馆，室内已经和当初的布局大相径庭，全无当时的风貌。该建筑是典型的"洋门脸"式风格，砖墙承重，木屋架、坡屋顶、木楼梯等均是中国传统建筑的典型做法，唯有沿街的立面，特别是主入口采用西方古典建筑的构图手法。该建筑的主入口有两根通高的爱奥尼柱式，其柱头与檐部的纹饰、比例的处理与古罗马的爱奥尼柱式别无二致。另外，主入口两侧的墙身上端的精美雕饰、线条繁琐的厚重檐口、上下窗之间浮雕式的简化图案均具有西方古典建筑的意蕴。

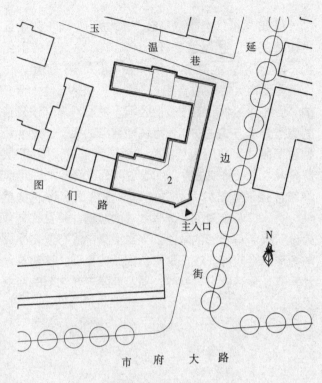

张作霖时期水会总平面图

　　水会是清末民初民间的消防组织，一般由大户商家牵头，串联附近的中小商户共同协商成立，选出会首，制定防火公约，各商户按铺面大小分等级出筹备经费，每月还须按等级交纳一定数目的会费。水会的灭火工具以水车为主，此外还有水龙带、激筒、挠钩、梯子、水桶和灯笼等。起初的水车没有轮子，由人抬着走，后经改进才安上铁轮。水会成员主要由商铺的学徒组成，平时他们在商铺各司其职，救火时由水会临时召集，身穿特制的"号衣"到现场救火，灭火后凭"号衣"领取报酬。成员中还有一些小商贩和看街人以及一些仅尽义务不取报酬的助善员，相当于今天的志愿者。水会除负责本地区的消防任务外，还要主动协助辖区外的消防事务，一些大商号开业或富商人家办喜事，也要邀请水会参加，以防不测……

张作霖时期水会现状外观

张作霖时期水会现状入口外观

2.66 原沈阳藤田洋行（现沈阳秋林公司）

　　藤田洋行现名为秋林公司，位于沈阳市和平区中山路90号。该建筑建成于1923年，建筑为砖石结构，地上3层，地下1层。秋林公司创办于1906年，由白俄罗斯商人伊万·雅克夫列维奇·秋林与他人合开的"伊·雅·秋林有限股份公司"发展而来。该建筑的造型处理方式是20年代附属地商店的典型，立面造型为三段式，底层设置橱窗，顶部为檐口，中间3层部分从立面上看为2层。外墙贴赭石色瓷砖加白色装饰带，强调建筑转角处的处理。在墙面上设有扶壁柱，主入口及窗口的装饰有欧式的痕迹，并且在转角处设有绿色扁圆形的穹顶，平面呈集中式布置，平面与地形结合较好，在三角形端部形成楼梯。该建筑设计考究，保存完好，秋林公司及其建筑在沈阳的商业发展史中占有重要地位。

原沈阳藤田洋行现状外观

原沈阳藤田洋行现状外观局部

原沈阳藤田洋行现状入口

216

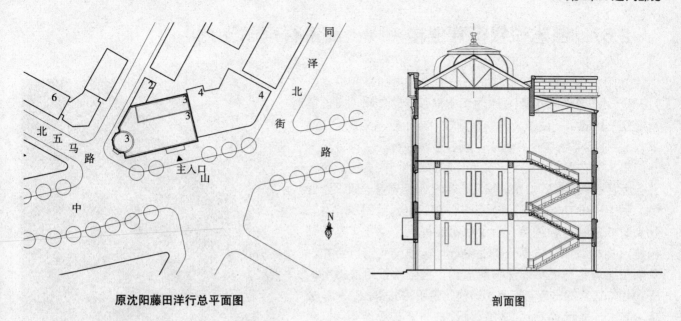

原沈阳藤田洋行总平面图   剖面图

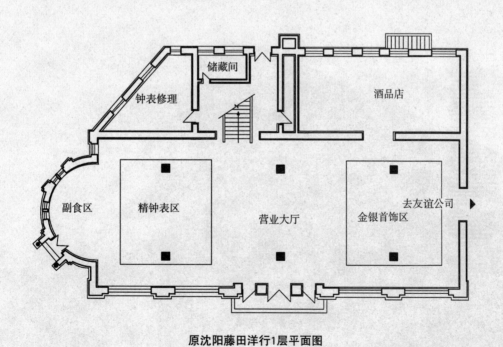

原沈阳藤田洋行1层平面图

2.67　原志诚银行营业楼（现工商银行南站支行）

　　沈阳原志诚银行营业楼旧址位于沈阳市和平区中华路118号。由沈阳市文物局立为沈阳市不可移动文物。志诚银行成立于1933年，由渊泉溥、富森竣、咸元惠、义泰长、锦泉福5家连字号钱庄合并组成，取名志诚银行。总行地址大北门里，并在本市大北关、义光街和赤峰设3处支行。该行业务经营各种存款、放款、贴现、押汇、汇兑等一般银行业务。后于1935年，迁入今和平区中华路118号。1942年7月，伪满政权加强金融统治，指令私营银行进行"强化整备"措施，将志诚银行与奉天实业银行、抚顺德义银行合并，仍保留志诚银行名称。沈阳解放后，在国家银行扶植下，于1948年11月22日重新开业。该建筑建于1932年，1935年竣工。其占地面积3000㎡，建筑面积2000㎡，砖石结构。该建筑地上3层，地下1层，是典型的古典主义风格，入口处设以贴墙爱奥尼柱廊突出银行的宏伟气势，粗犷的建筑材料与细腻的建筑细部形成鲜明的对比，是沈阳近代银行建筑又一杰出力作。建筑平面呈L形，设有两个入口，主入口朝向主要干道，内部人员入口设置在小径。首层平面以营业大厅为中心，主要布置对外功能用房，二三层为内部办公室。

原志诚银行营业楼现状外观局部

原志诚银行营业楼现状外观

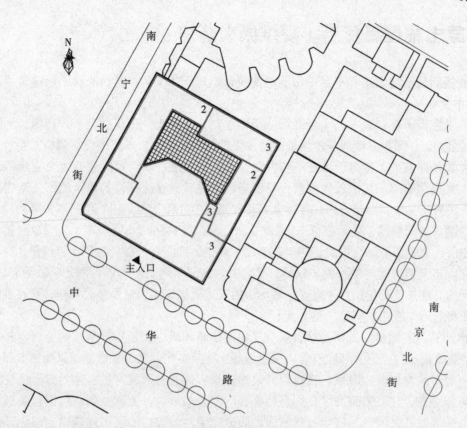

原志诚银行营业楼总平面图

原志诚银行现状入口

原志诚银行大厅内景现状

2.68 原七福屋百货店（现维康大药房）

原七福屋百货店位于沈阳市和平区中山西路南侧，始建于1906年，是当时沈阳所建最早、最大的百货商店。

当1903年沙俄在奉天修建火车站（今沈阳站货场）时，太原街一带仅有几十户商贩，经营日用杂货，日本商人只有30余户。1905年日俄战争沙俄战败，沙俄铁路用地变为日本"南满铁道株式会社附属地"。自从日本根据《朴茨茅斯条约》夺得沙俄在华特权后，三井、三菱、小寺、大仓等大企业纷纷来奉天投资，在铁路附属地一带筑路建屋。沈阳近代首家百货商店，也是日商在沈开设的最大的百货商店七福屋此时兴建。后七福屋于1934年又重新翻建。1940年建筑名称改为三中井百货店。1945年日本投降后，由前苏联政府接管，后移交中国。沈阳解放以后，在原来5层建筑之上又加建1层变为6层。东北人民政府曾在此设东北物资交流大会，后改为东北工业陈列馆。1959年改为辽宁真空研究所办公楼。1963年5月1日，经沈阳市人民委员会批准成立沈阳市友谊公司，曾一度与秋林公司合并，1964年划归沈阳市百货公司领导。1970年11月7日改为辽宁轻工产品商店。1983年10月改为辽宁商场。后来该建筑又作为倍思亲大酒楼，现在底层使用者为维康大药房，上面各层用作旅店、网吧、写字间。

该建筑平面外轮廓随地形呈三角形状，填补了由中山路与横纵街道相交形成的空白，其正入口设在东侧锐角转角处。建筑规模地上5层、地下1层，采用混凝土框架结构。建筑立面处理采用古典三段式的设计手法，三段之间用石带装饰作横向联系。檐口部分装饰较重，饰有方形装饰物，并用方形仿柱式装饰构件作竖向划分；屋身部仿古典柱式的装饰壁柱则是檐部竖向划分的延续，上有竖条状纹饰，条形窗两或三个为一组填补在竖向装饰壁柱之间；基座用石材饰面，颇显厚重、敦实，加强了建筑稳定感。该建筑在原中山路上属大体量建筑，然而装饰处理极为简洁，符合建筑的性格，使整个建筑显得大方得体。加建后第6层立面的处理基本保持了原有建筑的风格，如近似的开窗比例及竖向划分。尽管如此，加建的一层使得原有建筑分明的三段式风格有所削弱。

原七福屋百货店东侧现状外观

原七福屋百货店西侧现状外观

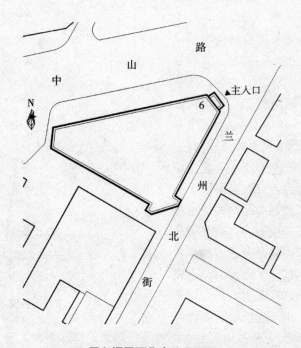

原七福屋百货店总平面图

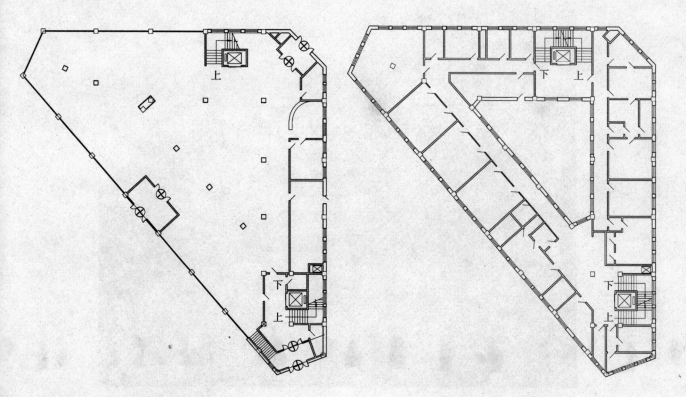

原七福屋百货店1层平面图　　　　　**原七福屋百货店4层平面图**

2.69　原张廷栋寓所（现126中学图书馆）

原张廷栋寓所位于沈阳市和平区四经街军民里2号，沈阳市第126中学院内，建筑面积913m²。建筑规模为地上2层，地下1层，钢筋混凝土结构。建筑内部有装修精美的大型舞厅。楼内雕工细致美观，外墙为水泥砂浆抹面。

该建筑坐北朝南，南立面（正立面）具有法国古典主义构成元素，立面呈三段式，入口处（中部）二层通高前突，1层为门廊，入口处有呈弧形的十级台阶，2层为阳台。入口两侧各有两根两层通高的巨柱式立柱。1层门窗上部均有拱券，并有线脚装饰；2层为竖向长窗，窗上部中央有方形装饰纹样。阳台门较宽，上部呈弧形，门廊顶部饰有山花。建筑上部有突出的檐口，檐上有间断镂空的女儿墙。建筑东立面1层有突出的耳房，顶部为2层阳台，并

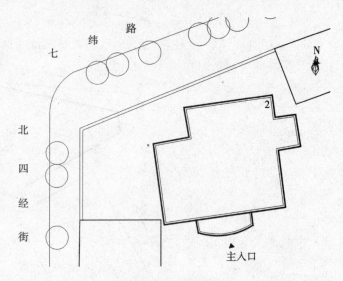

原张廷栋寓所总平面图

有镂空栏板。耳房大量开窗，均为竖向长窗。北立面有突出墙体的方形烟囱。整个建筑采用木制门窗。

张廷栋为张作相之子，任东北军旅长，于1912年被国民党授予陆军少将。其房产于"九·一八"事变后被日伪当局没收。日本投降后国民党沈阳市政府于1947年一次例会决议通过，将房产发还原有产权人张廷栋。1986年将其卖给和平区教育局。现作为126中学图书馆使用。内部基本保持原有风格，于2007年对外立面进行粉刷，现为乳白色。

原张廷栋寓所现状外观

2.70 原万福麟公馆（现中国国民党辽宁省委员会）

　　万福麟公馆位于沈阳市和平区和平北大街北口1段1号，始建于1921年，占地面积2960m²，建筑面积727m²，建筑风格仿"巴洛克"式2层钢筋混凝土结构建筑。建筑外表面罩白灰色水泥，外立面饰有方形壁柱，柱头为"科林斯"式柱头变体，该建筑屋顶似于法国"孟莎式"。一层、二层窗户有窗套，窗套形式也采用欧式手法处理，窗套颜色为红色。万福麟时任安泰镇守使，少将军衔。万福麟公馆是当时典型的为军政要人等上层人物居住的"花园洋房"式住宅。其平面功能、布局、外观设计及室内设备等方面均效仿西欧做法。公馆建于花园洋房建筑的大发展时期，其表现出面积扩大，尺度增大，层数增加的特点。公馆追求豪华、气派，是奉系军阀住宅的代表。

　　万福麟（1880年~1951年），字寿山，祖籍直隶宁河（今河北省宁河县）官庄。农民出身，曾据山为匪，后被编入吴俊升的靖边军。在第二次直奉战争中，万福麟亲临山海关前线督战，立有战功又为平定郭松龄倒戈反奉立功。东北易帜后，任军职于南京政府。官至东北军陆军上将，任黑龙江督军。抗战胜利后，万福麟一度被派任东北行辕副主任、东北行营政务委员会主任。数月，东北解放。1949年，万福麟随国民党政府转赴中国台湾。万福麟将此宅出卖于陈平，后该宅收归公有。"九·三"胜利后，国共在沈阳的谈判就在这座建筑中举行。该建筑原为辽宁省政协使用，现为中国国民党辽宁省委员会办公地。该建筑虽经数次修缮，仍基本保持原有风格。

原万福麟公馆西南侧现状外观

原万福麟公馆现状入口

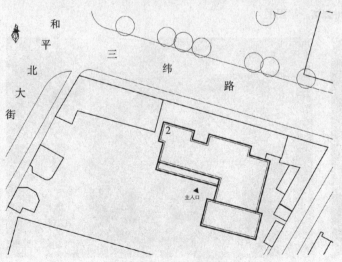

原万福麟公馆总平面图

原万福麟公馆现状外观局部

223

2.71 原于济川公馆（现辽宁省永康实业总公司办公楼）

原于济川公馆位于沈河区中山路196号，紧临沈阳迎宾馆东侧，始建于20世纪20年代，其主楼又称"虎楼"，由法国人设计。该建筑布局基本对称，平面按功能要求进行组织。主楼为坐北朝南的砖混结构建筑，地面3层，地下1层。地下室有半圆形窗户高出地面。建筑室内地面铺设红木地板，主楼门厅前东西两侧以对称式10级踏步弧旋通入楼内。楼梯上下3层正中及左右两侧均有宝瓶式的雕空栏杆，扶手上镶有玉制球状饰物，装修华丽。立面设计受西方古典手法的影响，一楼正门前为四根圆形混凝土柱支撑，半圆弧形阳台上装有古典欧式栏杆。外墙贴面为水刷石罩面和局部的仿石材料贴面，颜色为青灰色。1层墙面上有分割线条。坡屋顶，正立面屋顶凸出，做成三角形式，有壁柱装饰。1层开窗窗洞为半圆拱形，窗洞正中有欧式符号。2层及3层窗户有窗套，窗套形式也采用欧式手法处理，窗套颜色为白色。整体体现为仿西洋古典式建筑。

于济川，1887年生于辽宁铁岭西堡乡。清末入日本陆军士官学校步兵科。毕业后回国，曾两次参加直奉战争。1929年任东北边防军司令长官公署高级参议。"九·一八"事变后，在北京闲居。建国后，曾任政协辽宁省第三届委员会委员，1959年在北京病故。

该建筑解放后曾先后为军事政治部第二办公楼、沈阳市爱卫会办公楼、红十字会办公楼、民进民盟办公楼，"文革"期间军区政治部用为卫生所、革委会办公楼，1983年改为沈阳市财政局，1985年改为沈阳市人民代表大会委员会，现为辽宁省永康实业总公司办公楼，是沈阳市级文物保护单位。

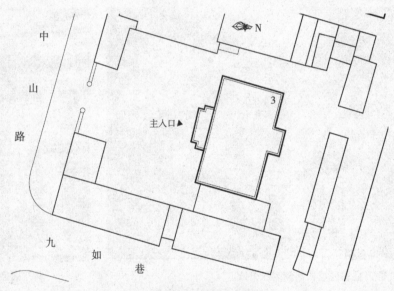

原于济川公馆总平面图

原于济川公馆外观

原于济川公馆现状庭院一角

2.72 原奉天放送局舍（现辽宁省广播电台播音楼）

原奉天放送局舍位于和平区光荣街10号，辽宁省广播电台院内。

沈阳最早的广播电台成立于20世纪20年代。当时在世界广播电台日益发展的形势下，由东北无线电长途电话监督处长张室首倡，并受到张学良的积极支持，兴建了沈阳、哈尔滨两座广播电台。沈阳台址选在商埠地马路湾（现辽宁省人民广播电台院内），委派曹恩敷（东北无线电专门学校工程班毕业）与德国西门子公司工程师罗西士共同负责安装广播发送机全套设备，于1928年10月正式播音。1933年，日伪在东北建立"满洲电信电话株式会社"，接管哈尔滨、沈阳、大连放送局，并决定在现址建造奉天放送局舍。奉天放送局舍由满洲电信电话株式会社营缮课设计，池内市川工务所施工，于1937年6月10日开始建设，至1938年4月30日竣工，同年改为奉天中央放送局，并进行扩建，增设两个播音室和一个演奏室。1945年又改为沈阳广播电台，解放后改为辽宁省广播电台。现为辽宁省广播电台播音楼，其入口在建筑北侧，外设有门廊。

这个建筑面积仅有3000余㎡的1层建筑（局部有小塔屋、五脊顶形式）采用钢筋混凝土结构，立面划分为三段式——上段为黄琉璃披檐，檐下为装饰作用的斗栱层；中段墙身由黄褐色面砖贴饰，与勒脚的白水刷石饰面形成色彩与轻重的对比。通过这些细腻的手法及对比例的适度掌握，使得立面形成视觉上的三段式，既丰富又适可而止，是现代与传统相结合的成功范例。

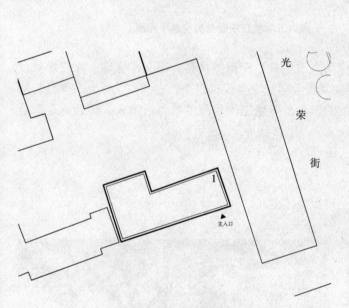

原奉天放送局舍总平面图

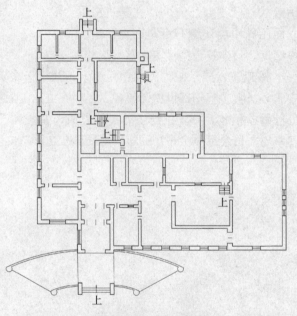

原奉天放送局舍1层平面图

原奉天放送局舍2层现状外观局部

原奉天放送局舍现状外观

2.73　原九三学社辽宁省委员会（现沈阳某部队住宅）

原九三学社辽宁省委员会位于和平区南一马路106号，毗邻中山公园。

该建筑为砖混结构，建筑主体3层，局部2层。坡屋顶，外檐沟排水。坡屋顶山面处理成卷涡状，颇有特色。其他的立面，尤其是沿街立面上，也加有卷涡状及方形的山花形构件，以满足立面构图的需要。主入口伸出建筑主体之外，亦作坡顶，山面处理作卷涡状屋顶山花，仅局部稍有不同。入口上方有弧形绿铜皮饰面雨篷，下部有石质仿欧式柱子支撑。此外，在建筑东立面山花中央还镶有梅花饰物，制作精美。该建筑造型优美，富有变化。

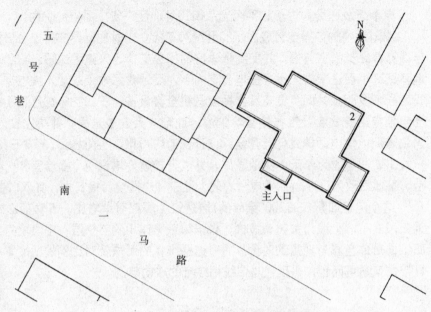

原九三学社辽宁省委员会总平面图

该建筑建成于中华民国十六年（1927年），曾作为九三学社辽宁省委员会，现用作住宅。九三学社辽宁省委员会创建于20世纪50年代，当时在九三学社中央常委会第一次会议提议下，在沈阳设立九三学社沈阳分社筹备机构，指定由严济慈、陈恩凤、钟俊麟三位同志负责筹建工作，严济慈为召集人。而后九三学社辽宁省委员会筹委会于1952年10月15日在沈阳成立。

原九三学社辽宁省委员会现状外观

原九三学社辽宁省委员会现状入口

2.74 苏联红军阵亡将士纪念碑

苏联红军阵亡将士纪念碑矗立在苏联红军烈士陵园的东侧。该纪念碑原位于沈阳站广场中心，正面直对中华路大街，1945年9月17日开工，11月7日落成，11月14日移交沈阳市政府。2006年11月迁至苏联红军烈士陵园内。纪念碑为方形柱体，用花岗岩条石砌筑，通高24.27m，分碑顶、碑身、基座三部分。碑身高约18.4m，正面最上端嵌镰刀、斧头、立体五角星，中嵌前苏联国徽，下嵌"光荣属于伟大的苏军"俄语碑文，皆铜铸。碑身左右侧下方各嵌青铜碑文板一块，书前苏联坦克部队战斗事迹。碑身上方嵌铜质镰刀斧头大勋徽，下嵌铜铸烈士姓名。碑顶安放一辆高4.5m的青铜铸造坦克模型，故又称"坦克碑"。碑座为方形，东西有石阶，高1.37m，四周有立方形石柱，柱

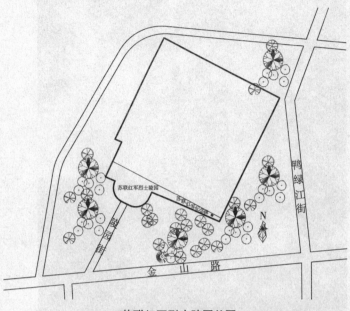

苏联红军烈士陵园总图

间系以铁链。碑座正面刻中文涂朱，上书"反对日本帝国主义战争中红军将士阵亡纪念碑。1945年伟大社会主义革命28周年纪念日揭幕，苏军司令部敬立"。此碑是为纪念1945年8月24日苏联红军配合我人民武装力量击败日本帝国主义，解放沈阳战争中牺牲的红军坦克部队烈士而修建的，它象征着中苏两国人民的战斗友谊。1963年9月此碑被确定为省级文物保护单位。

在坦克碑前，有十座黑色大理石墓碑，安葬着原来在"坦克碑"下长眠的前苏军阵亡将士。在坦克碑后，还有一座长5.6m、高3.2m的影壁墙。经过修旧如旧，"坦克碑"和新建的烈士墓碑与原有的陵园融为一体。坦克碑屹立在沈阳苏军烈士陵园内的苍松翠柏间。

苏联红军阵亡将士纪念碑远眺

苏联红军阵亡将士纪念碑局部外观

苏联红军阵亡将士纪念碑现状外观1

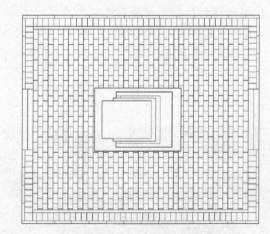

纪念碑南立面图

苏联红军阵亡将士烈士墓

苏联红军阵亡将士纪念碑平面图

苏联红军烈士陵园墙雕

228

原京奉铁路辽宁总站现状外观

2.75 原京奉铁路辽宁总站（现沈阳铁路分局办公大楼）

原京奉铁路辽宁总站（老北站）位于沈阳市和平区总站路100号，1930年3月19日建成。这栋建筑由天津基泰工程司杨廷宝于1927年6月设计。在这座车站建成之前，中国东北的铁路系统主要由日本人经营控制。为了与日本抗衡，于1924年成立的"东三省交通委员会"开始自己经营东北铁路网的筹建工作。随着京奉铁路的建成和继续向北延伸的要求，京奉铁路辽宁总站的建设，部分地夺回了对东北经济命脉的自主控制权。京奉铁路辽宁总站平面布置紧凑，功能合理，具有交通建筑特征。站前为长方形广场，建筑面积近8450m²，是继北京前门火车站、山东济南火车站等车站后，由我国建筑师自己设计建造的当时国内最大的火车站。按照前门站的样式，建筑采用了中轴对称式的布局，平面沿站台设计成"一"字形平面，与站台联系紧密，底层主要用作旅客用房，内含行包房、大厅、候车厅三个大空间。位于中轴线上的主体大厅，面积最大，由于人流量大，将其设计成一个由半

原京奉铁路辽宁总站现状外观局部

圆拱屋顶覆盖着高大空间的候车大厅，结构形式上采用距室内地坪高25m、跨度20m、新颖的半圆形钢筋混凝土筒拱，拱脚下为捣制混凝土梁柱支承。大厅顶端采用大面积玻璃木窗，便于采光，又与两侧比较厚重的立面形成对比，充分表现了内部大空间的特点。平面布局上用两条纵向的售票间、小卖部等服务型空间将大厅与其他两个大空间隔开。考虑到行包房和候车室面积要求不一样，用一些辅助用房与行包房结合设

计，二三层为站务、行政用房，形成两侧对称的外观，又很好地组织了功能。

建筑立面上仍采用西方古典建筑样式，但形式上又具有折衷的多样性。入口的拱形处理，反映出设计者不局限于古典立面法则。两侧为平顶房。平屋顶建筑的檐部装饰了一些经简化的西方古典式样的细部，仅采用水平线脚。两条纵向服务性空间的立面檐口上以装饰艺术的风格做成折线式，窗下墙上设有雕饰，用植物饰纹，有新艺术运动的自然主义建筑特点。正厅入口处做大挑檐（长15m，宽3m，高3.5m），用10根混凝土柱支撑。整个建筑设计新颖、手法简练、空间关系明确、火车站的功能性质鲜明，体现出一种东西方文化相互交融的折衷主义特点。建筑造型纯朴、舒展而庄重。杨廷宝先生在其回国后设计的第一幢建筑中就充分地体现出他厚实的设计功力，和力图将西方的设计思想与中国的客观条件有机结合，寻求和开创中国建筑新出路的远大志向和抱负，为他日后创作大量的杰出作品打下了坚实的基础。

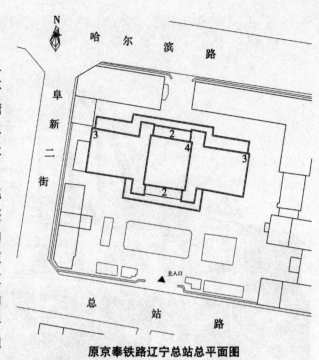

原京奉铁路辽宁总站总平面图

京奉铁路辽宁总站因地处沈阳市繁华中心地带，站线与黄河大街平面相交，严重影响车辆通行。1953年被列为沈阳铁路枢纽改造规划之中，计划在长大线400公里处修建沈阳新北站。因此，京奉铁路辽宁总站逐年缩减运输量。1988年6月25日随着沈阳新北站一期工程竣工通车，京奉铁路沈阳总站退去喧嚣，结束了其历史使命。它作为车站的功能至此结束，只留下一座古老的建筑作为永久的纪念，京奉铁路辽宁总站现为沈阳铁路分局办公大楼。

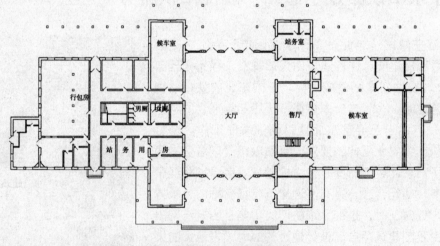

原京奉铁路辽宁总站平面图

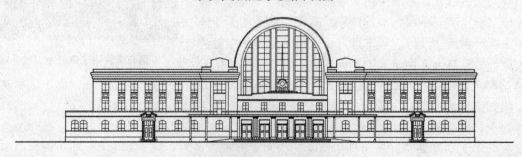

原京奉铁路辽宁总站立面图

230

2.76　原奉天日本总领事馆（现沈阳迎宾馆）

原奉天日本总领事馆，位于沈河区三经街1段3号，市政府广场西南侧。始建于1911年，1912年8月30日竣工。由三桥四郎设计，高冈又一郎施工。1945年~1949年改为前苏联领事馆，现为沈阳迎宾馆，是沈阳市接待办公室所属的涉外三星级宾馆。

原奉天日本总领事馆设计采用了受安妮女王时期样式影响的设计手法。墙面统一在白色的横向线条、红砖以及矩形窗口有节奏的组合当中。后来外墙被刷上了白色灰浆。柱头为多立克式，体现着西洋古典建筑的设计原则。建筑为2层，砖石结构，主楼绿色铁瓦顶，花岗岩基础。正立面以主入口为轴线作对称布置，呈三段式。主入口突出墙体，为突出主入口，把上部女儿墙升高，并作三角形、山花形檐口，两边设巨柱连接，并有线脚装饰。建筑立面采用竖向长窗，窗上部中央有方形装饰纹样。建筑右侧一层有突出的耳房，三角坡顶。耳房大量开窗，均为竖向长窗。

原奉天日本总领事馆现状入口

奉天日本总领事馆至今已有近百年的历史，后又曾作为俄国领事馆等用。20世纪50年代又陆续增建了10所独栋别墅式客房楼和沿市府大路的迎宾馆南楼，总占地面积达5万m²，形成了具有北方庭园风格的宾馆建筑群。

原奉天日本总领事馆现状外观

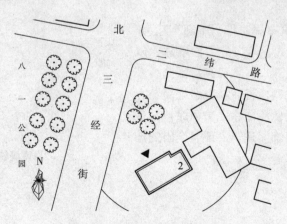

原奉天日本总领事馆附属建筑现状入口

原奉天日本总领事馆总平面图

原南满铁道株式会社现状外观1

2.77 原南满铁道株式会社（现沈阳铁路管理局）

原南满铁道株式会社位于现沈阳市和平区太原北街4号，辽宁省政府办公楼南侧，占地面积为35703m²，由"日本铁道总局"设计，"奉天福昌土建公司"施工，于1936年兴建的钢混结构5层办公大楼，总建筑面积为25817m²，是一栋黄瓷砖罩面的大型建筑。内部设施齐全，设计造型庄重大方、壮观，是铁路专用设施的办公楼房。沈阳解放后曾由沈阳军区司令部使用，现为沈阳铁路局。

平面呈"山"字形，建筑布局对称，中部高起为6层，其余为5层。立面呈三段式，入口处突出墙体，以台阶和上车坡道的形式突出主入口，入口高起部分有东方形式的屋檐、装饰，立面贴褐色瓷砖。其造型简洁大方，体量庞大、庄严。建筑两侧墙面涂土黄色涂料，各层均为竖向长窗，没有任何装饰。建筑上部有突出的檐口，檐上有女儿墙。

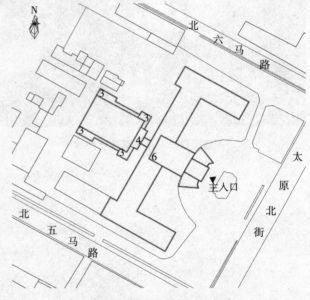

原南满铁道株式会社总平面图

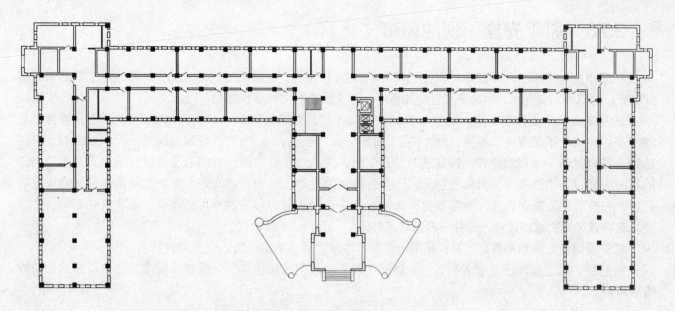

原南满铁道株式会社平面图

原南满铁道株式会社现状外观2

原南满铁道株式会社现状入口

2.78 原平安座（现沈阳市文化宫）

　　沈阳市文化宫原名"平安座"，位于和平区民主路260号，是沈阳近代建成的大型影剧院建筑。其占地1702m²，建筑面积9610m²，始建于20世纪30年代，为沈阳市级文物保护单位。

　　该建筑由日本人投资兴建，1937年设计，1940年10月竣工，1941年开业。内含观众厅3层，看台坐席2300个。建筑外罩墨绿色马赛克，地上6层（局部4层、8层），地下1层的船舰型建筑，为钢筋混凝土框架结构，是当时奉天最高的建筑。该建筑共设五个门，主入口在舰头处。它的内部设计也是想营造军舰内部的空间形式，在内部避免采用规整空间，而多为狭窄的走廊、甲板式空间等。如此大体量建筑其通风设计巧妙，在建筑中心部位设了一个筒型拔风天井，效果甚佳。但在后来的使用过程中，因功能和空间改变很大，这种通风方式难以适应，天井中的窗均被封闭。

　　建筑装修多处采用马赛克贴面，是那一时期日本设计师多用的手法，很有时代特色。

　　解放后，这里变成了"宏大影院"。1956年改名"沈阳市文化宫"，现为沈阳市总工会所属的公益性事业单位。

原平安座现状外观1

原平安座现状外观2

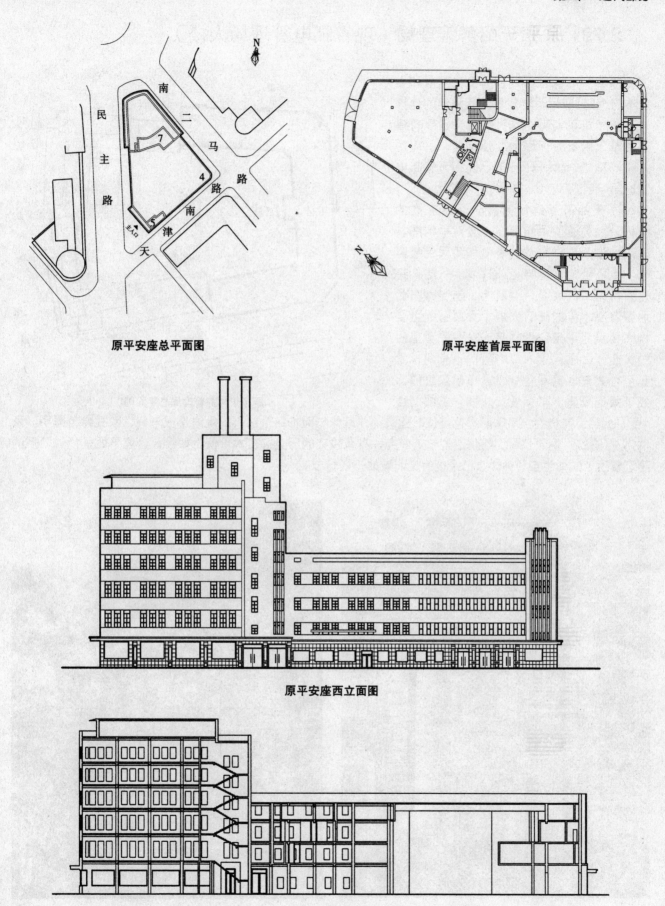

原平安座总平面图

原平安座首层平面图

原平安座西立面图

原平安座剖面图

沈阳城市建筑图说

2.79 原奉天邮务管理局（现省邮电管理局大楼）

原奉天邮务管理局，位于沈阳市和平区市府大路157号，当时奉天商埠地的地界内。该建筑最初为中华民国奉天省政府建造的奉天邮务管理局的办公大楼，由荷兰人设计施工，建于1927年。现在为省邮电管理局所用。

奉天邮务管理局为钢筋混凝土框架结构，立面造型采用西洋古典对称构图。建筑由位于中央高耸的塔楼和两翼侧楼组成。除塔楼外，建筑为2层，地下1层。建筑面积为1768m²。气势宏伟，是当时东北地区最高水平的邮政大楼。立面上的主要构图特点是采用扶壁柱装饰——爱奥尼柱式贯通一二层，主入口的两侧也有两根爱奥尼柱式与之相呼应。建筑顶部双出檐，效果更显厚重。楼顶设女儿墙，正面门楼

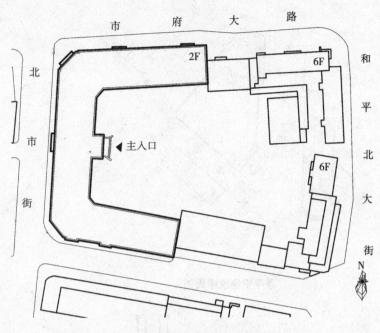

原奉天邮务管理局总平面图

4层，上部为钟楼并饰串珠形绿色宝顶。建筑内外装修与装饰每个细小的地方都很考究，欧式特色鲜明。两侧为2层建筑，仿石墙面。整体造型精美考究，具有较高的历史、艺术价值。如今，这座平面呈"L"形的建筑楼顶上的绿色宝顶钟楼，已经成为沈阳城的一大标志。

原奉天邮务管理局现状入口

原奉天邮务管理局现状局部

236

原奉天邮务管理局现状外观1

原奉天邮务管理局现状外观2

原金昌镐公馆现状外观

2.80 原金昌镐公馆（现东北国际投资有限公司）

原金昌镐公馆旧址，位于沈阳市和平区南五马路4段2号（现为中兴街31号），建于1936年，现为东北国际投资有限公司所在地。该建筑被沈阳市文物局立为沈阳市不可移动文物。

该建筑坐北朝南，钢筋混凝土结构，共3层，建筑面积709m²。该建筑由日本人设计、韩国企业家金昌镐投资，最初为大同土木株式会社使用。建筑楼顶西半部为绿色琉璃瓦顶，东半部为平顶，门前建有雨搭，由两根方形水泥柱支撑，顶部铺设绿色琉璃瓦。该楼花岗岩墙裙、米黄色瓷砖罩面，室内木墙裙，并有精致的木雕装饰。

沈阳解放后，人民政府接收了这座小楼，1950

原金昌镐公馆现状院落入口

年~1954年，由当时的东北人民政府主席、国家副主席高岗居住。后来，辽宁省副省长黄达也曾在此居住。"文革"前，《共产党员》杂志社在这里办公；"文革"后，归辽宁省测绘局使用。从1988年起，东北国际投资有限公司使用该楼至今。

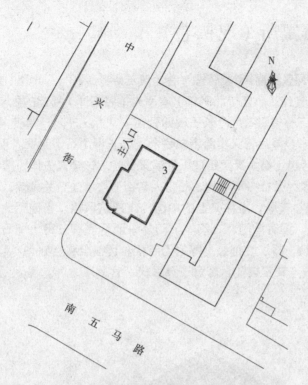

原金昌镐公馆总平面图

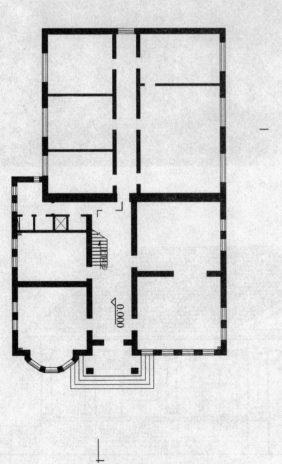

原金昌镐公馆1层平面图

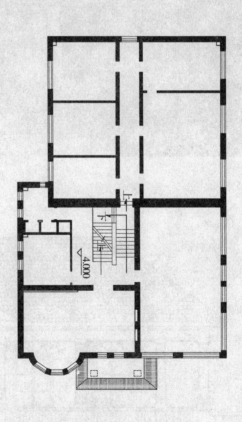

原金昌镐公馆2层平面图

2.81 原王维赛寓所（现私宅）

　　原王维赛寓所，位于沈河区大南街3段慈恩寺巷（般若寺巷）18号，地上1层，砖木结构，占地2063m²，建筑面积800m²。该建筑是清光绪二十年（1894年）康举人（名不详）所建的私宅。康死后由其次子康生甫继承。张作霖时期该建筑曾为吉林省财政厅厅长王树翰公馆。"九·一八"事变前卖给奉天省财政厅厅长，后任吉林省省长的王维赛。日本投降后王又卖给吉林税务局局长世（石）荣亭。现有的上下水道和取暖设施为其所建。全国解放后，1952年世（石）又卖给沈阳煤矿设计院。该建筑先作为宿舍，后改成幼儿园。1960年4月，成立滨河人民公社时，改为公社办事机构，后为大南街道办事处机关大院，现为私宅。

　　该建筑为传统"四合院"布局，堪称典型的中国传统建筑风格。坐南朝北，布局壮观，正厅、东西两侧和门房各五间，方形庭院，设有大门、二门。大门外东西两侧有三蹬上马石一对、拴马柱两根、石鼓狮两个。前出廊后出厦，梁、檩、椽、柱都是上等的无节松。16根梁头上刻有"福禄祯祥"，象征安居乐业和福寿康宁。院内四角载有4根"文官树"，寓意子孙后代"官运亨通"。房间门窗高大，作金属网夹心的玻璃间壁。

原王维赛寓所现状外观

原王维赛寓所正立面图

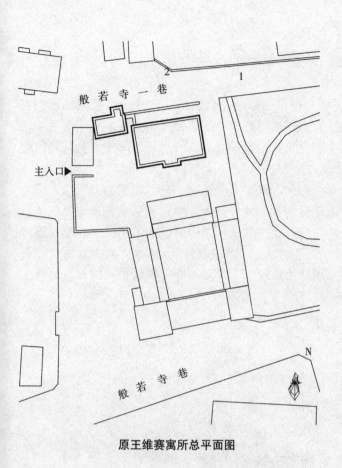

原王维赛寓所总平面图

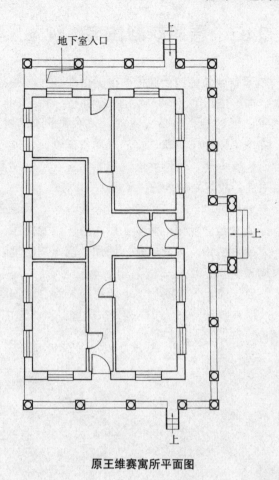

原王维赛寓所平面图

原王维赛寓所现状外观局部

2.82 原宋跃珊住宅（现某厂库房）

原宋跃珊住宅位于沈河区小南街和兴巷12号，始建于1890年。该建筑呈传统四合院式布局，建筑为1层砖木结构。1985年、1986年、1988年先后修缮3次。

宋跃珊住宅为合院式建筑，其格局反映出封建规制对建筑的影响。合院形式构成一个相对私密的空间，院中可以种植花草，饲养家禽或宠物，与外界隔绝，也是与自然接触的另外一种形式。整个院落中轴对称，等级分明，秩序井然，宛如封建礼制的缩影。主要建筑为抬梁加硬山，房屋墙垣厚重，朝向内庭院一面采光，故院内噪声低、风沙小。

坐北朝南的正房五间相连，不设耳房。两侧各有东西厢房。前面居中建有门房，四周砌有围墙，合而成为一个"四合院"。两侧各有两座连着的偏房。临近正房的偏房为三开间，旁边稍矮的偏房为两开间。住房为砖木结构，房上起脊、铺瓦，室内铺砖地，院内正门至上房有砖铺甬道。窗为木格式，外糊白纸。室内均设火炕，山墙一端为出自满族习惯的"顺山炕"，不住人，只陈放箱柜、神龛之类。对面炕挂有幔帐，白天收起，夜间放下。厨房在外间，烟囱砌在山墙外面。恰如《沈阳百咏》所载："时样烟筒壁上安，炊烟直散入云端；层层望向东风里，误作连山塔势看。"

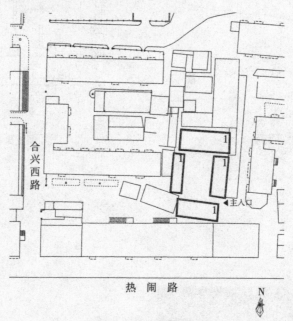

原宋跃珊住宅总平面图

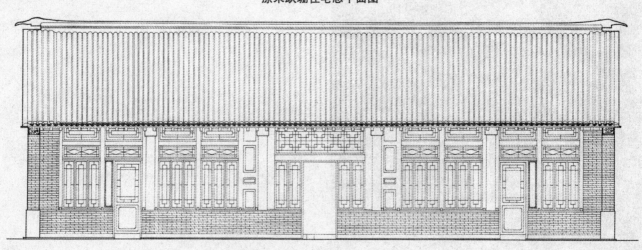

原宋跃珊住宅正房立面图

2.83 原宋任穷故居（现辽宁省妇联办公处）

原宋任穷故居位于沈阳和平区和平北大街55号。原是东三省官银号总办朋贤的宅地，1920年左右文生在此盖住宅。此建筑地上3层、局部半地下，砖石结构，占地面积1777m²，建筑面积652m²。解放初期曾做朝鲜领事馆，20世纪五六十年代宋任穷曾在此居住。后为沈阳人防办，现为省妇联办公处，用来做妇女就业培训中心。

宋任穷（1909年~2005年），湖南浏阳人，中国人民解放军高级将领。1955年被授予上将军衔。长征途中任干部团政委，是巧渡金沙江战役的指挥员之一。到达陕北后，任红二十八军政委、军长，抗战时任129师政治部副主任等。解放战争时期，任晋冀鲁豫野战军二纵政委、华野副政委等。1949年后，历任云南省委书记、西南局副书记、军委总干部副部长、中共中央副秘书长，第二、第三、第七机械工业部部长、东局第一书记、第四届和第五届全国政协副主席、中央组织部部长等。他是中共第八届政治局候补委员、第十一届中央书记处书记、第十二届政治局委员、中顾委副主任。

现在我们所能看到的宋任穷故居，外观上完好地保持了原貌，室内保持原使用者的装修风格，被文物部门列为沈阳市不可移动文物。

该建筑为仿古典欧式住宅，雕工细致，造型高雅简洁，整个建筑显示出大气、恢弘气势。外墙面为石材贴面，墙面上有分割线条。平屋顶，上人屋面，女儿墙上有欧式栏杆。南侧西部凸出一些，上为阳台，2层屋面大部分为屋顶平台。入口门廊由两根白色花岗岩爱奥尼克柱式支撑，柱身略呈鼓形、表面光滑。窗户有窗套，木格红漆窗户，窗套颜色为暗红色。这是一座充满了欧洲建筑风格的小楼，对于修建于20世纪30年代的房屋来说，这是那个时候很喜欢使用的一种方式。该建筑最初系朝鲜公使馆，从这一点也可以看出，小楼修建之初，受外来文化的影响很大。

该建筑共分3层，第1层为门厅，左右各一间房间，正对门厅为客厅；第2层正中一间为客厅，左右各1间居室；第三层只有2间居室。

原宋任穷故居现状外观

原宋任穷故居现状入口

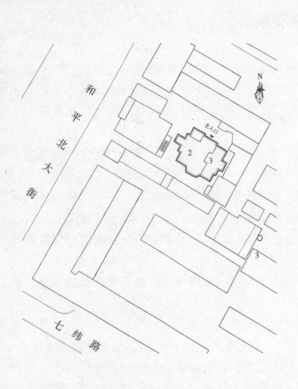

原宋任穷故居总平面图

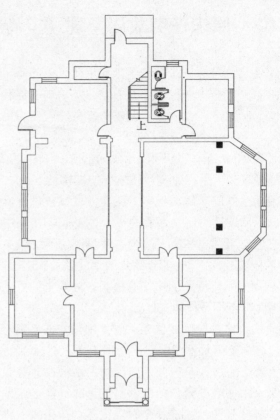

原宋任穷故居1层平面图

原宋任穷故居现状鸟瞰

原宋任穷故居现状室内

原宋任穷故居立面图

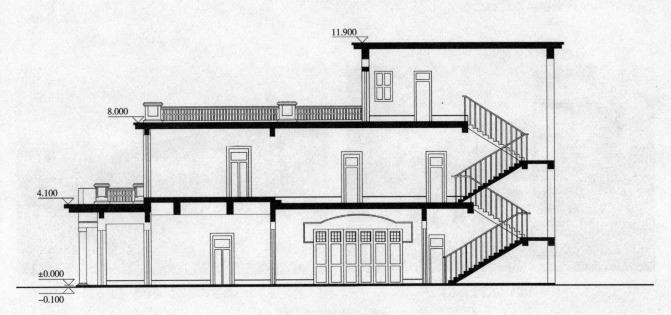

原宋任穷故居剖面图

2.84 原常荫槐公馆（现大东区省委党校）

常荫槐，字瀚襄，（1889年~1929年）生于吉林省梨树县刘家馆子乡，是奉系军阀的要员，曾任黑龙江省省长、东北交通委员会副委员长等要职。1929年1月10日，在"杨常事件"中，常荫槐被张学良枪杀于大帅府的老虎厅。

中华民国初年，常荫槐在奉天大北关天后宫东侧（今天后宫路万寿巷5号），建起一座豪华的住宅，人称"常公馆"。这座公馆占地3295m²，建筑面积为1696m²。由主楼、门房、院墙、影壁墙等组成。正门前南北有两行古柳，东侧有影壁墙。大门是3个拱券式的门道，中门宽，仿古牌坊式，歇山顶，正脊两端翘起，两翼门跨度窄，为半圆拱门，与东西房相接，东西两侧各4间平房。院内设大花坛，有假山和喷泉。东西有月亮门。正楼房一栋，平面布局是U字形，2层，共18间。主楼正中大门前檐有半圆形抱厦，4根水泥圆柱挺立门前，圆柱上端浮雕花叶，上与2楼正中半圆形阳台组为一体。步入楼内，南侧为走廊，北侧为房间，房间豪华，并有礼堂。楼东北角有套院，楼北后院宽敞，有西厢房6间，为卫兵居室。常荫槐公馆体现了中西结合的建筑与艺术特点。

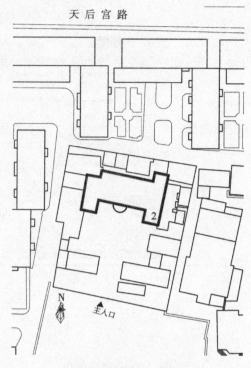

原常荫槐公馆总平面图

原常荫槐公馆现状外观1

原常荫槐公馆现状外观2

原常荫槐公馆现状院门

原常荫槐公馆现状庭院

2.85　原赵尔巽官邸（现闲置）

赵尔巽（1844年~1927年），字公镶，号次珊。中国清末汉军正蓝旗人。祖籍奉天铁岭。同治进士，授翰林院编修，历官安徽、陕西等省布政使，署理山西巡抚。光绪二十九年（1903年）署湖南巡抚，是年冬奏准将湖南阜湘、沅丰两矿务公司并为湖南全省矿务总公司，垄断全省采矿、炼砂之权，抵制外国侵略者攫取湖南的矿权。他倡导教育改革，将长沙所有书院改为新式学堂。后历任户部尚书、盛京将军（1905年4月）、湖广总督、四川总督及东三省总督（1911年宣统三年3月继锡良任东三省总督，并授钦差大臣）。武昌起义后避居青岛，1914年，北京政府委任其为清史馆总裁，主编《清史稿》，为"二十六史"之一。

赵尔巽官邸位于今沈阳万泉公园园内，周边环境优美。建筑建于1905年，占地1000m²，砖木结构，有正房5间，东西厢房各5间。青砖、绿窗、红门，两棵苍翠的松树把守着公馆的大门。原有东、西、中3个院落，现仅存一处。清朝帝制推翻后，赵尔巽被解除职务去青岛隐居，再没回过这座宅子。赵尔巽后来被袁世凯召为清史馆馆长，后来参与张勋复辟，未能得逞后继续编修清史，自称吃清朝饭，直到1927年病故。

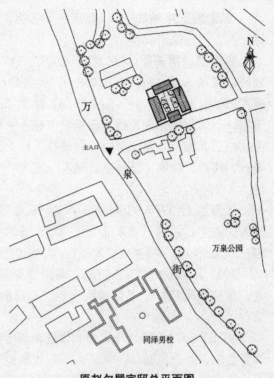

原赵尔巽官邸总平面图

原赵尔巽官邸门房现状外观

原赵尔巽官邸厢房现状外观

2.86 原张寿懿公馆（一）（现沈阳市物资局）

张寿懿公馆，又称张作霖五姨太公馆、五夫人公馆或寿夫人公馆，原有多处，现尚存3处，均保存完好。

张寿懿的第一处公馆，位于和平区八纬路 14号，现为沈阳市物资局办公楼。建于1917年，为一栋欧式风格豪华洋楼，占地面积468m²，建筑面积1926m²。此楼坐北朝南，地上3层，地下1层，钢混结构，水泥瓦顶。立面水平方向三段式布局，屋檐舒展外挑，檐下两层橘黄色线脚，过渡自然；墙体以米黄色涂料为主，一二层拱形设窗楣，三层平窗楣。一楼正门上方建有雨搭，平顶，由四根米黄色水泥圆柱支撑，混合式柱头。后门一侧，有楼梯可通往二楼。三四层楼为半越式，皆建有平台，周围有欧式古典栏杆。设计典雅、精巧，建筑工艺精湛，具有一定的历史和艺术价值，为沈阳市珍贵的历史文化遗存，受到政府的保护。

张寿懿（1897年~1966年），又名王雅君，是中华民国陆海军大元帅张作霖的五太太，又称五夫人、寿夫人。姓寿，名懿。清末黑龙江将军、著名抗俄爱国将领寿山（明末抗清名将、兵部尚书袁崇焕七世孙）与一外室王姓女子所生。汉军正白旗人，世居沈阳，受过教育，有一定文化修养。

1917年，20岁的寿懿与时任奉天督军兼省长时年43岁的张作霖结婚。婚后，按习俗其姓名前又加夫姓，故称张寿懿。张寿懿精明干练，颇有胆识，伴随张作霖多年，最受张作霖宠信，长期在帅府治理家政。

1928年6月4日，张作霖由北京返奉天（沈阳），乘坐的专列在皇姑屯三洞桥遭日本关东军阴谋暗算被炸身亡后，为稳定政局，寿夫人与东北政要决定"秘不发丧"，成功制造了张作霖没死的假象，避免了日军趁机挑起战端，也为张学良返回奉天主持大局赢得了宝贵时间。

1931年"九·一八"事变发生后，寿夫人移居天津。解放前夕，离津赴沪转台湾，1966年病逝，享年69岁。

原张寿懿公馆（一）现状入口

原张寿懿公馆（一）现状外观

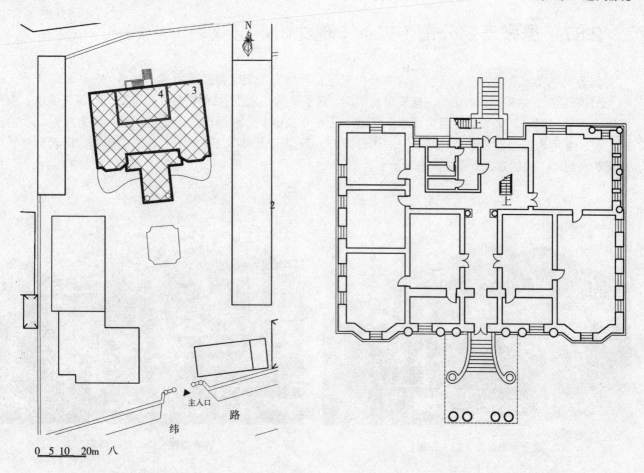

0 5 10 20m 八

原张寿懿公馆（一）总平面图

原张寿懿公馆（一）1层平面图

原张寿懿公馆（一）南立面图

2.87 原张寿懿公馆（二）（现沈阳市财政局）

张寿懿的第二处公馆，位于沈河区文会街33号，现房为沈阳市财政局所用。此楼为一栋豪华洋楼，占地面积约850m²，建筑面积2105m²。建筑坐北朝南，砖混结构，地上主体2层，局部3层，第3层是阁楼。内部房间多穿套，即"门多"。外墙为清水红砖墙。正立面设很多二层通高方形壁柱，屋顶设老虎窗，绿色窗框，西、北两面二楼正中部位各建有一座圆形阳台，造型新颖别致，装饰考究，工艺精湛。该建筑对研究沈阳20世纪20年代的建筑有重要的参考价值。

原张寿懿公馆（二）外观1

原张寿懿公馆（二）外观2

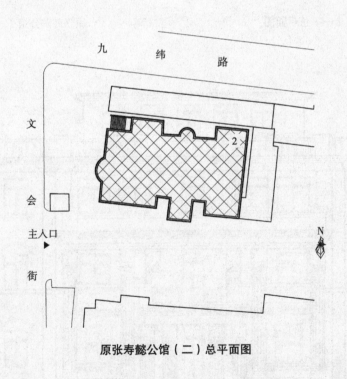

原张寿懿公馆（二）总平面图

2.88 原曹祖堂公馆（现沈阳消防科研招待所）

　　1931年"九·一八"事变后，沈阳城文化用品富商"天德信"老板曹祖堂购置下已损坏倒塌的多铎王府旧址，并建公馆。后建的主体建筑为两层坡屋顶小楼，黄色砖贴面。此后对建筑又进行改建修缮，现为沈阳消防科研招待所，1楼经入口门厅到大厅，连接厨房、餐厅、卫生间、部分客房及上2楼楼梯；2楼为客房。历经七十多年，院子小了一半，如今所见即这座由曹祖堂所建的公馆建筑。

　　原位于该地段上的清豫亲王多铎王府唯一保存下来的建筑实物是一甬红小豆石雕影壁，此文物高2m，宽4.2m，上面浮雕吉祥图案，雕工精细，具有极珍贵的历史文化艺术价值，为稀有的清初文物瑰宝。这块石影壁现矗立在沈阳故宫的大政殿东侧，影壁雕琢精美，上面有"封侯挂印"、"福禄寿喜"、"位高禄重"等栩栩如生的吉祥图案。

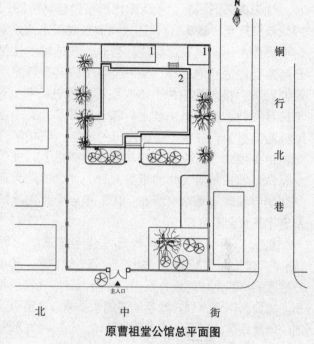

原曹祖堂公馆总平面图

原曹祖堂公馆现状外观

2.89 原陈云故居（现周易研究会及老年基金会）

沈阳陈云旧居，位于沈阳市和平区桂林街89-3号，1948年11月至1949年5月，陈云同志任沈阳市特别军事管制委员会主任期间在此居住。当时，在这幢小楼里，陈云经常通宵达旦地工作，窗户上整夜闪亮着灯光。在陈云领导下，接收沈阳的工作有条不紊地进行着。 1948年11月28日，在这栋小楼里，陈云起草了《关于接收沈阳经验简报》，总结了接收沈阳的经验。1948年12月14日，中央批转了《关于接收沈阳经验简报》，成为当时全党做好城市接管工作的指导方针。此建筑后为辽宁省气功学会和老年基金会所在，1987年至今为周易研究会及老年基金会两家使用。

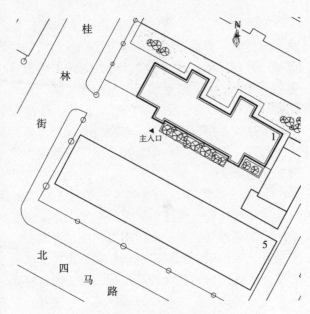

原陈云故居总平面图

陈云旧居为一座30年代日本住宅建筑。占地面积195㎡，建筑面积385㎡。地上2层，砖木结构，30年代左右竣工。一二层坡顶组合而成，屋顶为日本式灰色平瓦屋顶。墙面为水泥罩面，绿色油漆的木质檐口、窗框。靠简洁的体量跌落、凹凸造成丰富的形体。凸出的方形大玻璃窗四周有挑出的水泥窗套。

原陈云故居现状外观

原陈云故居现状主入口

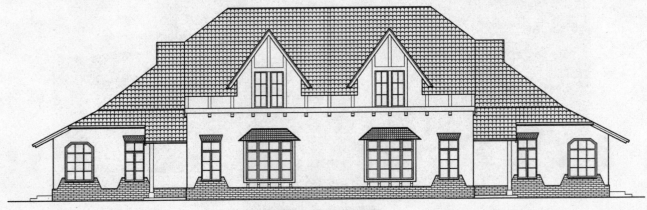

原陈云故居北立面图

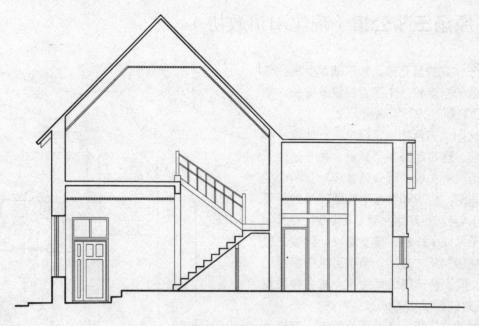

原陈云故居剖面图

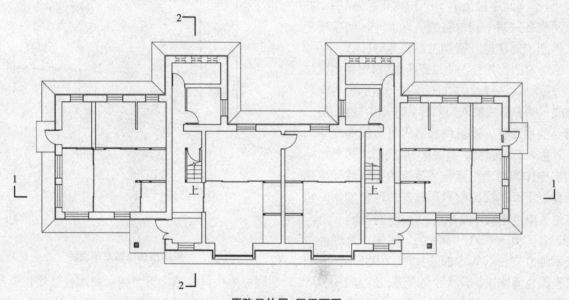

原陈云故居1层平面图

原陈云故居现状次入口

原陈云故居现状屋顶

2.90　原汤玉麟公馆（现沈阳市政协）

汤玉麟为张作霖的盟兄弟，奉军陆军上将，曾任东三省步兵第七旅旅长、热河省都统兼省长、东北边防军副司令等职，1935年病死天津。

汤玉麟在沈阳共有两处公馆旧址：一处位于和平区十纬路26号，现市政协办公处所；另一处位于沈河区北三经街71号，现"汤公馆食府"。两个宅区仅隔着一条马路。位于和平区十纬路26号的"汤公馆"于1930年4月20日开始兴建，原计划1932年4月竣工。但由于"九·一八"事变爆发，致使工程中断，一直拖到1934年才建成。该项目由中华冯记建筑公司设计，同义合建筑公司施工。其占地面积1.96万㎡，主要建筑面积3800㎡。

建筑平面方整、规矩，造型稳重敦实。建筑主体3层，只是南北中轴上的一个开间高起为4层，并在东西两侧各贴建一间单层的"耳房"，使整幢建筑形成强烈的对称感。南向主立面共5开间，中间3个开间略向前凸，并在它的二三两层以4根爱奥尼壁柱将3个开间加以分划。中间开间的一层部位再向前凸，构成一间开敞式的入口门廊。它与中轴线3层上设有阳台的拱形窗，以及局部高出屋面的阁楼共同形成了对主入口的强调。建筑的3层顶部以多重水平线脚的挑檐作为封顶，强化了建筑的整体性和端庄感。墙身以不同的面饰材料形成灰白两色的相间组合，避免了单色建筑可能造成的沉闷与拘谨。

1931年"九·一八"事变后，这里一度成为日本关东军独立守备队司令部驻扎地。1935年伪满洲国辟它为国立博物馆，设大小陈列室22个。1939年改为伪国立中央博物馆奉天分馆。日本投降后，中共沈阳市委机关设在此处。1946年国民党进驻沈阳，这里改作"国立沈阳博物院筹备委员会"。1948年沈阳解放后，对该馆进行整修，于1949年7月7日正式开馆，称东北博物馆，至1959年开始改称为"辽宁省博物馆"。后由沈阳市政协接管使用至今。

汤玉麟本人没在这座公馆里居住过，但汤玉麟却曾将所窃的国宝藏于此公馆内。20世纪30年代，汤玉麟指派其子从内蒙古将盗窃来的国宝——辽代哀册藏于地下室，辽代哀册就是当时皇帝、皇后的墓志铭。后来这些宝贝一度落入日本侵略者手中，直到解放后才回到人民手中，入藏省博物馆。

本来这座建筑是按私宅建设的，但后来较长时间用作公共博物馆，原来的69间房屋被改成了22个大小不一的陈列室，内部的空间关系发生了较大的变化。

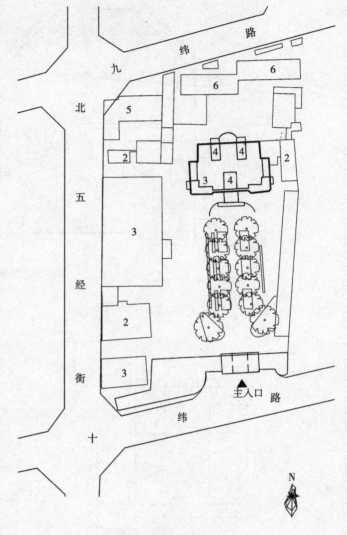

原汤玉麟公馆总平面图

原汤玉麟公馆现状外观

原汤玉麟公馆现状外观局部

2.91　原汤玉麟别墅（现汤公馆食府）

　　与汤公馆仅一街之隔，坐落着汤玉麟的另一处宅邸旧址（沈河区北三经街71号），始建于1930年，占地1400m²，为3层别墅楼，是当年汤玉麟和他的姨太太居住地，但使用时间并不长，只有一二年的光景。汤玉麟当年修建这座建筑投入了四五万大洋，相当于当时东北大学半年的开销，可见其相当豪华奢侈。20世纪二三十年代，在沈阳的奉军将领纷纷修建自己的公馆。由于受当时欧式建筑之风的影响，特别是奉系军政要员的宅邸建筑，也都是仿欧式的。

　　在当时，沈阳的宅邸建筑都是根据主人的喜好进行设计，汤玉麟别墅由于建筑年代相对较晚，因此得以博采众长。这座别墅在内部结构、豪华程度和宏大气势方面都仅次于"帅府"，它里面的40间屋子彼此相通，精湛考究，在当年的沈阳城十分罕见。

　　建筑造型稳重、大方，主入口在西侧，用四根爱奥尼柱式承起二层平台，兼作入口雨篷，平台栏杆为欧式。墙面和女儿墙亦采用欧式线条装饰。平屋顶，二、三、四层南北均有花台出挑，窗子为矩形，大小不一，尺度合宜，每三个窗为一组，既有变化又很规矩。平面布局以主入口为中轴基本对称，使得整个建筑具有庄重感。

　　汤玉麟别墅的西向是正门的入户台阶，供主人以及重要客人使用，来宾可以把车直接开到正门前，然后从正门走进公馆。如今，该建筑改为餐馆，用玻璃幕墙将主入口部分罩起来，而将入口改在幕墙的南侧。公馆两侧另设便道台阶，供下属或佣人通行。此外，整栋公馆有两个楼梯，一个是主梯，从一楼到三楼，供主人和宾客使用。主梯旁还有一个类似于现代安全楼梯的客梯，非常狭窄，佣人从一楼到四楼的房间，完全不必经过公馆内的主要房间和走廊。

　　1945年抗战胜利后，东北局先在张氏帅府办公，后搬到汤玉麟别墅。新中国成立后，高岗曾在这里生活和工作，后来改为沈阳市中级人民法院办公楼。2000年市中级法院迁走后，汤玉麟别墅便被废弃。如今这幢老楼的整个前门庭被装上了玻璃罩，被改造成"汤公馆食府"。

　　步入"汤公馆食府"，虽然大门前庭已经采用玻璃罩保护起来，但是门庭的四根门柱依然伫立在原地。进入大厅，室内的装饰已经完全是现代餐厅的模样，唯一没有变的是踩在脚下的玉石地面，斑驳印记与富丽堂皇的现代装修形成强烈反差。这些玉石是用当年汤玉麟托朋友从国外运来的珍贵石材铺就而成，目前玉石地面没有丝毫改动。

　　公馆一楼大厅里挂着很多西洋画和老照片，其中一张1931年绘制的沈阳地图上已经清晰地标有"汤公馆"。汤公馆当时在沈阳的知名度由此可见一斑。

原汤玉麟别墅现状外观

原汤玉麟别墅改建后现状局部

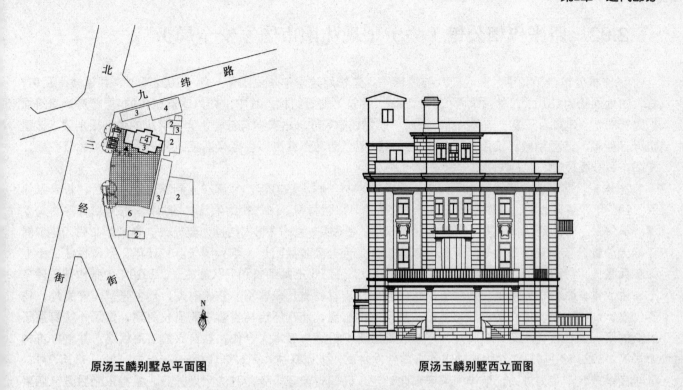

原汤玉麟别墅总平面图　　　　　　　　原汤玉麟别墅西立面图

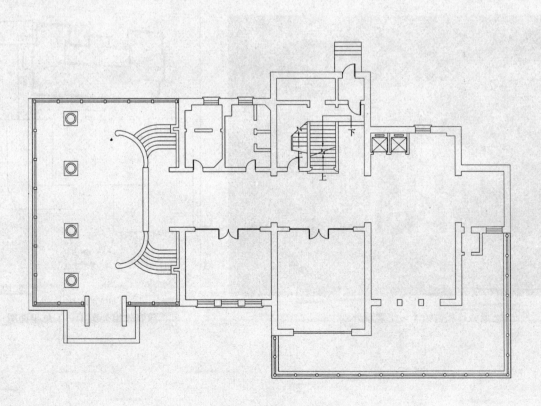

原汤玉麟别墅1层平面图

沈阳城市建筑图说

2.92 原张作相公馆（一）（现沈阳市国家安全局）

　　张作相公馆位于和平区四经街八纬路16号。建筑始建于中华民国十一年（1922年），共建楼、瓦房7栋，占地面积为4810m²，总建筑面积为3315m²。建筑为砖石结构，其中主楼为钢混结构的4层楼房，建筑面积为2526m²。建筑为三段式，有拱券、线脚、装饰纹案等欧洲古典建筑符号，尤其线脚的装饰很别致。该建筑设计新颖、造型别致、雄伟壮观。建筑四面高墙，为花园式高级住宅楼。建筑曾先后用作东北公安局、沈阳市科技委员会，现为沈阳市国家安全局。

　　张作相，字辅忱，1881年生于辽宁义县南杂木林子村。1901年，他率20人到新民府八角台村投奔张作霖。1902年，清廷收编，张作霖被任为新民府游击马队营管带，张作相为哨官。1907年，按年龄为序，马龙潭、吴俊升、孙烈臣、张景惠、冯德麟、汤玉麟、张作霖、张作相8人结拜为盟兄弟。辛亥革命后，赵尔巽任奉天总督，张作霖任二十七师师长，张作相任二十七师骑兵团长、炮兵团长。1916年，张作相任二十七师步兵旅长，1918年任巡阅使署总参谋长、参议，兼任二十七师师长和卫队旅旅长。1919年，张作霖重建东三省讲武堂，张作相任堂长。1924年，张作相出任吉林省省长兼督军。在这时期，他主张"固守关外，将养生息，训练士兵，扩充实力"为上策。基于这种思想，他在任吉林省督军兼省长时期，做了一些有益于民众的事。如在吉林严禁种植鸦片，严禁吸毒贩毒；拒绝与日本人合作，独自兴建吉海铁路；并创办吉林大学等。1928年6月4日，沈阳皇姑屯炸车事件发生后，张作霖被炸死，张作相一心辅佐少帅。1930年9月，张学良率东北军主力进关，张作相留守东北，任东北四省留守司令，驻沈阳大帅府，主持东北后方一切事务。1933年，张作相退出军政界，一直在天津英租界隐居。1949年3月，张作相去世。

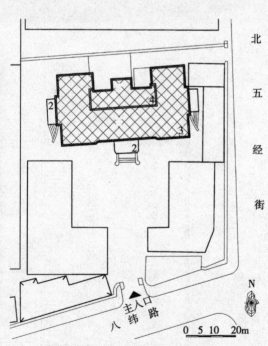

原张作相公馆（一）现状外观　　　　　　　　原张作相公馆（一）总平面图

258

原张作相公馆（二）现状外观

2.93 原张作相公馆（二）（现民盟辽宁省委办公楼）

张作相公馆旧址在沈阳有两处，一处位于沈阳市和平区八纬路16号，现为沈阳市国家安全局所用；另一处位于沈阳市和平区北五经街，现为民盟辽宁省委所用。两处旧址均被沈阳市确定为沈阳市不可移动文物。

沈阳在奉系军阀统治时，奉系高级将领大多在奉天建有公馆。此张作相奉天公馆又称"张作相官邸"或"张督军府"。其建于1917年，主楼建筑面积1067m²，坐北朝南，四周砌有高墙，为欧式建筑风格，原地上2层，地下1层，1998年按原建筑风格增建1层，现为地上3层，地下1层。

建筑立面为对称布局，在中间入口处做重点处理，门楼三开间高两层，入口尺度较大，采用拱券双柱手法，1层封闭形成双道门，2层开敞为阳台，一层开窗及二三层窗上口线脚与之呼应。建筑外墙为素混凝土罩面，使建筑凸显庄严气氛。

整幢建筑为钢筋混凝土结构，一二层层高较高，凸形内廊沟通各功能房间。内部门窗及墙裙采用深棕色木装修，墙裙约1.8m高，门窗开洞也较高，室内外手法统一，设计及施工工艺精湛。

"九·一八"事变后，张作相公馆被日伪满洲航空株式会社占用。解放后由辽宁省公安厅使用，其后辽宁省政协曾在此办公，1998年辽宁省民盟和省台胞联谊会又迁此办公。1991年进行了维修，目前该建筑保存完好。

原来的张作相公馆占地要比现在大许多,主楼北侧有后花园,西侧原有鸳鸯楼、跑马场和戏楼,可见主人的地位在奉系中非同一般,后来它们被拆除,建起了居民楼。

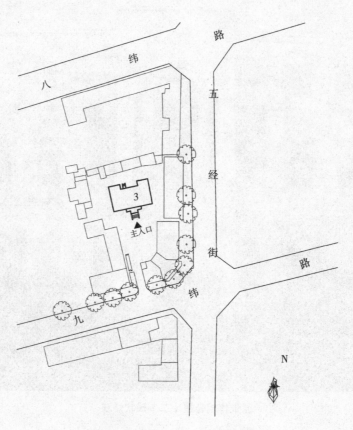

原张作相公馆（二）总平面图

原张作相公馆（二）现状室内

原张作相公馆（二）现状入口

第3章 现代部分

3.1　抗美援朝烈士陵园

抗美援朝烈士陵园位于北陵公园东侧五里的上岗子，始建于1951年初，同年8月落成，占地面积20余万㎡。陵园坐北朝南，分布着抗美援朝烈士纪念碑、纪念馆和埋葬着在抗美援朝伟大战争中英勇牺牲的中华英烈的墓地。

进入抗美援朝烈士陵园正门，经过宽阔的广场，拾级而上，便是两个高大的门柱。门柱上镶有一块刻着郭沫若同志手书"抗美援朝烈士陵园"题词的方形汉白玉匾额。

陵园中的抗美援朝纪念馆内，展示着伟大的中国人民为倡导世界和平、保家卫国在建国初期所进行的这一震撼世界的历史事件，展示着为此而捐躯的中华儿女"惊天地、泣鬼神"的英雄事迹。

抗美援朝烈士陵园总平面图

陵园中心，在茂密黑松的衬托下耸立着一座抗美援朝烈士纪念碑。该碑最初建成于1962年10月23日。1985年沈阳市政府对陵园重新规划并扩建，现纪念碑是那一年重新建成的。新碑由沈阳建筑工程学院（现沈阳建筑大学）设计。纪念碑由银灰色花岗石条石砌就。碑顶矗立一尊在中朝两面国旗指引下气宇轩昂的中国志愿军战士雕像。碑身正面刻有董必武同志题词："抗美援朝烈士英灵永垂不朽"。碑身背面刻着郭沫若同志1962年夏题诗的手迹："煌煌烈士尽功臣，不灭光辉不朽身。鸭绿江南花胜锦，北陵园畔草成茵。英雄气魂垂千古，国际精神名万民。峻极高山齐仰止，誓将纸虎化为尘"。竖碑前面的卧碑上是一个石刻花环。纪念碑坐落在周围建有花岗石围栏的基台之上，围栏两侧为记载抗美援朝战争的雕刻，正面的大台阶面向碑前的纪念广场。

纪念碑的东、北、西侧，是排列整齐的烈士墓地。这里安葬着英名贯世的黄继光、杨根思、邱少云、孙占元、杨连第等122名中华民族的优秀儿女，其中军职干部3名，师职干部9名，团科职干部82名，战斗英雄、功臣28名。此外，陵园内还有123座空闲烈士墓，主要分布在纪念碑的北侧，这些空闲的烈士墓为纪念那些在抗美援朝战争中牺牲而未留尸骨的烈士们。它们均建于1951年，是整个烈士陵园的一部分，整个烈士陵园气氛庄严、肃穆。

每年清明时节和10月25日（志愿军赴朝参战纪念日），党、政、军领导和广大人民群众都在这里举行隆重的纪念活动，缅怀烈士，祭奠英灵。1963年9月，它被公布为省级文物保护单位。

抗美援朝烈士陵园纪念碑

抗美援朝烈士陵园烈士墓

3.2 沈阳奥林匹克体育中心体育场

　　沈阳奥林匹克体育中心体育场作为2008年北京奥林匹克运动会的分会场，2006年3月由日本株式会社佐藤综合计画和上海建筑设计研究院有限公司联合设计，2007年6月竣工。

　　沈阳奥林匹克体育中心用地面积253740m²，总建筑面积104000m²，地面停车位840辆（包括残疾人停位）。

　　项目分为两期建设，其中一期目标是能容纳6万人的主体育场一座。二期为能容纳1万人的综合体育馆一座（包括可以进行室内球类、体操运动的比赛馆和训练馆等）；能容纳3000人的游泳馆一座（包括室内水上运动：游泳、花样游泳、跳台跳水、跳板跳水、水球的比赛池和训练池等）；能容纳3000人的网球馆并设有10片标准比赛场地和12片室外比赛场地。行政管理、业务办公和后勤用房、通用设备用房及其他公共空间等均包含于各场馆中。

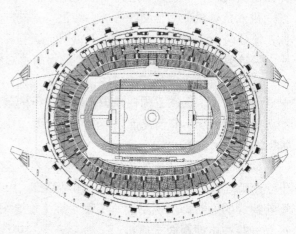

沈阳奥林匹克体育中心体育场平面图

　　首期建设53.59ha，用地被城市道路划分为3块。沿着浑南中路，依次布置了综合体育馆、体育场和网球游泳馆。以"景观轴"为基准，协调地展开建筑群。这条景观轴是穿越沈阳故宫，贯穿着城市发展序列的城市主轴向浑南延展的接续。并以这条具有历史性和象征性意义的景观轴为基础，以体育场为中心，庞大的建筑群体依次展开，相映生辉。在拥有着个性设计的同时，还强调着高度协调性与整体性。

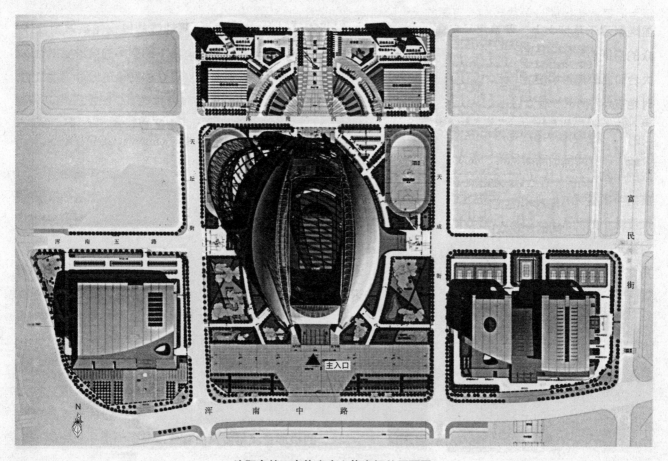

沈阳奥林匹克体育中心体育场总平面图

动线设计采用立体及平面分流体系。除观众以外的贵宾、运动员、裁判员、媒体人员、工作人员在一层形成各自的功能体系，在首层平台下安排有环通的车道，使上述人员可以直接到达其入口并互不干扰，其安全性、便捷性得到了最大的保障。观众由东、南、西、北4个主出入口广场，通过宽阔的大阶梯，进入6.0m标高平台，然后通过疏散口便捷、自然地进入各自的看台区。

主赛场的观众席总数约为6万席，观众看台被分为两个大的层次，中部为环绕全场一周的约100个包厢夹层以及公共卫生间等功能用房。其中2层观众席总数2.7万席，分为32个区，通过24个疏散大楼梯疏散到观众休息厅并至6.0m高平台；包厢及贵宾包座共容观众2200人，有独立的电梯和楼梯，特殊情况下通过包厢层平台直接到32个疏散口并通过24部疏散梯疏散；主席台包座共可容纳观众810人，通过贵宾区两部楼梯直接疏散到底层大厅。

现代体育场馆不仅仅是体育竞技的容器，更是城市公共活动行为的延伸。2层开放式环形观众休息厅，做成玻璃和金属构成的拱形屋顶所覆盖的半室外空间，作为从室外到观众席过渡的场所，每12m一跨的钢结构韵律组合，在南北轴方向逐渐收紧，并最终交汇于主拱墩。这些都从各个层面赋予人们感受大型建筑的力量与技术的机会，让人感觉到这是个公共的、具凝聚力而富有趣味的交流场所。相对于外部广场的开放性，建筑外观的半围合无形中界定了此区域的专属性。在空间尺度减小的同时，观众阅读建筑的距离也进一步拉近。平台层具有举办大型活动及庆典时所需的大空间，且在周边预留了大量的店铺和餐饮设施。

飞扬的屋面形成建筑最具特色的识别特征，设计者赋予它胜利者水晶皇冠的含义。东西两片屋面从地面升起并将观众平台巧妙地罩住，简单而富有变化，向内场展示其恢宏的一面。南北的屋面则起到了过渡、衔接的效果，材质上与主屋有所区分，由上部的安全玻璃和下部的阳光板组合而成。具有柔和舒缓曲线的独特个性的体育场大屋顶，与周边倾斜的草坡相衔接，整体上融为一体。这组新型体育中心的建筑群作为新的城市标志为沈阳的建设增添了新的气息。

沈阳奥林匹克体育中心体育场局部外观1

沈阳奥林匹克体育中心体育场局部外观2

沈阳奥林匹克体育中心体育场局部外观3

沈阳奥林匹克体育中心体育场看台夜景

沈阳奥林匹克体育中心体育场运动场

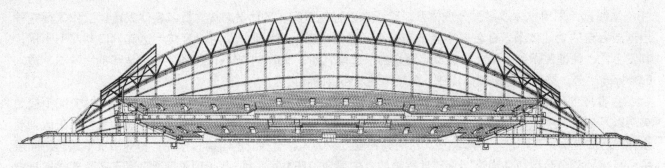

沈阳奥林匹克体育中心体育场剖面

沈阳奥林匹克体育中心体育场正立面夜景

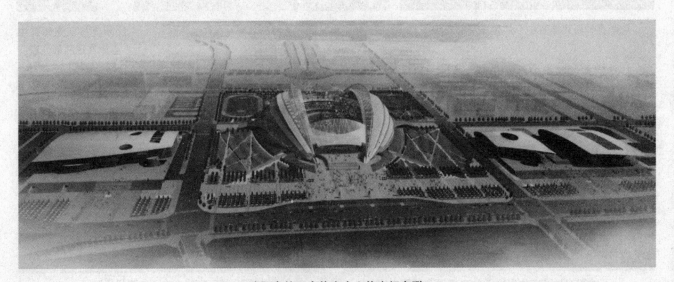

沈阳奥林匹克体育中心体育场鸟瞰

沈阳市图书馆及儿童活动中心联合体外观

3.3　沈阳市图书馆和儿童活动中心

　　沈阳市图书馆和儿童活动中心位于沈阳市青年大街与文体西路交汇处，沈阳金廊文体展示中心区，2004年由辽宁省建筑设计院和德国ABB建筑师事务所联合设计，2005年6月1日投入使用。用地面积5.99ha，总建筑面积6.04万㎡，其中图书馆面积3.97万㎡，儿童活动中心面积2.07万㎡。图书馆具有图书借阅、图书收藏、办公等功能；儿童活动中心具有儿童活动、蓓蕾剧场、木偶剧场、办公等功能。其中的儿童活动中心是目前全国最大的儿童活动中心。

　　沈阳市图书馆建筑的主体外部空间形象从青年大街方向采取"退隐"的方式，将建筑隐藏在一片巨型的斜坡之下，前面广场上的绿化被延伸到斜坡之上，与城市进行谦虚的对话，而在"退隐"的总体构思下，从主体建筑中分离出一座31.95m高的办公塔楼，既满足了办公用房流线、采光、朝向的要求，也将图书馆的外部空间形象进行了提炼。内部空间采取规整的布局方式，围绕中庭空间形成清晰的空间组织模式，"三统一"（统一层高，统一荷载，统一柱网）的结构体系使图书馆内部功能布置具有充分的灵活性。

　　沈阳市图书馆将车行交通分为地面交通、停车场及地下停车场三部分。在主入口大台阶一侧设置地下车库出入口，

沈阳市图书馆室内

并设立联系通道。地面沿基地北、东、南三侧设置车行通道，满足日常车辆及消防车辆的到达。图书馆经西侧室外大台阶进入2层高的主入口大厅，这是读者流线的枢纽空间，经这里可联系到商务中心、总借书还书处、展览、办公等功能空间。布局紧凑，组织有序；垂直交通系统分别以自动扶梯和客用电梯为读者及

办公人员服务,以通至一层书库并穿越各层阅览室的书梯及疏散楼梯,解决书籍运输及各类人员的消防疏散要求,一层有报告厅及残疾人单独的出入口,报告厅还可经二层的主门厅进出,有分有合,方便使用与管理。图书馆的书库、餐厅设在一层,可由东侧的车行路直接运送书籍等货物,并避开了主要的人流方向。地下设备用房的设备存放利用地下车库的坡道进出。

沈阳市图书馆建筑以为环境提供一个"大背景"的姿态而出现,屋顶绿化与地面绿化一气呵成,屋顶之下垂直的墙面被赋予了朴素的混凝土遮阳板的形式,一层书库的混凝土遮阳板方向与二层以上阅览室的混凝土遮阳板方向正好相反,既暗示内部功能的不同,也形成外墙肌理的区别。东侧的玻璃墙面是读者在室内与公园景观进行视觉沟通的媒介。"凸显"于绿化屋顶之上的办公塔楼的外墙开窗方式与儿

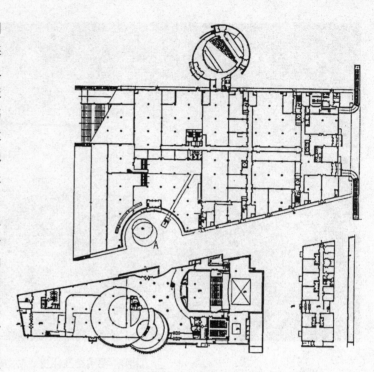

沈阳市图书馆1层平面图

童活动中心的外墙开窗方式一致,形成友好的对话关系,遥相呼应。

沈阳市儿童活动中心其外部空间形象分为与周围现存建筑进行直接对话的主体建筑和低龄儿童潜能开发的覆土式建筑。主体建筑大的"盒子"和"容器"状的空间以介于剧场区和活动区之间的中庭空间裂变为两个部分。实践大课堂、室内活动部分、轮滑馆以及木偶演播厅、蓓蕾剧场的舞台部分,还有幕间休息的北侧观众休息厅和亲子乐园的卫生间,以不同的形状和材质从建筑整体中"流露"出来,这些都为儿童

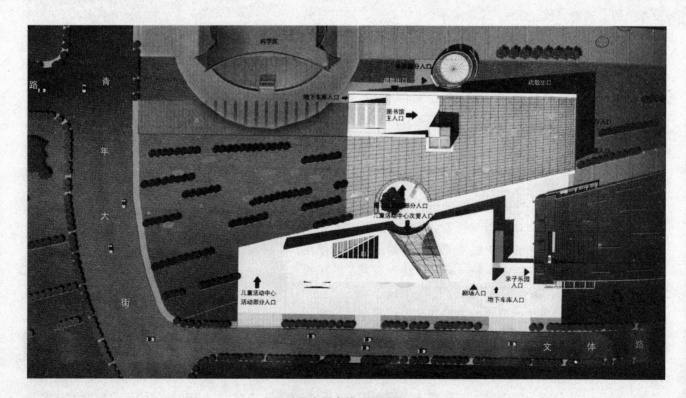

沈阳市图书馆总平面图

的想象力提供了空间，也以此表现儿童活动中心建筑的性格特点。内部空间突出作为一个容纳各种儿童活动空间的"容器建筑"中各个具体的"空间装置"的特性，一层的自由式平面布局和二层以上以串联中庭空间、不同的休息厅以及各种大小不同的功能用房的树干式廊道布局，既提供给儿童各种活动的空间，更提供给他们发挥想象力的地方。

　　图书馆与儿童活动中心一静一动，将两个不同功能性质的建筑组织在一起，避免"动"对"静"的影响与干扰，这也恰是这组建筑的出彩之处。除了将两类功能分别布置在不同的单体建筑之中，有效地区分开"动"与"静"的空间领域之外，又将它们通过一个内部的半圆形小广场联系在一起。广场上保留下来的一棵原基地上形态优美的古树，成为沟通知识与活力的生命之灵。

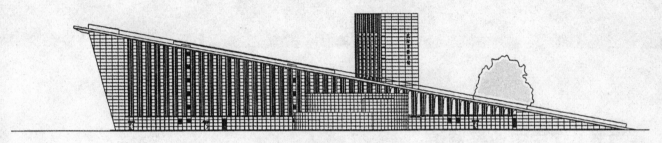

沈阳市图书馆立面图

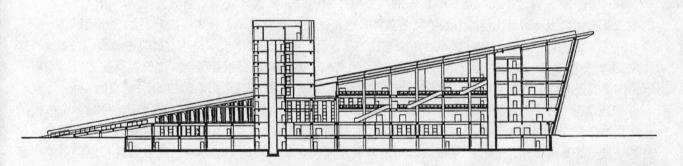

沈阳市图书馆剖面图

沈阳市图书馆和儿童活动中心远景外观

辽宁工业展览馆外观

3.4　辽宁工业展览馆

　　辽宁工业展览馆位于沈阳市中心地段的"金廊"沿线，东临青年大街，南临文化路。该地域有着浓厚的商业及文化氛围，是辽沈地区发展的黄金宝地，也是国内外企业展示新技术、新产品的理想场所。

　　辽宁工业展览馆由辽宁省建筑设计研究院1959年设计，并于1963年投入使用。建筑占地面积11万m²，整体为3层，建筑面积33000m²，展厅面积20008m²，另有一个露天展场面积2800m²。建筑平面呈"山"字形，展馆内设有不同类型展厅38个。中央大厅为拱形，面积2368m²，拱顶至地面高为19.6m，跨度为32m。

　　该建筑吸收了传统的建筑艺术和表现手法，总体为严谨的对称布局，琉璃瓦坡屋顶，柱廊、黄白相间的外立面色彩，建筑南向主入口以6根2层通高的立柱形成五开间的柱廊，柱子上面承托着由董必武亲笔题写的"辽宁工业展览馆"馆名的横额。入口的两侧是两座金碧辉煌的塔楼，塔顶饰以齿轮和麦穗，象征着工农业并举，形成融中国传统建筑形式与现代功能于一体的民族风格新建筑，与建国十周年的北京"十大工程"有异曲同工之妙。

辽宁工业展览馆檐口细部

辽宁工业展览馆东立面图

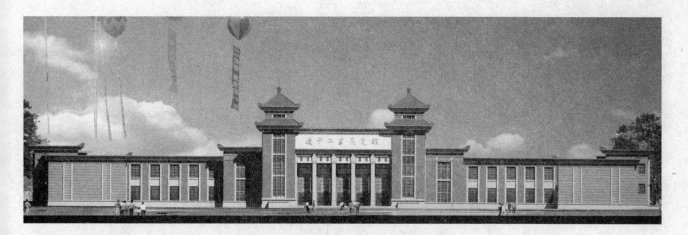

辽宁工业展览馆南立面图

辽宁工业展览馆展览大厅

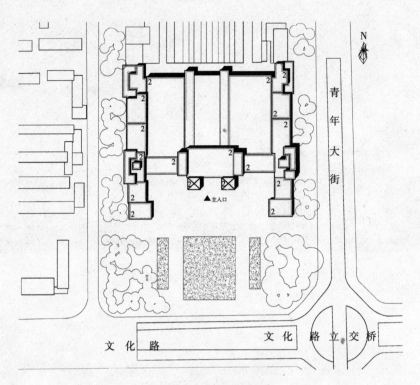

辽宁工业展览馆总平面图

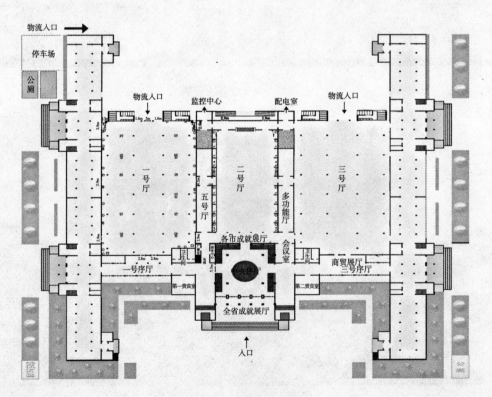

辽宁工业展览馆1层平面图

辽宁广播电视塔1

3.5 辽宁广播电视塔

辽宁广播电视塔位于沈阳市沈河区青年大街与
滨河路的交汇处，景色秀丽的南运河带状公园中部，
是集旅游观光、餐饮、娱乐于一体的多功能广播电视
塔，是沈阳城市标志性建筑和旅游热点之一。

辽宁广播电视塔由中国广播电影电视部设计院设
计，中国建筑三局第一建筑安装工程公司施工，钢结
构部分由中国建筑三局结构施工公司安装。1984年8月
8日破土动工，1989年9月建成投入使用。

辽宁广播电视塔塔高305.5m，占地面积11850m²，
总建筑面积11256m²。辽宁广播电视塔是辽宁省电视、
调频广播发射中心和节目传输中心，可同时播出6套电

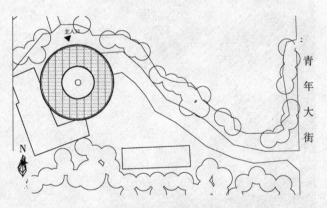

辽宁广播电视塔总平面图

视、6套调频广播节目。电视塔由塔基、塔座、塔身、塔楼和天线桅杆五部分组成。1层设有迎客大厅，5层
设有商场，塔内设置3部高速电梯，电梯一次可载26人，每秒运行5m的高速电梯40s即可将游客运到196m的
观光大厅。塔楼共6层，设有旋转餐厅（45min旋转一圈）、观光大厅、空中休闲厅、游戏厅、商场等。沈
阳最高的"空中乐园"设在塔楼的193~205m处，内有空中舞厅、旋转舞厅、露天观览平台等场所。舞厅内
装有高级专业音响和灯光设备，登上露天观览平台极目远眺，方圆百里的沈城风貌尽收眼底。

辽宁广播电视塔黄昏外观　　　　　　　　　　　辽宁广播电视塔旋转餐厅外观

　　　　　　　　　　辽宁广播电视塔2

3.6　辽宁电视台彩电中心

辽宁电视台彩电中心位于沈阳市和平区文化路79号，是沈阳重点建设街区"金廊"的重要节点。于1994年由辽宁省建筑设计研究院设计，1999年竣工投入使用。

辽宁电视台彩电中心占地面积3.27ha，总建筑面积79770m²，地下2层，地上32层，总建筑高度144m。它是一座集电视节目录制、制作播出、演员活动、布置道具、广告制作与承揽、内部办公、写字楼及地下停车场于一体的大型综合性建筑，有大、中、小演播室20余间，各类录音室10余间，其中最大的演播室达1350m²。

根据电视台建筑特殊的功能要求以及城市规划要求，辽宁电视台彩电中心合理地组织了各种功能关系和层高关系，并满足人流、物流、车流等多种流线组织。以共享大厅和候播厅等富有变化的室内空间串联各个使用功能部分，既为各个部分提供了缓冲空间，对使用者的心理产生积极作用，又增加了庞大体量的室内空间的可识别性，同时对电视节目的录制、举办各类活动提供了辅助的场所，形成了空间丰富

辽宁电视台彩电中心演播厅外观

的、多种功能的新型电视台室内环境。分为大演播室、共享大厅、高层主楼、设备用房与布景道具库四大部分，体量呈风车状逆时针排列。在建筑造型处理上也充分突出这种体量的组合关系，并对各部分体量采取相类似的弧线顶部的造型手法，强化与整体的呼应。主楼由高低不同的两个体块组成，形成了突出的建筑标记特征。

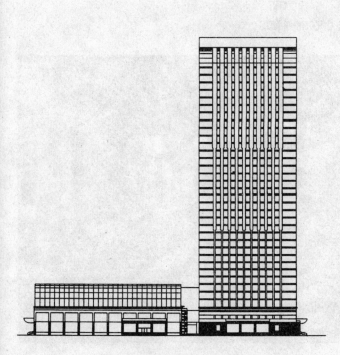

辽宁电视台彩电中心北立面图

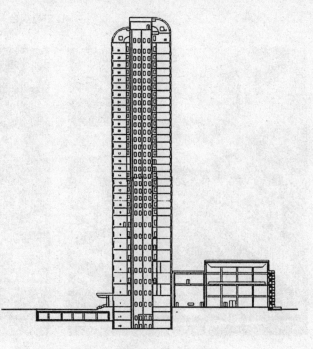

辽宁电视台彩电中心剖面图

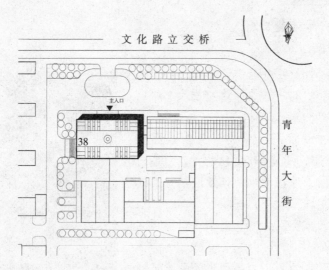

辽宁电视台彩电中心总平面图

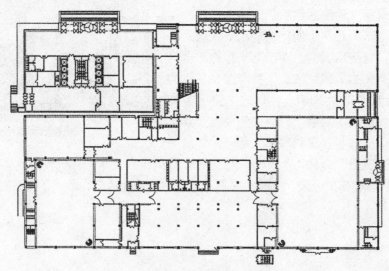

辽宁电视台彩电中心1层平面图

辽宁电视台彩电中心中庭

辽宁电视台彩电中心演播厅

3.7 沈阳皇朝万豪酒店

　　沈阳皇朝万豪酒店位于波光粼粼、风景旖旎的浑河北岸，沈阳市和平区青年大街388号，1999年7月开业，这座由沈阳北方航空扬子实业有限公司投资兴建、中国建筑东北设计研究院设计的沈阳第一家国际化的五星级酒店，是万豪国际集团在祖国大陆管理的首家以万豪命名的酒店。

　　沈阳皇朝万豪酒店共25层，拥有435间高档豪华房及套房。300m²豪华、尊贵的总统套房位于酒店的最顶层。行政楼层共有5层，居于酒店顶部。这座五星级酒店配套齐全，内部装饰奢华，将中国传统文化、欧洲文化、日本文化汇集一体。

　　沈阳皇朝万豪酒店，建筑外立面用金灿灿的材料进行装饰，建筑主体和群房屋顶形成五个金色五角塔楼，好似一个现代的皇朝宫殿，在青年大街高楼林立的建筑群中，格外的耀眼、突出。在酒店正面四周墩座下是由青铜制成的黄道十二宫，它们象征着保卫皇帝的忠诚卫士。

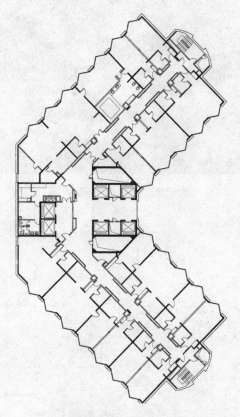

沈阳皇朝万豪酒店标准层平面图

沈阳皇朝万豪酒店大堂

沈阳皇朝万豪酒店室内空间

沈阳皇朝万豪酒店外观夜景

沈阳皇朝万豪酒店大堂

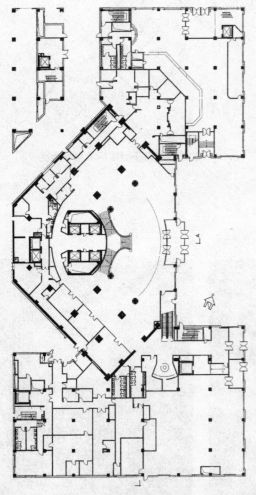

沈阳皇朝万豪酒店1层平面图

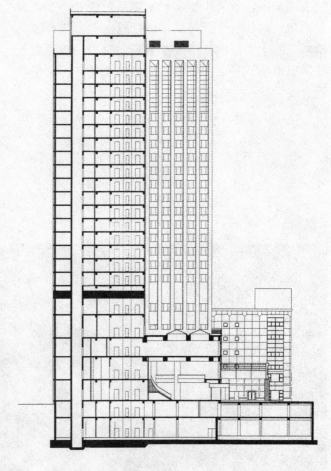

沈阳皇朝万豪酒店剖面图

沈阳21世纪大厦南侧外观

3.8 沈阳21世纪大厦

　　沈阳21世纪大厦，位于沈阳浑南新区浑河大街（机场路）西侧，2000年建成。由沈阳新大陆建筑设计有限公司设计。建筑面积4.2万㎡，共21层，大厦建筑高度为100m，它代表21世纪的到来和新世纪的100年。大厦由两栋塔楼构成，为科技创业中心所用。与21世纪大厦连为一体的21世纪广场，总建筑面积10.8万㎡，为下沉式和突起式相结合的建筑形式，建有大型露天会议广场、世纪钟等，是沈阳规模较大、设计别具一格的现代化公共广场和科普旅游地。

　　该建筑平面首层为景观大厅、会议室、休息厅、音乐茶座、商务中心、谈判厅等，围绕圆形首层平面四周设置了通至2层斜屋面的景观共享中厅，使大厅内空间显得开敞、恢宏大气。标准层为商务写字间。

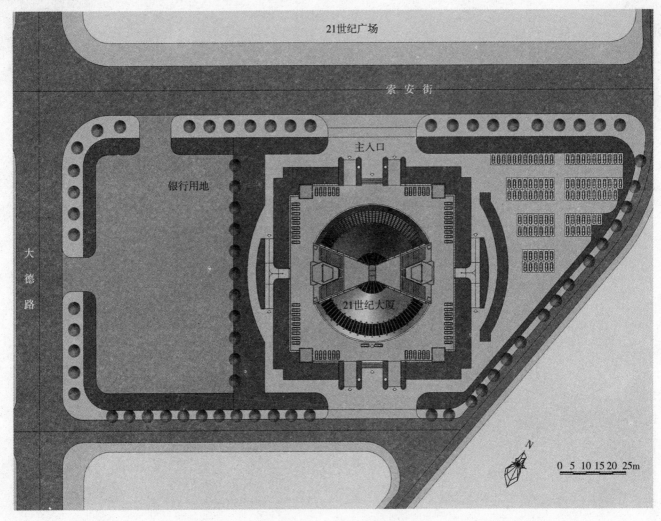

沈阳21世纪大厦总平面图

沈阳21世纪大厦室内1

沈阳21世纪大厦室内2

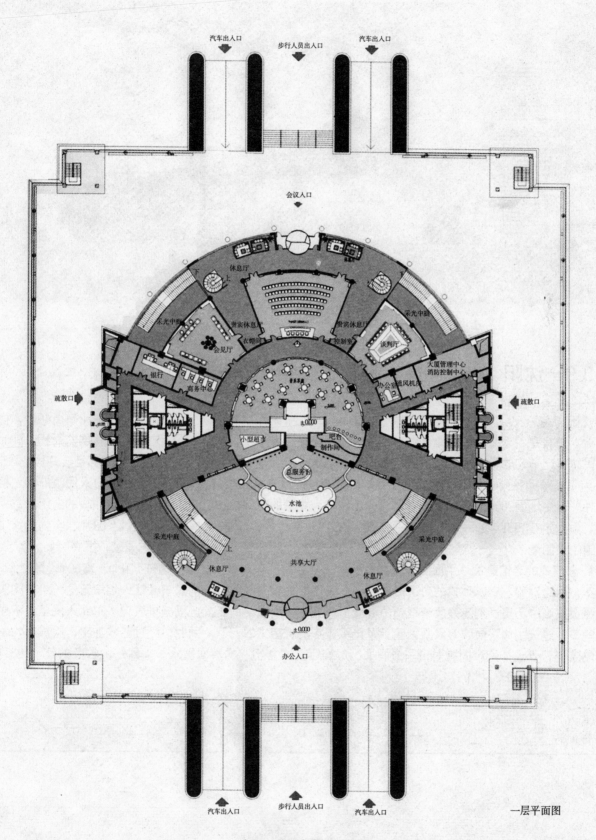

沈阳21世纪大厦1层平面图

一层平面图

沈阳"九·一八"历史博物馆新馆入口

3.9 沈阳"九·一八"历史博物馆和"残历"碑

沈阳"九·一八"历史博物馆，原名"九·一八"事变陈列馆，位于沈阳市大东区望花南街46号，柳条湖附近。馆舍是纪念碑和陈列馆相结合的建筑。总占地面积35000m²，建筑面积12600m²，展览面积9180m²。江泽民总书记亲笔题写馆名。新馆于1998年3月28日破土动工，1999年9月18日竣工并正式向社会开放。

为了让子孙后代永世不忘日本帝国主义给中国人民带来的苦难和耻辱，1991年沈阳市人民政府在"柳条湖事件"发生地南200m处建起了一座以"残历碑"为立意的陈列馆，将建筑设计为一台残缺的台历形态，台历的页面固定在1931年的9月18日。陈列馆的内部共分3层，通过展览大量翔实的史料、图片、实物揭露了日本帝国主义制造"九·一八"事变的真相和在东北犯下的滔天罪行，告诫后人勿忘国耻，振兴中华。

纪念碑式的老馆建筑从平面上看，其形状是一个巨大的东北地图。整个建筑高18m、宽30m、厚11m，呈台历状，两边对称。它以残损的台历形象展现在人们面前，意在以形象的建筑，让人们牢记这一给中国人民造成深重灾难的历史一刻。残历碑框架由混凝土筑成，花岗岩贴面，其坚固挺拔表现了东北人民坚贞不屈的英雄气节。建筑主体正面弹痕累累，喻示了日军侵华的野蛮"罪行"。同时，经过艺术加工，组成呻吟呐喊状的骷髅群，表现了殉难同胞对日军血腥罪行的控诉。"台历"的页面被永久地翻开，右页刻着"1931年9

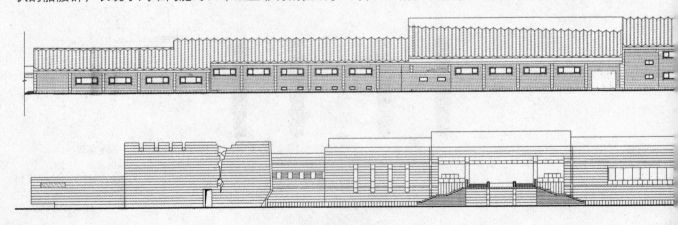

月18日，农历辛未年十三秋分"这一天，"台历"的左页刻有事变发生的记事，历史仿佛凝固在这个日子，中国人民永远不会忘记这一页沉痛的历史。

在残历碑西南20m处有一个"九·一八"事变炸弹碑，是1938年日本帝国主义为炫耀其"赫赫战功"在铁路爆破地点树立的呈蜂尾翼形的纪念碑。抗战胜利后，被人民推倒，现已成为日本国主义侵华的罪证。在残历碑正南70m处，有一座地下展览厅。

1997年，在原残历碑北侧新建一座"九·一八"事变纪念馆，主体新馆占地3.1万m²，建筑面积1.5万m²。扩建工程在残历碑与主纪念馆主入口之间增设由引桥和大弹坑及浮雕墙组成的引导广场，将原残历碑环境设计成新纪念馆入口序列的一个组成部分，实现了新老环境的有机结合，增强了入口的序列感，强化了纪念效果。广场南侧设有主停车场。

结合基地条件和参观流线要求，新纪念馆形体为狭长方形，主入口及沿街一面，以倾斜石墙体、敞廊和大台阶等有力度的建筑元素形成具有强烈震撼感的序列性。墙体上的浮雕、墙体形式的虚实对比，给人深刻印象。建筑东侧中部设大台阶，台阶上面是参观出口。出口北部墙上有水平带状窗，再往北墙面为浅灰色花岗岩石板衬托的浮雕装饰。纪念馆最北端是办公楼，它与纪念馆主体建筑仅由一个雨搭相连，形成一个门洞状的办公入口。两个建筑平面东侧在这个门洞处呈阶梯状内凹，从而在建筑立面上突出了入口。入口前面的小广场设有抗战胜利纪念碑和小停车场。游人通过这个门洞还可以参观纪念馆西侧的雕塑群。

纪念馆西侧的爆炸概念雕塑群，使临近馆址西侧铁路上驶过的列车上的旅客也能感受到纪念氛围。建筑西侧立面以干挂浅灰色花岗岩石板的实墙为主，有间隔的柱子和小窗户。屋顶为锯齿形的出挑屋顶，东高西低，东面有女儿墙。

"九·一八" 历史博物馆设有8个展厅，10余个大型场景。配备有分区广播系统、中央空调系统、影视报告厅、电子阅览室、多媒体电脑系统及国际互联网等设施。整个纪念馆分4个防火分区：序厅、接待、书店、报告厅等部分组成第1区；第1、2、3、8、9馆组成第2区；第4、5、6、7馆及录像厅、文物库、半地下设备用房等部分组成第3区；办公区自成第4区。

序厅以白色的浮雕和黑色的大理石地面营造出白山黑水的壮美景象，象征美丽富饶的东北大好河山，

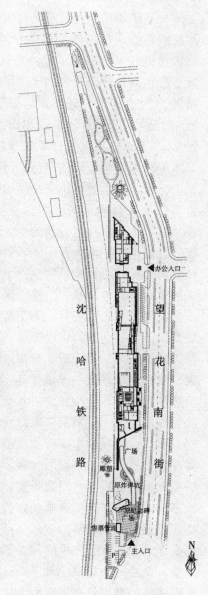

九·一八纪念馆总平面

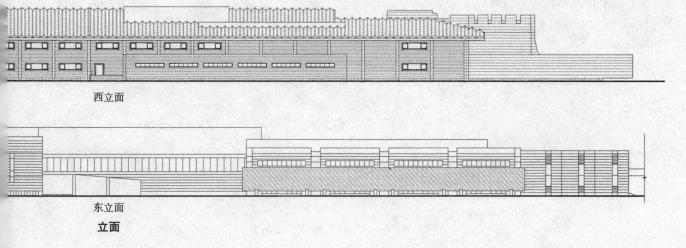

西立面

东立面

立面

283

中间长明不熄的火焰象征东北人民不屈的斗争精神和民族英烈浩气永存。通过一个较长的下行坡道参观人员进入半地下的展厅。这个展厅由"九·一八事变程控演示沙盘"，到"皇姑屯事件影视合成景箱"，到"蒋张会晤仿真场景"，到"流亡恨雕塑"，到"日军占领下的沈阳西城门大型复原场景"，以及被缴获的日军武器展览。这些揭示了日本关东军发动侵略的罪行，蒋介石政府不抵抗政策，记录了日军践踏下东北同胞的悲惨生活和爱国青年的抗日斗争历史。内部空间由封闭向开敞过渡，从半地下自然过渡到一层。到大型场景"露营歌"，整个空间高大开阔。以皑皑白雪和茂密的白桦林为衬托，刻画出抗联战士顽强的战斗意志和饱满的革命乐观主义精神。接下来的展览包括"平顶山惨案"、"日军宪兵队地下室抗日志士遗骨复原场景"、"日伪刑具滚地笼"、"七三一细菌部队活人解剖场面"，记录了日军对我国人民的非人迫害。微缩景观场景"溥仪登基"记录了伪满傀儡皇帝登基场景。与此相对，"八女投江"、"抗日军民武器展"、"义勇军奇袭日军飞机场"、"蜡像赵一曼"、"杨靖宇痛歼伪军邵本良部"、"仿陶微缩场景抗日干部讲习所"展示了我国军民对日军的英勇抵抗。观赏线路富于变化和节奏，展出的形式多样，减弱了人们参观的疲劳感。"沈阳中国最高人民法院特别军事法庭和仿真审判正义的审判"场景记录了日本宣布投降和中国对日本战犯审判的场景。最后一个场景记录了中日友好条约的签订。参观路线的端点设有展室和大报告厅，既可结合陈列的需要使用，也可以独立使用。位于南端的餐厅等服务空间设施，既可以服务于纪念馆，同时又可以对外开放。办公楼为2层，走廊在中间，两侧为办公室，楼梯在建筑的南北两端。

沈阳"九·一八"历史博物馆老馆

沈阳"九·一八"历史博物馆展厅

沈阳"九·一八"历史博物馆序厅

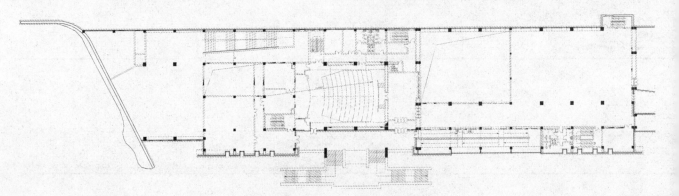

沈阳"九·一八"历史博物馆1层平面

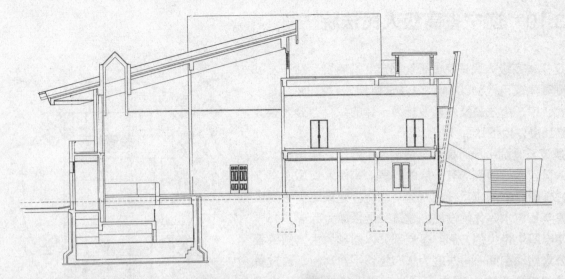

沈阳"九·一八"历史博物馆剖面

沈阳"九·一八"历史博物馆新馆

沈阳"九·一八"历史博物馆室内场景1

沈阳"九·一八"历史博物馆室内场景2

3.10 辽宁省高级人民法院

辽宁省高级人民法院位于沈阳市北站商贸金融开发区的东侧。建筑用地34800m²，总建筑面积为47210m²，是一座集大、中、小法庭及附属设施为一体的综合办公大楼。主楼高16层，地下1层，地上15层。

建筑及庭院平面为梯形，南侧为主入口，西侧和北侧为次入口，入口两侧均有一层的门房。南侧入口后面有汉白玉栏杆围合的国旗旗杆，两旁有绿化。建筑北侧庭院设有小凉亭和树木等休闲设施。建筑一层平面为圆形，45°斜向伸出四个带尖的方形。多层部分以圆形为主，围绕着主要公众活动空间——法庭为核心组织平面功能，通过多层贯通的中庭相连。2层既可通过南侧大楼梯直达，也可通过一层交通梯上到2层，2层、3层中部核心为各类中、小法庭及新闻发布厅、外宾接待室等与法庭相关的功能用房。4层、5层中部为大法庭及接待室、职工餐厅、厨房等。高层部分一分为二，从而保证所有办公用房为南向房间。地下一层为停车场、职工洗浴用房、室内游泳池和设

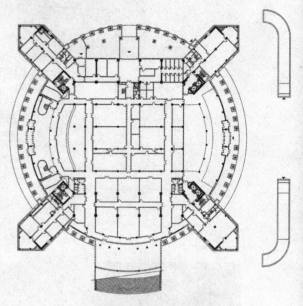

辽宁省高级人民法院1层平面图

备用房。顶层为部分设备用房及电梯机房、卫星通讯机房等。审判法庭主入口通过前区广场沿南侧大台阶而上进入，东侧为办公主入口，普法广场设在建筑的西侧，主要出入地下停车场的车辆由东侧进出。羁押入口设在建筑的北侧，临近建筑后院。整体基地上建筑平面形态考虑东南西北四个方位的城市景观效果，没有主次面之分，整个建筑均衡完整而富于变化，气势恢宏，正大严明。

建筑立面简洁大方，庄重恢宏，坚实的圆柱体向外伸出的四个支座的石质底座上穿插着两个内凹的长方体，巨大的建筑体量体现执法如山的神圣职责。建筑两主体托起高高的尖塔，犹如一把利剑捍卫法律的尊严。在石质的建筑基体上开有长条形高窗。建筑入口采用柱廊式，象征着法律的透明及公开；浅灰色的梁柱与深色的玻璃在颜色上形成黑白对比，象征着正邪分明。另外，在建筑顶部的灯柱、灯饰以及灯饰之间的独角兽浅浮雕时刻在提醒着人们法的存在与尊严；主体建筑四角底部的巨形灯塔，犹如指路明灯给人以启迪与畅想；顶部的巨型尖塔使两栋楼连成整体，形成具有撼人心魄力量的法院形象。

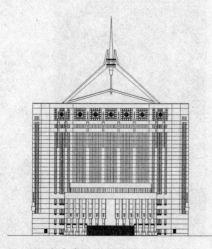

辽宁省高级人民法院南立面图

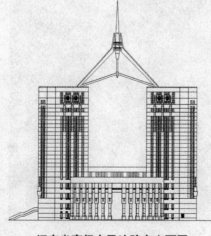

辽宁省高级人民法院东立面图

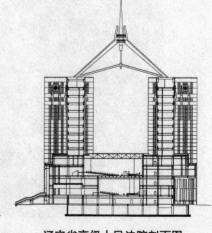

辽宁省高级人民法院剖面图

辽宁省高级人民法院庭院1

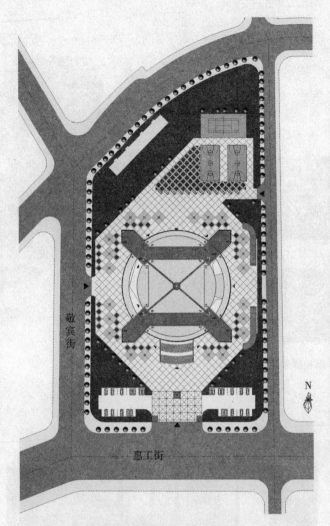

辽宁省高级人民法院总平面图

辽宁省高级人民法院庭院2

辽宁省高级人民法院外观

辽宁省高级人民法院入口

沈阳建筑大学新校区教学区

3.11 沈阳建筑大学新校区

　　沈阳建筑大学校区位于沈阳市浑南新区，占地面积6.6万㎡，建筑面积约30万㎡，其中教学用房约17万㎡，学生生活及辅助用房约13万㎡。2000年6月设计招标，2001年8月开始施工，2003年4月第一期工程约26万㎡竣工并投入使用，2005年11月建设工作全部告竣。

　　沈阳建筑大学用地为一东西长1000m，南北宽660m的矩形用地，地势平整，原大部分用地为水稻田，仅东部有少量果林及葡萄园。基地南侧与沈抚铁路之间以一条20m宽的绿化隔离带作为校区的南边界；北临浑南大道，在该方向布置着新校区的主要入口；西临另一条南北向的城市道路，在这里布置有为学校科研、实验部分对外联系的次要入口。正对学校北向主入口的校区景观主轴，起始于入口广场，南面终止于体育中心。它犹如从体育中心倾泻而出的宽宽的水带，映射着体育中心的壮丽倒影，又从2层的长廊下面穿越而过，并形成一抹叠水瀑布滚落到下沉广场的水池之中，成为校前为学生提供的一处休憩与举行大型集会的宜人空间。它们与分别坐落在水域两岸的校部行政办公楼、微型自然保护区和建筑博物馆、图书馆共同构成了校园中最

沈阳建筑大学新校区从"节点塔"看内庭院

秀美的一道风景线。这条景观轴又将整个校区分成东西两部分：东面是学生生活区，西部为教学区。一条巨型长廊横跨水面，飞架东西，将教学区与学生生活区联系起来。体育活动区则位于校区的南面。

教学区建筑是以80m×80m的"口"字形平面作为基本单元组合而成的网格状布局。它是由多个用作室内交通转换和空间过渡功能的"节点塔"将一幢幢一字形的教学建筑相互连接在一起，并围合成若干个内庭院所构成。所有大大小小的教室和院系办公室等教学用房都布置在这个网格体系之中。在建筑之内可以通达任何一个学院或任何一个班级，也可以进入到同样用连廊与教学楼联系在一起的建筑博物馆和图书馆之中。

科技园及学校的试验中心布置在教学区的西部，与各个学院一道相隔，又通过两条跨道连廊将它们联系起来。学生生活区位于校区的东部，几座平面呈折线形的多层宿舍楼，既争取了宝贵的南面朝向，又围合出一方方具有个性化且尺度宜人的室外小环境。

两幢高层宿舍楼为留学生、研究生提供了良好的生活设施，也作为学校的专家招待所。它们成为整个校区的制高点，打破了校园整体偏于低矮的水平向构图，也提供了一处俯瞰校园全景的视点。

学生生活区中设有食堂、超市、银行、邮局、大学生活动中心等各种生活服务与课外活动设施。还另外开设了一条"商业步行街"——书店、咖啡吧、小吃店、洗衣店、眼镜店等应有尽有，成为学生课余非常喜欢的去处之一。

一条全长为756m的"建艺长廊"将学生生活区与教学区相互联通，成为整个校区平面构图的线性主干。它的2层和3层分别为师生提供了一条室内通廊和一条露天通道，

沈阳建筑大学新校区教学区局部鸟瞰图

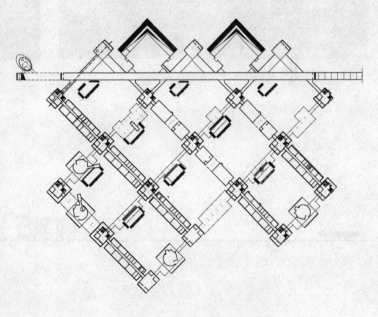

沈阳建筑大学教学区组合平面图

无论严寒或酷暑，师生们穿梭其中，都会获得通畅便利、安然自得、舒适安全的感受，又可以通过开敞的南向落地玻璃窗带，充分享受到阳光、水面、绿化等优美的校园与自然景观。体育活动区与学生生活区、教学区平面上呈"品"字形布局：无论是体育课还是课下体育活动，都保证了适宜的步行距离。它与教学区、生活区之间又分别有一片水稻景观区和水域景观区相隔，避免了运动场上的运动噪声对教学与生活区的干扰。透过平静的稻田和水面，身着色彩斑斓服装的运动员与背景上疾驶的列车，形成了一幅动静交织的生动画面。它也隐喻着现代化的大学与悠久的农田历史、与沈阳老工业基地之间紧密的文脉关联。

沈阳建筑大学新校区老校门雕塑

沈阳建筑大学新校区建艺长廊西端口

沈阳建筑大学新校区食堂

沈阳建筑大学新校区建艺长廊

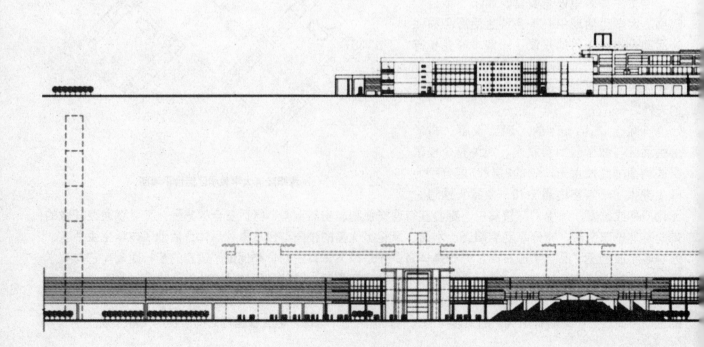

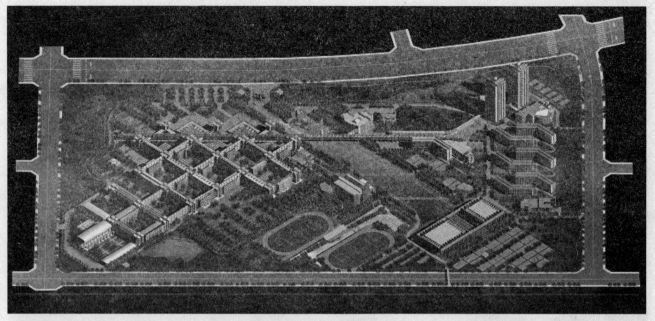

沈阳建筑大学鸟瞰图

沈阳建筑大学新校区建筑博物馆

沈阳建筑大学新校区行政办公楼中庭

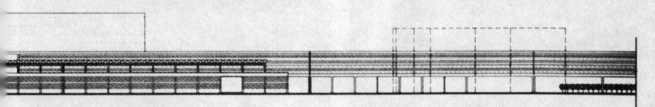

沈阳建筑大学建筑群西北立面局部

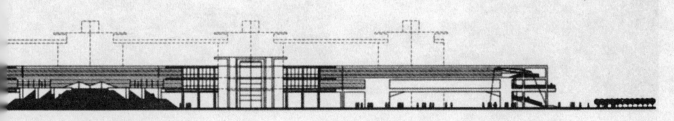

沈阳建筑大学建筑群剖面

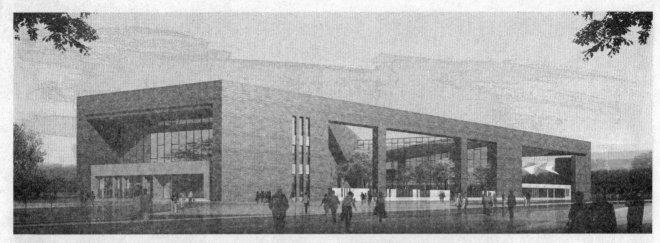

沈阳建筑大学新校区教学训练中心

沈阳建筑大学新校区雷锋庭院

沈阳建筑大学新校区图书馆

沈阳建筑大学新校区相互连通的图书馆、建筑博物馆与教学楼

沈阳建筑大学新校区校园中的水稻景观区

沈阳建筑大学新校区水畔教学楼

沈阳建筑大学新校区体育馆

3.12 沈阳桃仙国际机场

沈阳桃仙国际机场是国家一级干线机场，东北地区航空运输枢纽，为辽沈中部城市群2400万人口的共用机场。以机场为中心，距沈阳市中心20公里，距抚顺、本溪、鞍山、铁岭、辽阳、营口等城市均不超过100公里，并通过高速公路与各城市形成辐射连接。候机楼面积为7万多平方米，设计年旅客吞吐量为606万人次。另外，加上1989年建成的老候机楼，总建筑面积达8.6万㎡。

沈阳桃仙机场航站楼分两期建成，包括老航站楼和新扩建的新航站楼。

沈阳桃仙国际机场新航站楼设计从1998年9月开始，历时1年完成。于2001年12月投入使用，被称为"具有民族特色的交通门户建筑"。

目前，经桃仙国际机场的航线共70余条，其中，国内航线55条、国际及地区航线16条；通航城市58座，其中，国内城市42座，国际、地区城市16座。 沈阳桃仙国际机场老候机楼主体2层，框架结构，建筑面积1.6万㎡，平面采用半圆形前列式，立面采用流线式造型。

沈阳桃仙国际机场航站楼扩建工程为主体2层、局部3层。1层为到大厅，2层为出发厅，局部3层为后勤服务部分。扩建工程为钢结构，包括钢柱、托架、摆式杆、桁架、檩条等。钢柱由钢管相贯成格式钢柱，桁架由钢管相贯成"香蕉形"的空间曲线桁架，截面呈倒三角形、变截面，即上弦由两根曲线变截面钢管，下弦由1根曲线变截面钢管组成。

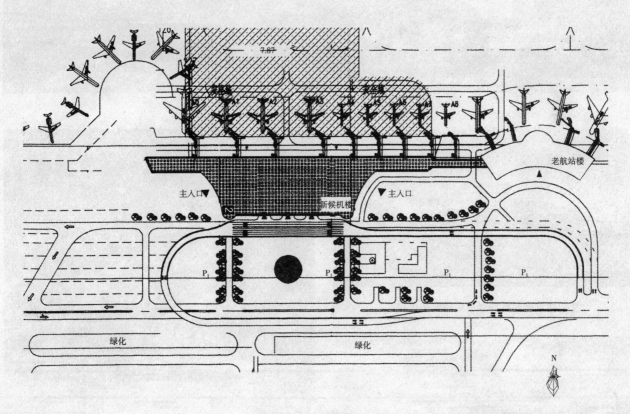

沈阳桃仙国际机场总平面图

沈阳桃仙国际机场新航站楼局部

沈阳桃仙国际机场新航站楼内景

沈阳桃仙国际机场新航站楼外观

沈阳桃仙国际机场老航站楼北向透视

沈阳桃仙国际机场老航站楼南向外观

沈阳桃仙国际机场老航站楼内景

沈阳国际棋牌竞技中心外观

3.13 沈阳国际棋牌竞技中心

　　沈阳国际棋牌竞技中心为一多功能大型体育建筑，建成于2000年。位于沈阳棋盘山国际风景旅游开发区主峰棋盘山北坡，整个场区地形高差约100m，建筑自下而上依次为竞赛馆、训练室、最高级对局室等。总建筑面积（含高级对局室）14614m²，占地面积11890m²，是集国际棋类竞技、综合娱乐、观光旅游、休闲度假为一体，多功能、综合性、国际一流的棋牌中心。竞技中心内部布局合理、功能完备，设有国际比赛大厅、多功能厅、高级对局室、新闻发布中心及多媒体查询、智能型空调、电视监控、同声传译、卫星直播、数据卫星接收等系统。

　　沈阳国际棋牌竞技中心立足于发扬光大中国传统文化，传承中国传统哲学中的"天人合一"、"情景合一"、"知行合一"的哲理观念。整体建筑形态如中国古乐器之月琴，因此称为"天琴"。

　　主体建筑室内空间分为3条主要流线，中央为宽敞的上山大楼梯与自动扶梯廊，通廊两侧洁白的大理石墙壁上，镶嵌着8幅古代博弈图浮雕，叙述棋艺的主题。连廊既是交通的主轴线，又将在不同标高上的入口大厅和大、中、小棋厅水平联系为一体，同时又通过上山连廊与山间棋社、顶峰棋室垂直相连。两侧为上

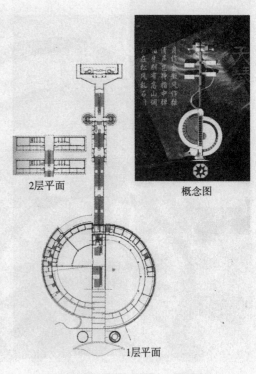

概念图

2层平面

1层平面

沈阳国际棋牌竞技中心平面图

山的步行环廊，东侧依逐级升起的台阶，一个个棋台扇形展开，为大众提供了公共弈棋空间；西侧依上山环廊依次展开的空间为棋史、棋事的展厅及行政办公用房。

建筑内部空间在方形入口大厅的中部设有椭圆形天井，寓意"天圆地方"。上山通廊左右为棋艺展示厅及各比赛厅的前厅与休息厅。入口大厅东侧是以"旧丘"为主题的旋转楼梯厅，由此进入东侧环廊，沿着环形步行道缓缓上升，一边随上山台阶的盘旋升起，可以通过水平的玻璃窗与垂直的天花百叶，观看中小比赛厅；另一边为层层叠起的棋台，半圆形拱廊可与室外通视。入口大厅西侧配置了以"月堑"为主题的旋转楼梯厅，从这里可以步入棋史展厅，凭栏可俯视比赛大厅。

沈阳国际棋牌竞技中心休息厅

沈阳国际棋牌竞技中心旋转楼梯

沈阳国际棋牌竞技中心鸟瞰

3.14　辽宁大剧院与辽宁省博物馆联合体

作为沈阳标志性建筑之一的辽宁大剧院和辽宁省博物馆联合体位于沈阳的政治、金融、文化中心——沈阳市政府广场东侧，规模宏伟，功能齐全，设施先进。辽宁大剧院总建筑面积3万㎡，博物馆总建筑面积达28000多㎡，展览面积8000多㎡。两个不同性质的建筑合建于同一块基地。该设计为1997年底中国建筑东北设计研究院参加国际招标并中标的方案，1998年底开工建设，2002年后陆续竣工使用。

辽宁大剧院与辽宁省博物馆一北一南呈环形围合，形成一个联合体。二者围合出的一个半公共广场，朝向市府广场一侧开口，令两个广场空间相互渗透。

建筑立面造型独特，色彩清新素雅，充分展现了文化建筑特有的魅力。大剧院、博物馆的设计力求造型别致、高雅、清新醒目、自然流畅。

为赋予大剧院、博物馆这两个艺术殿堂以浪漫气质，建筑形体选择了不规则的曲线外形。联合体由三组建筑组成，中间靠后是博物馆综合楼，南北两翼是大剧院和博物馆，三组建筑融为一体，造型舒缓流畅。博物馆综合楼体形高大，为视觉中心；大剧院屋顶采取跌落的弧形网架，轻巧别致；博物馆屋顶呈叶片状，高低起伏，中间设一个圆形的采光窗，并略向中心广场倾斜。

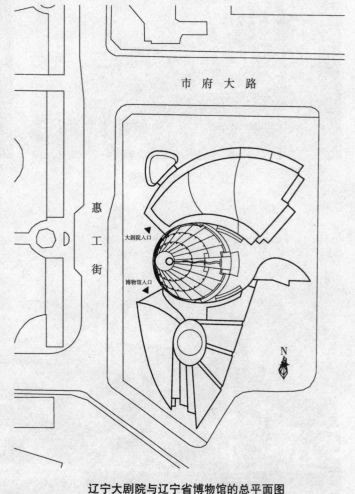

辽宁大剧院与辽宁省博物馆的总平面图

建筑的色彩选择了灰白色花岗岩饰面，配以大面积通透的曲面玻璃幕墙，虚实互补，造型和色彩浑然一体，不同使用功能的空间特征得以体现，也表现出建筑的可识别性，体现了文化建筑的纯洁和高尚。

辽宁大剧院外观1

辽宁大剧院外观2

辽宁大剧院外观3

辽宁大剧院观众厅

辽宁大剧院与辽宁省博物馆整体外观

辽宁省博物馆入口

辽宁大剧院与辽宁省博物馆鸟瞰

　　辽宁省博物馆是著名的大型历史艺术博物馆，内部以一个平面为圆形、上下贯通的共享空间为中心，围绕中心布置着12个展厅。藏品总量达11.2万件，以辽宁地区考古出土文物和传世的历史艺术类文物为主体。其前身为1949年7月7日开馆的东北博物馆，是新中国第一座博物馆。

　　辽宁大剧院是辽沈地区最大、功能齐备的国际化观演场所。其平面造型源自于辽西地区出土的玉猪龙造型，它代表着红山文化。建筑内设有大剧场、小剧场、电影厅、多功能厅、餐厅、酒吧、排练厅、贵宾厅、大小会议室和地下停车场。它是沈阳这个国际化大都市的标志性文化艺术中心，毗邻省博物馆，地理位置优越，乳白色的建筑与气势宏伟的市府广场交相辉映。

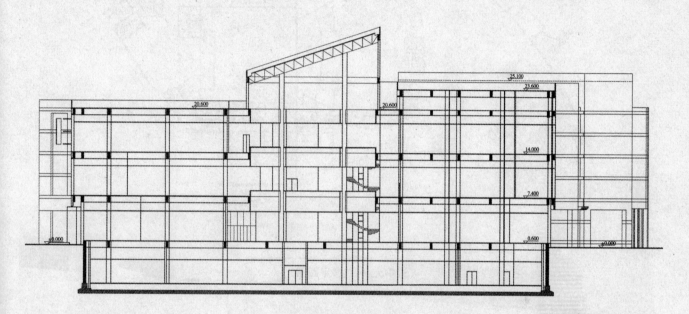

辽宁省博物馆剖面图

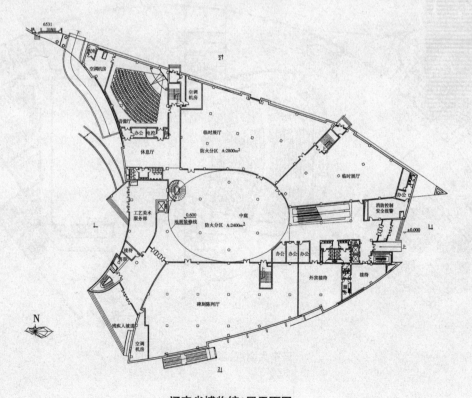

辽宁省博物馆1层平面图

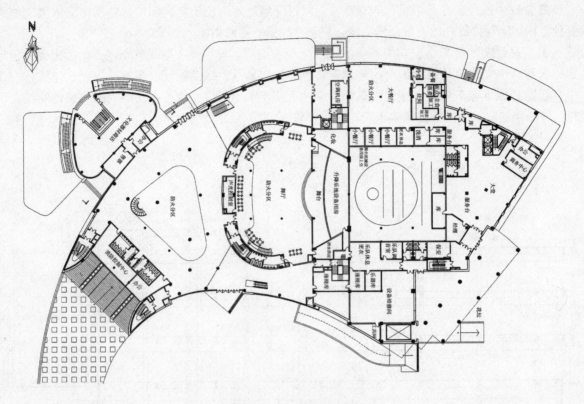

辽宁大剧院1层平面图

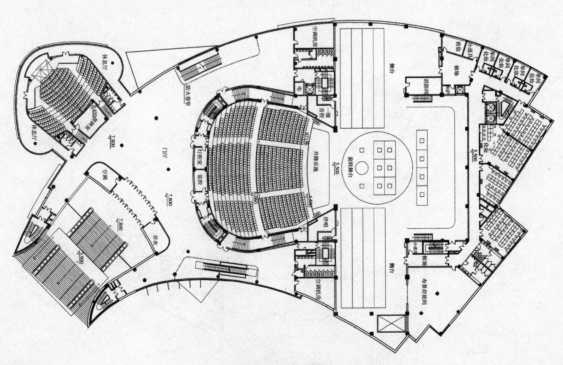

辽宁大剧院2层平面图

3.15 沈阳房地产大厦

沈阳房地产大厦位于沈阳市中心地带，总建筑面积5.3万㎡。大厦地上19层，地下2层。其中，地下为停车场，地上1~9层为房地产交易市场，10~19层为写字间。这是一座现代化的写字楼建筑。它是台湾建筑设计师李祖原在祖国大陆一系列作品中的一个。

建筑呈"Y"字形，为上大下小造型，在"Y"字形体量中间托夹着一个夜间色彩绚丽变幻的球体，造型特点突出，成为沈阳城市中颇具影响力的一栋建筑。

沈阳房地产大厦外观

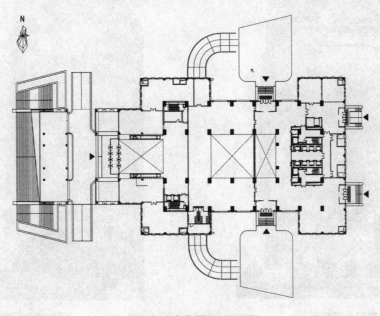

沈阳房地产大厦1层平面图

3.16 沈阳方圆大厦

沈阳方圆大厦，是台湾建筑设计师李祖原在祖国大陆一系列作品中的一个。这位执着于具象形态的设计师，曾在台湾设计了诸多给人以深刻记忆的建筑作品。该大厦以放大了的钱币为造型，具有强烈的标志性。

方圆大厦是由沈阳金融商贸开发区管理委员会下属的沈阳方圆建设有限公司承担建设。大厦共25层，建筑用地4760m²，总建筑面积48290m²，地上23层，地下2层，于2001年竣工。内部功能及设备设施齐全，除具有高档的写字间外，还设有会议室、商务洽谈室、展览厅、咖啡厅、西餐厅、桑拿洗浴及健身等场所。

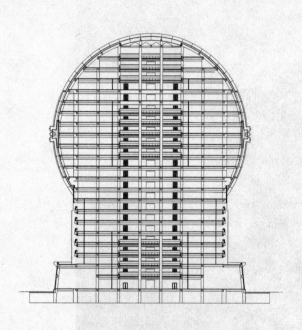

沈阳方圆大厦剖面图

沈阳方圆大厦外观

沈阳方圆大厦侧面

沈阳方圆大厦局部

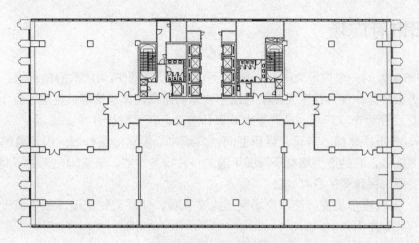

沈阳方圆大厦标准层平面图

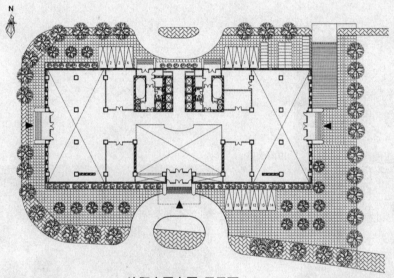

沈阳方圆大厦1层平面

沈阳方圆大厦室内1

沈阳方圆大厦室内2

3.17 沈阳市府广场

市府广场是沈阳市最大的一个广场之一，占地6.3万m²。作为沈阳市人民政府所在地，它的北面是火炬大厦，西侧是市政府办公楼，东侧为辽宁大剧院与辽宁省博物馆联合体建筑群，地理位置十分重要。

广场分为三部分。北部为市政广场，凡遇重大节日和活动，在此举行升旗仪式。

中部为市民广场，是市民休憩、游玩、娱乐空间，广场中心设置一组代表沈阳沧桑的陨石和象征沈阳远古文明的雕塑——太阳鸟，它的造型取材于7200年前的一件精美木雕，是沈阳祖先的图腾，是沈阳历史源远流长的最早标志和沈阳人民珍爱的吉祥物。

东部为绿荫广场，用以漫步观赏。整个广场突出人文景观，体现文化底蕴，赋予现代气息，从而展示着这座历史久远的现代化都市形象。

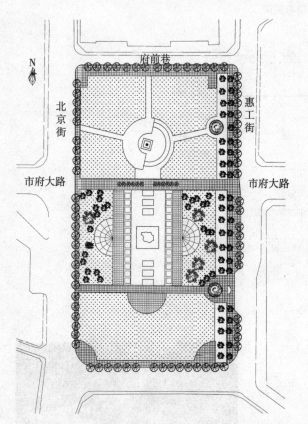

沈阳市府广场总平面图

沈阳市府广场局部

沈阳市府广场

3.18 中兴商业大厦

　　中兴商业大厦是太原街上最重要的、规模最大的一所商厦。太原街是沈阳历史最悠久、最重要的两大商业街区之一。它占据了由太原街、中华路、北一马路、兰州北街所围绕的整个街坊，建筑横跨两个街区，建筑四周为城市道路。原中兴大厦1988年建成，其原造型设计可以看出脱胎于国际式，但粗犷的形体塑造、强烈的雕塑感、追求形体的标志性的风格却是来自于"粗野主义"的影响。原中兴大厦采用我国古代度量器具"斗"的造型，以传统的"斗"为其原形，一仰一扣的布置，构思巧妙，造型以隐喻该商业建筑的使用性质。条形带窗表达了建筑公共性，其粗犷的性格、深稳的色调也较好地对应了北方的气候及环境特点。

　　为满足日益增长的购物需求，对原有商业建筑增建扩建，1998年开始扩建设计，2000年9月扩建建成。根据用地的实际情况，在这块基地及原大厦后院用地（面积达12000m²）翻扩建90000m²的营业大楼，并与现有的营业楼相连，使新、老建筑成为一体。其主要功能为商业零售、办公、娱乐。新的中兴商业大厦设计寓意为城市中"商业航空母舰"，主要是将原"斗"的造型形象进行分割、变异、夸张、转换等处理，生成新的造型语言，并用在室内、外空间的造型处理中；将原有的"斗"的形式消解重构；重新进行空间排序，将"舰头"布置在中华路一侧，为此中华路一侧的高层部分处理为对称的形体，起到"舰头"作用。入口尺度巨大，并抽掉两根柱子，形成27m跨无柱入口广场。为了减少巨大的体量对太原街和中华路的压迫感，外立面采用了退台的形式。下部形体层层出排，控制及影响街道的能力巨大；上部形体层层后退，巧妙地配合下部形体。表面带形窗的处理，使得整个建筑舒展大方。

中兴商业大厦外观1

中兴商业大厦外观2

中兴商业大厦是以商业经营为主的综合商业大厦，其中，地下两层为小汽车停车库及整个大厦的设备用房，1~6层为商业营业厅，7层与8层为娱乐休闲场所，9~11层为公司自用办公用房。

结构柱网尺寸为9m×9m，7层部分采用框架结构，高层部分为框剪结构，建筑最高层为12层，总高度为60.6m。

中庭是中兴商业大厦的一大特色，中兴商业大厦采用内向型中庭，高6层，顶层设梯形采光窗将自然光线引入室内，中庭投影面积达1100m²，为节省一二层的营业面积，中庭采用了下小上大的剖面形式，中庭层层后退，逐渐放大。中庭内共布置自动扶梯14部，观景电梯3台。中庭中设有两段跌落的瀑布池，2层中庭平台结合瀑布池布置绿化及休息坐椅。中庭内阳光明媚、繁花似锦、喷泉跳跃，观景电梯上下运动，顾客乘自动扶梯通行时看到流动的瀑布，将体会到一种不同的兴奋感。

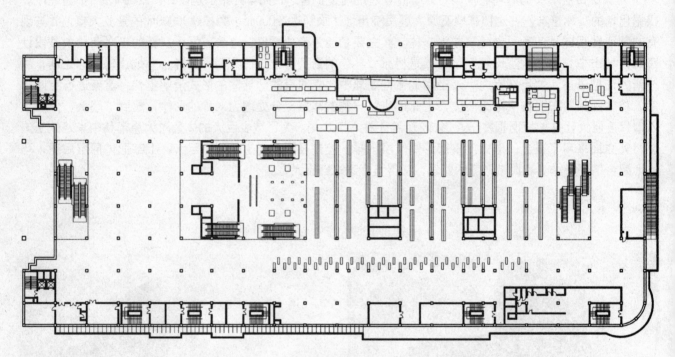

中兴商业大厦平面图

中兴商业大厦室内

中兴商业大厦中庭1

中兴商业大厦中庭2

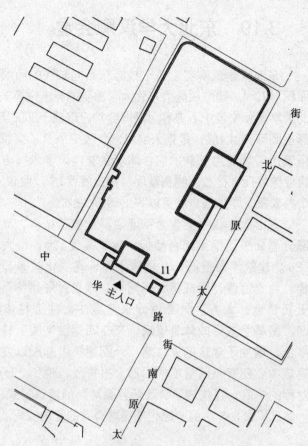

中兴商业大厦总平面图

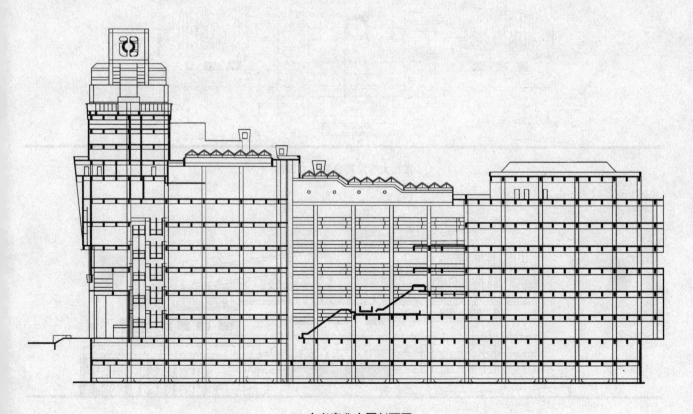

中兴商业大厦剖面图

3.19 东北大学汉卿会堂

　　东北大学汉卿会堂位于校园东西向轴线的西端，总建筑面积7470m²。建成后成为东北大学重要的标志性建筑之一。东北大学国际交流中心亦称为汉卿会堂，建成于2003年11月，外形呈圆环，共4层，是集人物纪念、校史展览、会议服务、音乐演出等功能为一身的综合体。会堂内设学术报告厅、张学良业绩展厅、徐放文物捐献厅、校史展厅3个、会议室9个及多个办公室。学术报告厅可以容纳500人左右。

　　东北大学汉卿会堂为钢筋混凝土框架结构，其中报告厅部分屋面采用钢梁组合楼板，建筑高度23m，最大钢梁跨度28m。建筑平面呈圆形，楼层平面标高变化较多，多处经楼梯、台阶过渡，形成错跃层结构。外表面采用仿石材贴面，更显稳重、大方。外部设计采用减法，在圆柱体上用削、凹、凿等手法形成体量破缺，又在四周设半圈列柱围廊的大平台，增加了建筑的立体感；外圈建筑内部配以方形走廊，建筑中心还有一两层高的圆形大报告厅，他们之间形成两个

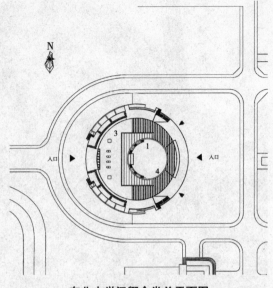

东北大学汉卿会堂总平面图

对称的中庭，并构成了"圆环套圆环"的建筑形式；中庭开天窗，并配有格栅，光影丰富；报告厅顶部为一休息平台，与中庭一起构成错落有致的室内空间。

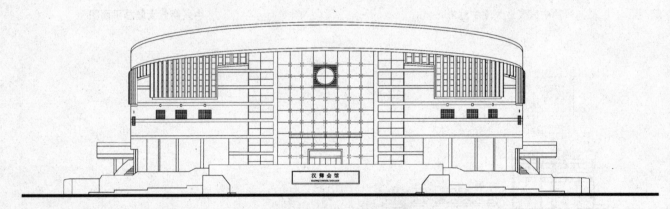

东北大学汉卿会堂正立面图

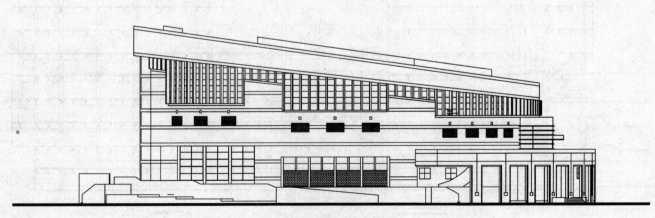

东北大学汉卿会堂南立面图

东北大学汉卿会堂外观

东北大学汉卿会堂内庭

东北大学汉卿会堂内庭雕塑

东北大学汉卿会堂室内

东北大学汉卿会堂室内楼梯

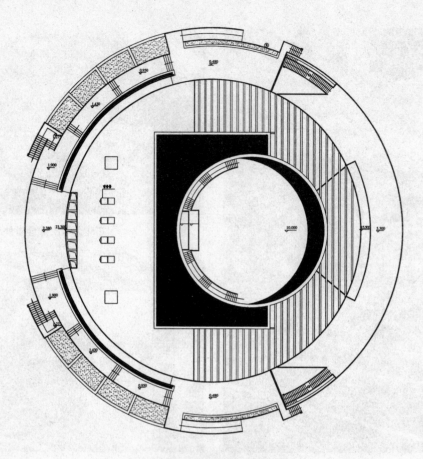

东北大学汉卿会堂屋顶平面图

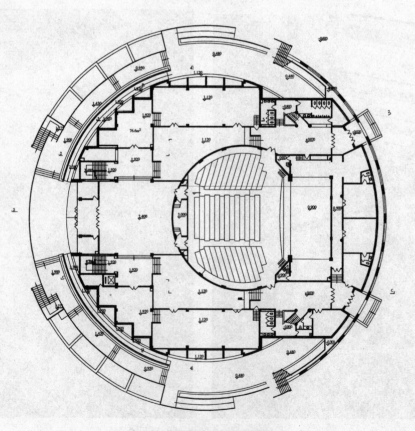

东北大学汉卿会堂1层平面图

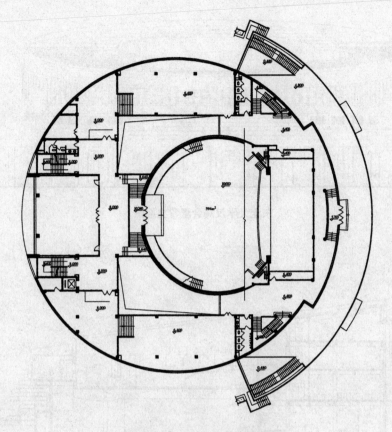

东北大学汉卿会堂2层平面图

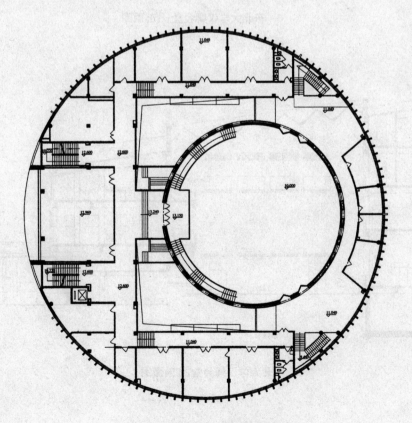

东北大学汉卿会堂3层平面图

沈阳城市建筑图说

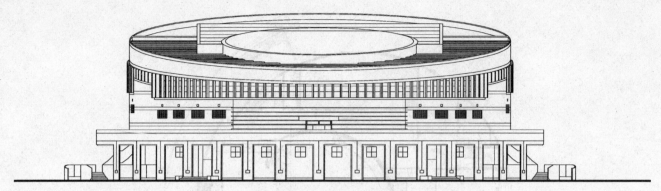

东北大学汉卿会堂背立面图

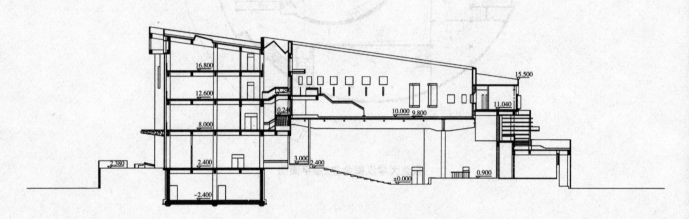

东北大学汉卿会堂1-1剖面图

东北大学汉卿会堂2-2剖面图

辽宁省快速汽车客运站南侧外观

3.20 辽宁省快速汽车客运站

沈阳惠工广场东约200m处有一座造型美观、现代、富有特色的建筑——辽宁省快速汽车客运站。该建筑临惠工街的正立面主要特征是：以富有现代感的玻璃幕墙和铝板衬托，水平方向的曲线大屋顶和与之呼应的水平方向的曲线雨篷，通透而舒展。屋顶的曲线构成3个连续的梭形，东西两侧出挑深远。雨篷的波浪形曲线中间高，两侧低。这些活泼的、富有层次的曲线，特征鲜明地表述了快速客运这一主题。

建筑正立面屋顶以下，东西两头是铝塑板构成的实体，中间是大面积玻璃幕墙，从实体中探出两个玻璃盒子楼梯间。玻璃幕墙不但让旅客从室外即可识别候车室的位置，它的温室效应还能为建筑吸收更多的太阳能。建筑的东、西立面两头为玻璃体，中间铝塑板立面被竖向划分为5组，构成2层和3层由下至上倾斜式探出的造型。他们一方面呼应了悬挑出的大屋顶，另一方面使建筑看起来富有节奏和韵律。

客运站建设在长方形的基地上，客运楼主体朝南。主体建筑前后有广场，南侧是旅客乘降站广场，北侧是客场停车场。地下停车场车行出入口分别在建筑东南角和广场东北角，地下停车场人行的出入口分别在楼内、场地西侧等。客车入口北侧有收发室。

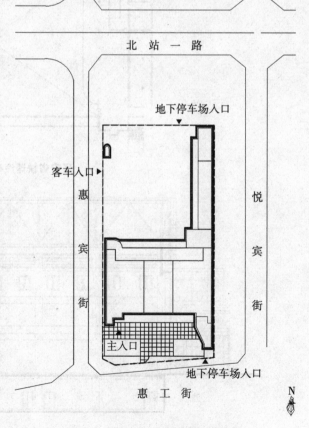

辽宁省快速汽车客运站总平面图

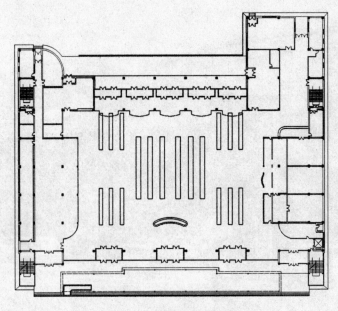

辽宁省快速汽车客运站1层平面图

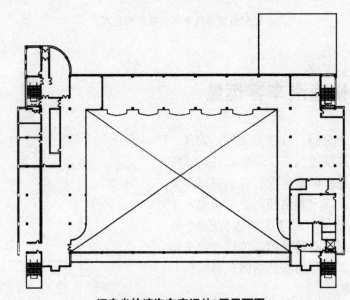

辽宁省快速汽车客运站2层平面图

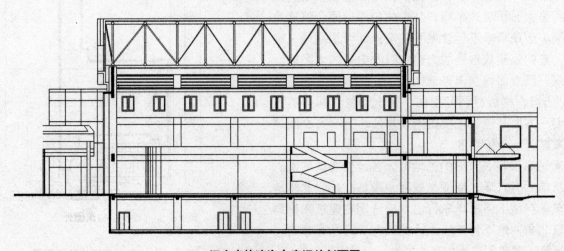

辽宁省快速汽车客运站剖面图

建筑平面中间是3层的候车大厅，旅客从东侧购票、安检后进入大厅，由北侧出站登车出发。建筑东、西侧是相对小的空间。1层西侧为入口，东侧为卫生间；2层东侧为办公区，西侧为小超市，北侧为餐饮、休闲空间；3层东西两侧均为办公空间，北侧沿窗户有一个挑廊；4层从中间分为两个大会议室。

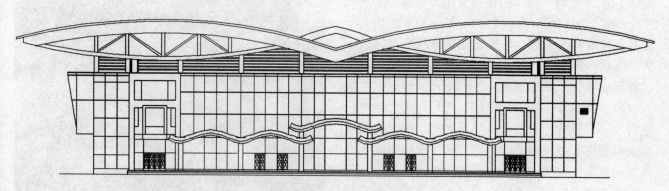

辽宁省快速汽车客运站立面图1

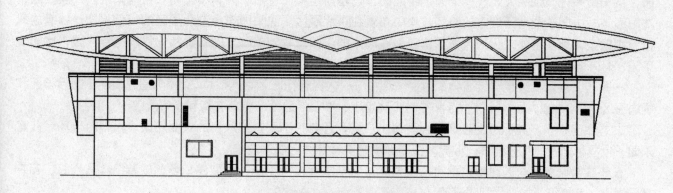

辽宁省快速汽车客运站立面图2

辽宁省快速汽车客运站鸟瞰

辽宁省快速汽车客运站东侧外观

3.21　沈阳世界园艺博览会

　　2006年在中国沈阳举办的世界园艺博览会会场位于沈阳棋盘山国际风景旅游开发区。

　　沈阳世界园艺博览会会场就建于开发区的几何中心"沈阳植物园"原址之上，由2.46km²的核心园区和5km²背景区构成。背景区连接浑河水系与核心区，包括一座0.6km²的岛屿。"世园会"核心园区以"沈阳植物园"已建成的南区和新开发建设的北区为核心，并向东、南方向拓展，总面积大于5km²，是历次"世园会"中占地规模最大的。由于有了棋盘山风景区天造地设的山水林海和沈阳植物园的园景基础还有2000多种珍奇植物作为背景和资源，因此它被著名世界园艺博览会设计大师尼克·诺森誉为"世界上唯一的森林里的园博会。"

沈阳园1

　　"世园会"包括两大板块，即园艺观赏区和休闲娱乐区。以火车道为分隔线，北部是新建的各种专类园，按国家来说有加拿大园、德国园、希腊园、巴基斯坦园、尼泊尔园，按国内城市有南京园、澳门园、沈阳等。中国东北地区城市的园区被集中布置在东北展区。沈阳园作为东北展区的特色展园，以满族风情为主题，体现着塞外文化的风采。南部为在原来的沈阳植物园上改建的各类植物景观的专业园，比如观果园、彩叶园、药草园等。它具体由四部分内容组成：

　　一是园艺展示。这是"世园会"的主体和核心，内容包括园区主入口广场、2个室外园区（国际园区和国内园区）、2个室内展馆（综合馆和热带雨林馆）、20个专题园、特色花街和绿谷。

　　二是休闲娱乐。其标志性建筑是大型演出广场，还包括不同国家风情的农业庄园、大型游乐场、儿童乐园、世界标志性建筑微缩群、世界风情街和动感影城等休闲娱乐设施。

　　三是综合服务。与园林建筑融为有机整体，包括旅客接待中心、大型停车场、旅游纪念品商店、花卉交易中心、美食街、咖啡厅和酒吧等。

沈阳园2

沈阳园3

沈阳世界园艺博览会总平面图

01—希腊园 02—泰国园 03—马来西亚园 04—法国园 05—印度园 06—玻利维亚园 07—日本风情 08—朝鲜园 09—肯尼亚园 10—缅甸园 11—尼泊尔园 12—巴基斯坦园 13—土耳其园 14—新加坡园 15—德国园 16—澳大利亚园 17—韩国园 18—意大利园 19—美国园 20—俄罗斯园 21—荷兰园 22—英国风情园 23—加拿大园 A1—西安园 A2—西宁园 A3—兰州园 A4—银川园 A5—乌鲁木齐园 A6—拉萨园 A7—昆明园 A8—贵阳园 B1—哈尔滨园 B2—畅春园 B3—大连园 B4—鞍山园 B5—启运园 B6—本溪园 B7—丹东园 B8—锦州园 B9—辽阳园 B10—阜新园 B11—营口园 B12—铁岭园 B13—朝阳园 B14—盘锦园 B15—葫芦岛园 C1—青少年生态文化园 C2—小剧场 C3—玉石园 C4—盆景园 C5—药草园 C6—鸢尾园 C7—木兰园 C8—演艺中心 C9—杜鹃园 C10—树木标本园 C11—岩生植物区 C12—牡丹芍药园 C13—彩叶园 C14—樱花园 C15—观果园 C16—水生植物园 C17—松林浴场 C18—啤酒花园 C19—丁香园 C20—科普展示馆 C21—满族风情园 C22—环保园 D1—北京园 D2—天津园 D3—南京园 D4—澳门园 D5—太原园 D6—石家庄园 D7—长沙园 D8—济南园 D9—青岛园 D10—郑州园 D11—合肥园 D12—武汉园 D13—深圳园 D14—宁波园 D15—成都园 D16—重庆园 D17—上海园 D18—海口园 D19—广州园 D20—杭州园 D21—福州园 D22—温州园 D23—厦门园 D24—中国香港园 D25—中国台湾园 D26—南昌园 D27—南宁园 D28—呼和浩特园

四是展会活动。通过举办各类丰富多彩的活动吸引国内外游客，包括庆典活动、馆日活动、文艺演出、展示交易、学术交流、竞赛评奖和休闲娱乐活动等。

世博园的四大建筑为风之翼、玫瑰园、百合塔、综合馆。

风之翼：它建筑面积4168m²，主塔高72m，整个建筑造型独特，气势雄浑，仿佛凤凰展翅，寓意着沈阳和东北的振兴腾飞之势。在举行大型庆典时，它可以形成一个独特的背景，一个永不落幕的帷幕。而夜幕降临之时，以"都市之光"为主题，以通透明亮的世博塔为中心，运用综合照明系统，营造出了一个流光溢彩、美轮美奂的独特夜景。

玫瑰园：玫瑰园占地面积10000m²，荟萃全球3000多个玫瑰品种，是世界上品种最丰富的玫瑰园。它是因沈阳的市花——玫瑰而建。玫瑰园在国内率先采用了地源热泵采暖技术，既节能又环保，即使室外是冰天雪地，玫瑰园内依然温暖如春，因此玫瑰园内一年四季都会盛开着玫瑰花。玫瑰是如此的美丽，玫瑰又是爱情的象征，因此园中将提供举行玫瑰婚礼的场所，气氛浪漫温馨。而轻啜玫瑰茶、共进情侣餐的"玫瑰之约"，则更令爱侣们神往。

百合塔：形似百合花的建筑就是百合塔，它是目前国内外最大的雕塑体建筑，取意"天、地、人和谐相处"，百合塔蕴含本届世园会"我们与自然和谐共生"的主题，还寓意百业兴盛和谐发展的沈阳正在拥抱无限广阔的未来。它占地500m²，高125m，相当于一座35层的高楼。在塔身百米以上，建有两层观景平台，供游人登塔俯瞰。两层塔顶观光层面积约400m²，最多可容纳近200人。其每秒运行2.5m的高速封闭式电梯，让游客仅40s便可登临塔顶。而其塔身淡绿色的玻璃幕墙和银灰色的不锈钢板拖裙，也正吻合植物的茎叶颜色。

综合馆：世博会的最后一个主体建筑——综合馆，这里建筑面积12000m²，是国内最大的花卉室内展馆。其内有国内最大的马赛克镶嵌壁画《和平鸽》。这里将通过各种展览和活动，突出整个世博园的科学性、知识性、趣味性和互动性，体现园艺、科技与生活的完美结合。综合馆每月推出一个或几个主题展览，花鸟鱼石、花卉园艺、电子产品以及服装、食品等汇聚于此，使这里既成为鸟的天堂，也是参观购物的好去处。

除此四大建筑之外，还包括100多个展园（23个国际展园，53个国内展园和24个专类展园）。它们共同构成了沈阳世界园艺博览会的主体景观。

沈阳世界园艺博览会百合塔

沈阳世界园艺博览会园区大门"风之翼"

浑河沿岸景观局部鸟瞰1

3.22 浑河沿岸景观改造工程

浑河沿岸景观改造工程是浑河整治工程中的重要组成部分。整个工程东起长青桥，西达长大铁路，南北方向覆盖北起浑河北岸防洪堤，南至浑河南岸防洪堤的广大区域。东西向约为12.3km，南北方向约1km，规划面积达1237ha。其中滩地732ha，水域505ha。通过"一山、二轴、四环、八楔"来构成沈阳市崭新的绿地结构，生动地再现"盛京八大景"之一的浑河晚渡。以浑河沿岸沿河景观绿化为基础，充分利用宽阔的水面、临水道路等现有景观，运用造园艺术手法，对沿河地段进行逐段设计，规划成带状临水绿地，并点缀以园林小品、装饰小品，构成连续的优美彩带，成为附近居民及游人的休息、娱乐、观光场所。

浑河南岸防洪堤一段被改造成沿河酒吧风情一条街，空间错落有致，与周围绿荫融合为一体。坐在酒吧里，吹着河风，喝着小酒，谈着人生，看着风光，别是一番享受。浑河的浮码头是快艇等游船停泊的小港口，随着河水的涨落上下浮动，船位的排列构成极为优美的韵律。

浑河沿岸景观改造工程富民桥仰视

浑河沿岸景观改造工程五里河公园入口

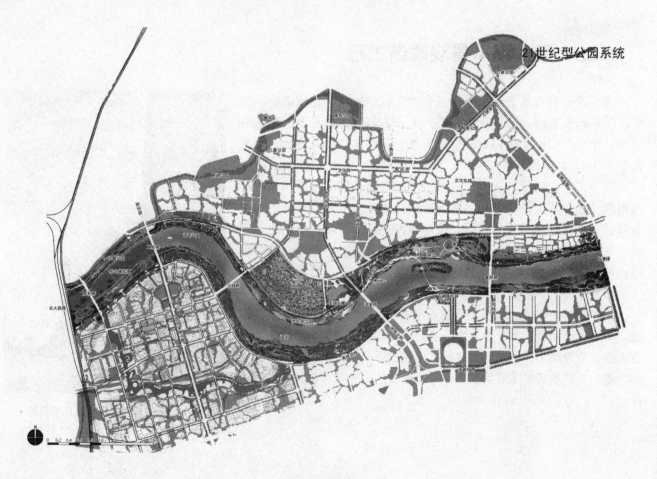

浑河沿岸景观

浑河沿岸景观改造工程局部鸟瞰2

浑河沿岸景观改造工程局部1

浑河沿岸景观改造工程局部2

浑河沿岸景观改造工程局部3

浑河沿岸景观改造工程局部4

河畔新城销售中心外观

3.23　河畔新城销售中心

　　河畔新城销售中心位于沈阳市浑南新区杨柳街和第二街的交叉路口处，2004年建成。使用性质为以售楼为目的的办公性建筑，包括产品展示、洽谈、签约、办公、设备用房等功能。建筑为2层高度，建筑占地面积680㎡，建筑面积1120㎡，1层680㎡，2层440㎡。框架结构、填充墙体，饰面沿用了河畔新城小区住宅普遍使用的陶土面砖。建筑充分展示了钢结构的特点，以钢为素材，通过钢构技术、钢的特性与质感，来展现建筑的艺术风格。

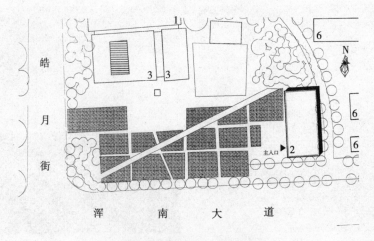

河畔新城销售中心总平面图

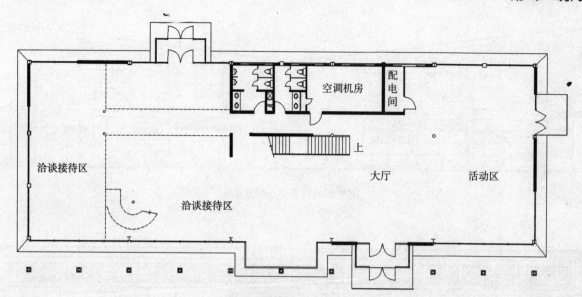

河畔新城销售中心1层平面图

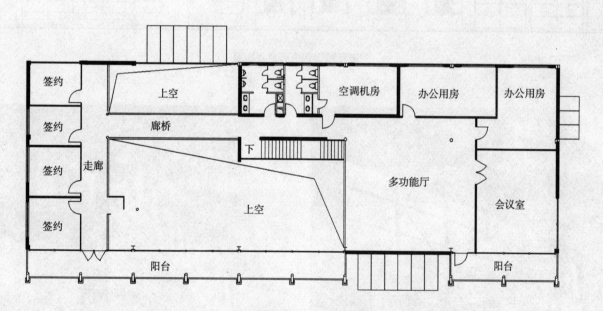

河畔新城销售中心2层平面图

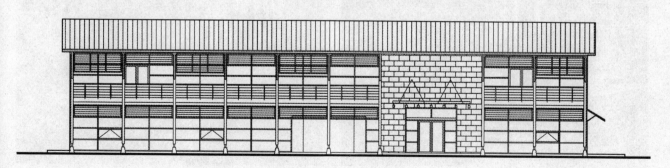

河畔新城销售中心正立面图

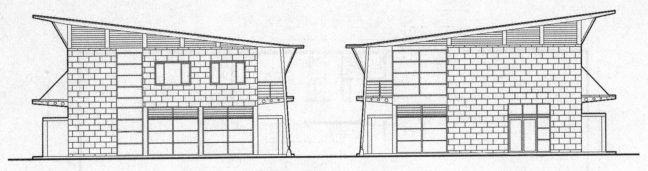

河畔新城销售中心侧立面图

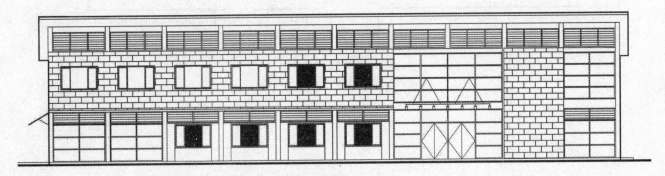

河畔新城销售中心背立面图

河畔新城销售中心入口外观

河畔新城销售中心外观局部

万科新榆公馆园内景观1

3.24 沈阳万科新榆公馆

沈阳万科新榆公馆位于沈阳市浑南新区金阳街58号，项目遵循宗地榆树台的历史文脉，取名"新榆"。整个园区建筑以多层住宅为主，少量的点式高层和板式高层在园区的四周分布。其占地面积15万㎡，总建筑面积30万㎡，容积率1.5，绿化率30%，总户数2405户，停车位890个。

万科新榆公馆倡导"简约、生态、人性、科技、时尚"的现代生活理念。从户型设计到外立面设计，诠释了"简约、高雅、精致"的居住文化本质，设计时注重细节、精益求精。这里有公寓，有花园情景洋房，有空中花园式两层错落的复式住宅。对于沈阳这座北方城市，这些处理手法都是大胆的首次尝试。

万科新榆公馆的特色在于对历史文化景观的设计。它将当地一些特色历史遗存很好地利用了起来，保留了一个具有原有地地貌的农业文化景观广场和谷仓广场，并将一个象征工业文明的遗迹——火车铁轨引入景观之中，还在两侧种植有许多植被，步移景异。同时，公馆内保存了许多古老的原生大树，将人工湖绕树而建，体现了对历史文脉的尊重以及对新的生活品质的探索。

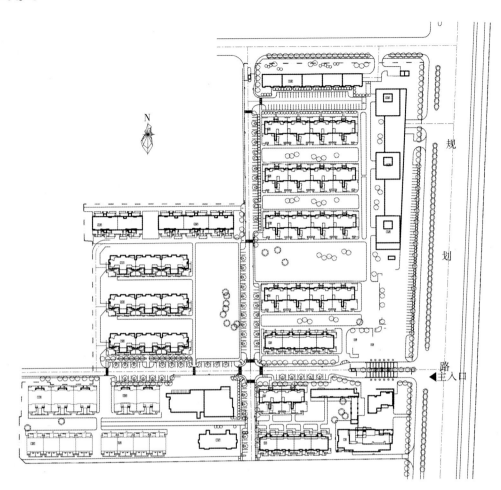

万科新榆公馆总平面图

万科新榆公馆单体立面图

万科新榆公馆细部

万科新榆公馆单元入口

万科新榆公馆细部仰视

万科新榆公馆局部外观

万科新榆公馆园内景观2

地图及索引

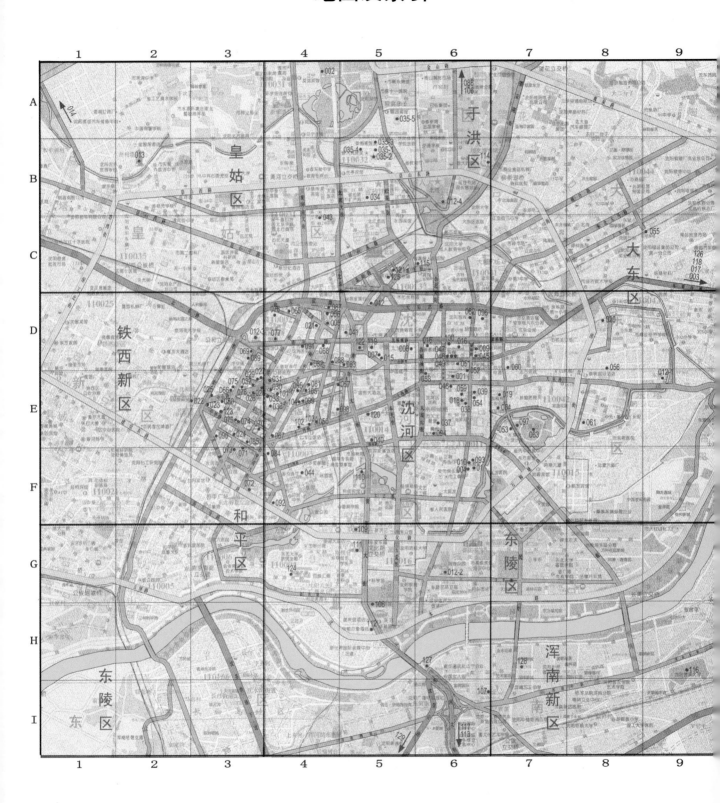

地图总图

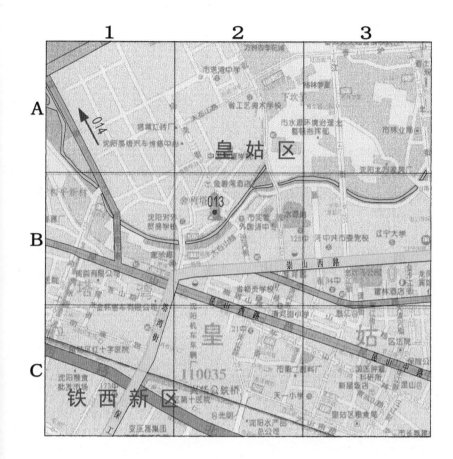

地图分图（一）

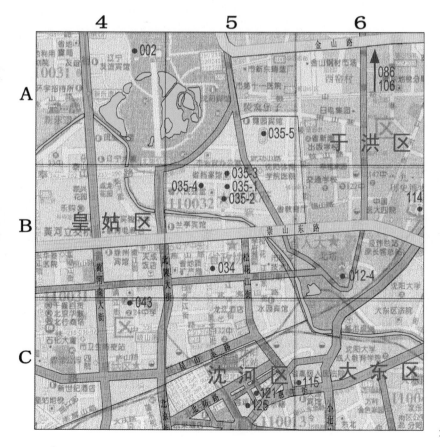

地图分图（二）

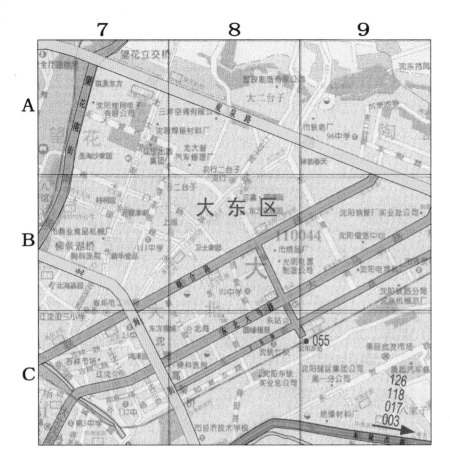

地图分图（三）

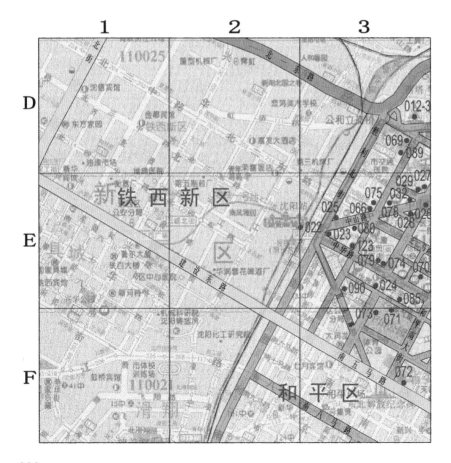

地图分图（四）

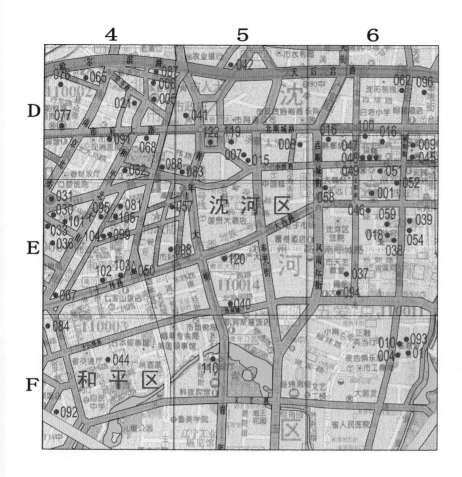

地图分图（五）

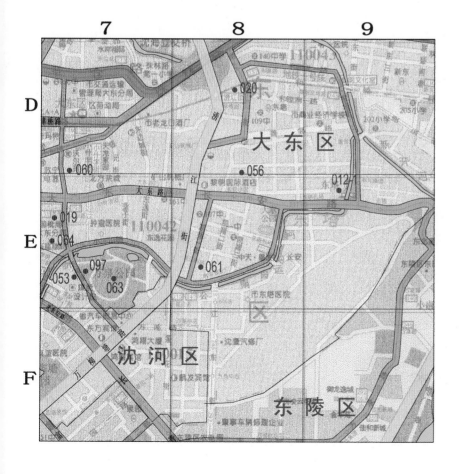

地图分图（六）

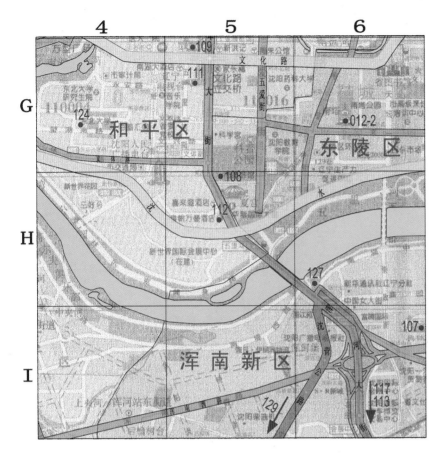

地图分图（七）

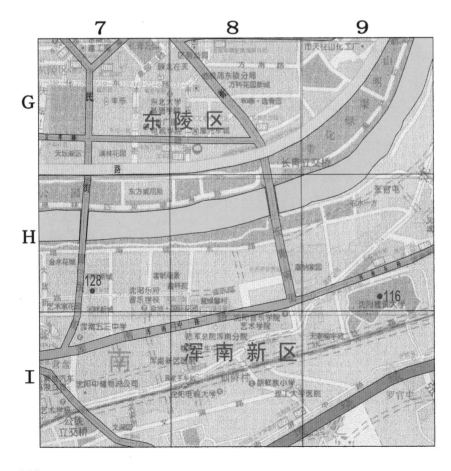

地图分图（八）

索引使用方法说明：

例如：

001 沈阳故宫（E6）——001为序号；沈阳故宫为建筑名；（E6）为建筑所在地图位置。

古代部分

近代部分

039 原日本南满洲铁道株式会社奉天公所（现沈阳市少儿图书馆）（E6）

040 原奉天省咨议局附楼（现沈阳市成套电器厂）（E5）

041 原奉天市政公署办公楼（现沈阳市政府办公楼）（D5）

042 原奉天肇新窑业公司办公楼（现沈阳市台商会馆）（D5）

043 原奉天灵庙（现省公安厅家属活动室）（C4）

044 同泽俱乐部（F4）

045 原东三省官银号（现中国工商银行沈河区支行）（D6）

046 原东三省总督府（现纺织工业非织造布技术开发中心）（E6）

047 原吉顺隆丝房（现鹏达体育用品商店）（D6）

048 原吉顺丝房（现沈阳市第二百货商店）（D6）

049 原泰和商店(现何氏眼科)（D6）

050 原汇丰银行奉天支店（现交通银行沈阳分行）（E4）

051 原利民地下商场（现沈阳春天商场）（D6）

052 原奉天商务总会（现沈阳市工商业联合会）（E6）

053 原同泽中学男校（现沈阳大学师范学院北院）（E7）

054 原奉天基督教青年会（现沈阳基督教培训中心）（E6）

055 原奉海铁路沈阳站（现沈阳东站）（C9）

056 原东三省兵工厂(现黎明航空发动机制造集团公司)（D8）

057 原德国领事馆（现沈阳军区政治部幼儿园）（E4）

058 原辽宁同泽女子中学（现同泽高级中学）（E6）

059 原伪满警察局（现沈阳市沈河区公安分局）（E6）

060 原东关基督教堂（现沈阳基督教会东关教堂）（D7）

061 原吴俊升住宅（现大东区委武装部办公室）（E8）

062 原孙烈臣官邸（现辽宁省政府机关房产处办公室）（D6）

063 原万泉水塔（现万泉水源地）（E7）

064 原杨宇霆公馆（现大东区国税局）（E7）

065 原奉天纺纱厂（现金苑华城住宅小区售楼中心）（D4）

066 原奉天邮便局（现沈阳市邮政局）（E3）

067 原美国花旗银行奉天支行（现澳府酒楼）（E4）

068 原法国汇理银行奉天支行营业楼（现沈阳市公安局办公楼）（D4）

069 原满铁铁道总局舍附馆（现辽宁省人民政府太原街2号办公楼）（D3）

070 原奉天中学校（现东北中山中学）（E3）

071 原奉天千代田小学（现东北育才学校）（F3）

072 原日本兴农合作社大楼（现辽宁省国际贸易投资公司）（F3）

073 原千代田公园给水塔（现中山水源水塔）（F3）

074 原满洲中央银行千代田支行（现亨吉利名表中心）（E3）

075 原奉天自动电话交换局大楼（现沈阳市电信局电信三分局办公楼）（E3）

076 沙俄东正教堂（D4）

077 原张作霖时期水会（现西城故事咖啡馆）（D4）

078 原沈阳藤田洋行（现沈阳秋林公司）（E3）

079 原志诚银行营业楼（现工商银行南站支行）（E3）

080 原七福屋百货店（现维康大药房）（E3）

081 原张廷栋寓所（现126中学图书馆）（E4）

082 原万福麟公馆（现中国国民党辽宁省委员会）（D4）

083 原于济川公馆（现辽宁省永康实业总公司办公楼）（D5）

084 原奉天放送局舍（现辽宁省广播电台播音楼）（F4）

085 原九三学社辽宁省委员会（现沈阳某部队住宅）（E3）

086 苏联红军阵亡将士纪念碑（A6）

087 原京奉铁路辽宁总站（现沈阳铁路分局办公大楼）（D4）
088 原奉天日本总领事馆（现沈阳迎宾馆）（D4）
089 原南满铁道株式会社（现沈阳铁路局）（D3）
090 原平安座（现沈阳市文化宫）（E3）
091 原奉天邮务管理局（现省邮电管理局大楼）（D4）
092 原金昌镐公馆（现东北国际投资有限公司）（F4）
093 原王维赛寓所（现私宅）（F6）
094 原宋跃珊住宅（现某厂库房）（E6）
095 原宋任穷故居（现辽宁省妇联办公处）（E4）
096 原常荫槐公馆（现大东区省委党校）（D6）
097 原赵尔巽官邸（现闲置）（E7）
098 原张寿懿公馆（一）（现沈阳市物资局）（E4）
099 原张寿懿公馆（二）（现沈阳市财政局）（E4）
100 原曹祖堂公馆(现沈阳消防科研招待所)（D6）
101 原陈云故居（现周易研究会及老年基金会）（E4）
102 原汤玉麟公馆（现沈阳市政协）（E4）
103 原汤玉麟别墅（现汤公馆食府）（E4）
104 原张作相公馆（一）（现沈阳市国家安全局）（E4）
105 原张作相公馆（二）（现民盟辽宁省委办公楼）（E4）

现代部分

106 抗美援朝烈士陵园（A6）
107 沈阳奥林匹克体育中心体育场（I6）
108 沈阳市图书馆和儿童活动中心（H5）
109 辽宁工业展览馆（G5）
110 辽宁广播电视塔（F5）
111 辽宁电视台彩电中心（G5）
112 沈阳皇朝万豪酒店（H5）
113 沈阳21世纪大厦（I6）
114 沈阳"九·一八"历史博物馆和"残历"碑（B6）
115 辽宁省高级人民法院（C6）
116 沈阳建筑大学新校区（H9）
117 沈阳桃仙国际机场（I6）
118 沈阳国际棋牌竞技中心（C9）
119 辽宁大剧院与辽宁省博物馆联合体（D5）
120 沈阳房地产大厦（E5）
121 沈阳方圆大厦（C5）
122 沈阳市府广场（D5）
123 中兴商业大厦（E3）
124 东北大学汉卿会堂（G4）
125 辽宁省快速汽车客运站（C5）
126 沈阳世界园艺博览会（C9）
127 浑河沿岸景观改造工程（H6）
128 河畔新城销售中心（H7）
129 沈阳万科新榆公馆（I5）

参考文献

［1］石其金.沈阳市建筑业志［M］.北京：中国建筑工业出版社，1992.

［2］铁玉钦.古城沈阳留真集［M］.沈阳：沈阳出版社，1993.

［3］赵玉民.沈阳史迹图说［M］.沈阳：沈阳出版社，2002.

［4］杨永生，顾孟潮.20世纪中国建筑［M］.天津：天津科学技术出版社，1999.

［5］陈伯超，张复合，等.中国近代建筑总览·沈阳篇［M］.北京：中国建筑工业出版社，1995.

［6］陈伯超，等.中国古建筑文化之旅——辽宁·吉林·黑龙江［M］.北京：知识产权出版社，2004.

［7］陈伯超，支运亭，等.特色鲜明的沈阳故宫建筑［M］.北京：机械工业出版社，2003.

［8］辽宁地方志编纂委员会办公室.辽宁省志·文物志［M］.沈阳：辽宁人民出版社，2001.